■ 김병택 교수 근영

■ 1971년 대학 졸업
 (김시태 김병택 김진자)

■ 교사 시절 학생들을 인솔해
 소풍갔던 날(문태길 김병택)

■ 1980년대 중반 연구실에서

■ 동국대 학위수여식에서 박사학위를 받고

■ 1987년 제주대 국어국문학과 학술조사 때

■ 1996년 학술 심포지엄 참가(김병택 문성숙 허남춘 조동일 손오규)

■ 1999년 박철희 교수 제주도문화상 수상
　(오성찬 양중해 박철희 문충성 김병택 양영길)

■ 2001년 인천 민족문학인대회 참가 중(김동윤 김병택 현기영 양영길)

■ 2003년 조태일 시문학기념관
　(김광렬, 오영호, 문영종, 김수열 등)

■ 2004년 겨울 연구실에서

■ 2007년 7월 제주문화예술재단 이임식 직전

□ 제4회 제주학학술상 수상(좌승희 김병택 강병희)

■ 부인(손영주)과 더불어 제주학학술상 수상을 자축하며

■ 2008년 2월 제주작가회의 창립 10주년 기념식
  (오승국 강덕환 김병택 김경훈 김동윤)

■ 제1회 4 · 3평화문학상 시상식 직후
 (김순남 현기영 이종형 김동윤 김병택 현택훈 허영선 등)

■ 전라남도의 古寺에서(현행복 김병택 양창보 김성환 등)

■부인과 함께한 오스트리아 여행

■프랑스 파리 예술관 방문

열정과 통찰

김병택의 학문과 문학 그리고 삶

양영길 · 김동윤 엮음

국학자료원

책을 엮으며

이 책은 김병택金炳澤 선생님의 정년퇴임에 즈음하여 기획된 것이다.
우리는 선생님의 제자로서 뭔가 의미 있는 작업을 하고 싶었다. 퇴임을
기념하는 방식은 여러 가지가 있을 수 있지만, 제자의 입장에서는 선생님
의 학문과 문학 그리고 생애를 함께 정리하는 것이 가장 바람직하다고 생
각되었다. 그래서 학자로서 비평가로서 살아온 선생님의 나날에 어울리
도록 단행본을 간행키로 하였다.

다만, 우리는 이 책이 단순한 퇴임기념집의 성격을 넘어서야 한다는 데
중점을 두고자 하였다. 현대시론, 비교문학, 지역문학 분야의 연구에서
탁월한 업적을 쌓아온 학자이자, 1970년대 후반에『현대문학』을 통해 문
학비평가로 등단하여 40년 가까이 현장에서 활발한 비평 활동을 전개해
온 문학인인 선생님의 세계를 종합적으로 정리하고 조망한 서지로서의
의미를 견지하고자 하였다.

우리는 이러한 취지가 독자들에게 잘 전달되도록 하기 위하여 책의 내
용을 총 4부로 구성하였다. 제1부는 선생님의 학문과 문학의 궤적을 직접
들여다볼 수 있도록 엮었다. 고별강연 원고, 대표 논문, 대표 평론, 논문·
평론 목록 등과 더불어 선생님이 그동안 간행한 12권 저서의 서문들을 모
두 수록하였다. 제2부에서는 선생님의 생애 전반을 더듬어보는 기회를
마련하고자 하였다. 2004년의 대담 원고와 최근의 대담 내용을 수록했는
데, 이는 이 책을 엮은 두 제자와 나눈 진솔한 대화의 기록이다. 선생님이
예전에 썼던 유년기와 등단 전후를 회고하는 두 편의 글, 이번에 새로이 작
성한 '삶의 연대기'도 실었다. 제3부는 선생님의 학문과 문학 세계를 다른

학자들이 조명하는 내용으로 이루어졌다. 이번에 새로이 쓴 글들을 먼저 수록하고, 선생님의 저서에 대한 서평들을 저서 간행 순서에 따라 엮었다. 제4부에는 선생님과 이러저러한 인연을 맺으며 가까이 지내온 지인들의 인상기와 회고담을 담았다. 함께 문학 활동을 했던 선후배, 대학에서 인연을 맺었던 동료 교수와 제자들의 목소리로 선생님의 인간적인 면모를 들어보고자 하였다.

물론 우리는 이 책의 기획 과정에서 김병택 선생님과 협의를 거쳤다. 선생님은 우리에게 부담을 주지 않으려고 고사하였으나, 일반적인 퇴임 기념집이 아니라 학계와 문단에서도 가치를 인정받는 단행본으로 내겠다는 우리의 취지를 존중하여 끝내 만류를 접으셨다. 고별강연 원고, 삶의 연대기 등을 새로이 작성하고 사진을 제공해주신 선생님께 먼저 감사의 큰절을 올린다. 그리고 이 책을 위해 좋은 원고를 보내주신 현기영·오경훈·김종태·김용길·고정국·허남춘·현승환·김경훈·이성준·김지연·강충민·진선희·고명철·강영기 선생님, 서평의 재수록을 허락해주신 박인기·최순열·윤석산·김승립·김진하 선생님께도 깊이 감사드린다. 여러 가지 어려움을 무릅쓰고 흔쾌히 출판을 맡아준 정찬용 원장과 정구형 사장께도 고마움을 표한다.

2014년 8월

엮은이 양영길·김동윤

차례

제3부
비평과 연구의 조명

제4부
인상印象 혹은 인연因緣

제1부

학문과 문학의 궤적

문예사조의 발생과 소멸*
−반발이론의 논증을 중심으로

김 병 택

나는 헤매고 또 헤맸다
여기, 그리고 저기를
마치 저기 보이는 구름처럼

나는 헤매고 또 헤맸다
계속, 그리고 계속
마치 보이지 않는 별처럼

−박이문, 「자서전」 전문

Ⅰ. 프롤로그

문예사조와 문학작품 사이에 쉽게 등식이 성립될 수 있을 정도로, 어떤
문예사조와 그 문예사조가 지배하던 시대에 쓰인 문학작품의 상관성은

---

* 이 글은 필자의 논문 「문예사조에서의 반발이론에 대한 연역적 논증」을 바탕으로
쓴 것임을 밝혀 둔다.

매우 큽니다. 예컨대, 신고전주의와 신고전주의 시대에 쓰인 문학작품, 또는 낭만주의와 낭만주의 시대에 쓰인 문학작품은 우리가 생각하는 것보다 훨씬 더 밀접한 상관관계에 놓여 있습니다. 그러나 하나의 문예사조와 바로 다음에 이어지는 문예사조를 설명하고자 할 때, 그러한 점들은 유지될 수 없습니다. 반발이론이 적용되기 때문입니다.

여러 문예사조를 설명하는 데에는 르네 웰렉처럼 기술적(descriptive) 정의를 사용할 수도 있습니다. 웰렉에 의하면, 신고전주의 · 낭만주의 등의 문예사조는 시대개념(시대용어)으로 한정되지 않습니다. 그것은 어느 특정한 시기의 문학을 지배하는 규범적 체계의 명칭인 동시에 규범적 이념입니다. 이상적 유형으로서의 그것은 하나의 작품만으로는 이루어지지 않습니다. 개별 작품마다 존재하는 다른 특성, 과거로부터 이어져 온 것들, 미래에 대한 기대, 매우 특이한 개성 등과 분명히 연결되어야 이루어지는 것입니다. 그것은 관찰 가능한 사실들과 관련을 맺고 있기는 하지만, 개개의 텍스트에 대한 허술한 대화의 단계를 넘어서는 문학사를 논의하는 데에 절대적으로 요구되는 하나의 '구성(construction)'입니다.[1]

웰렉의 이러한 설명은 대체로 옳지만 온전한 설명이라고는 할 수 없습니다. 그 이유는 응당 있어야 할 문예사조 · 문학이론의 발생과 소멸에 대해서는 아예 언급조차 하지 않고 있는 데에서 찾을 수 있습니다. 웰렉의 설명이 완전성을 확보하는 것은, 그것에다 새로운 이론을 적용할 때에 가능합니다. 그 새로운 이론은 다름 아닌 반발이론입니다. 반발이론에서는 모든 문예사조 · 문학이론의 발생과 소멸을 반발의 원리가 적용된 결과로 봅니다. 갑자기 등장한 반발이론이라는 명칭이 생소할 수도 있습니다. 그러나 내용의 성격에 초점을 맞추어서 신고전주의 이론을 모방이론으로, 낭만주의 이론을 표현이론으로 부르고 있는 점을 염두에 둔다면, 문

---

1) D. W. 포케마 · 엘루드-쿤네 입쉬, 윤지관 역, 『현대문학 이론의 조류』, 학민사, 1983, 13쪽.

예사조·문학이론의 발생과 소멸에 두루 적용되는 이론을 반발이론으로 부르는 것은 자연스럽습니다.

반발이론을 적용하지 않으면, 문예사조·문학이론의 발생과 소멸에 대한 합리적 설명은 어렵습니다. 이 글은 문예사조·문학이론의 발생과 소멸을 합리적으로 설명하기 위해서는 반드시 반발이론을 적용해야 한다는 가정적 명제를 출발 지점으로 삼습니다. 그런데 문예사조의 발생과 소멸을 반발이론 그 자체만으로는 또한 온전히 설명할 수 없습니다. 반발이론의 배경에 대해 이해하는 것은 그래서 필요합니다. 이 글은 먼저 반발이론의 배경을 뵐플린의 양식변동론을 통해 살펴보고 난 후 신고전주의와 낭만주의, 구조주의와 탈구조주의 등을 통해 반발이론을 연역적으로 논증하는 데에 목적을 둡니다.

II. 뵐플린의 양식변동론

스위스의 미술사가인 뵐플린은 미술의 대립적 경향을 통해서 미술의 역사를 설명했는데, 그는 먼저 16세기와 17세기를 각각 하나의 양식 단위로 설정합니다. 그의 목표는 유형과 유형을 비교하는 것이며 한 완성체를 다른 완성체와 비교하는 것입니다. 물론 엄격한 의미에서 '완성체'란 있을 수 없고, 모든 역사적인 것은 점진적인 변동 속에 놓입니다. 그러나 그는 전체 발전과정을 그저 한낱 주마간산식으로 파악하는 것을 피하려면 의미 있는 시기의 차이점들을 파악하여 서로를 대비시켜 볼 수 있어야 한다고 믿었습니다. 결국 그는 16세기와 17세기의 미술의 발전 과정을 다음과 같이 다섯 쌍의 개념으로 요약합니다.[2]

첫째, 선線적인 것에서 회화적인 것으로의 발전입니다. 즉, 눈의 궤도이

---

2) 하인리히 뵐플린, 박지형 역, 『미술사의 기초 개념』, 시공사, 2012, 31~34쪽.

자 지침으로서의 선의 형성과 그것의 점차적인 의미상실로서, 좀 더 일반적으로 말하자면 한쪽은 형체를 촉각적으로—윤곽선이나 면을 통해—파악하는 것이고, 다른 한쪽은 단지 시각적인 겉모습만을 좇아 '可觸的'[3] 소묘는 포기하는 태도입니다. 전자에서는 물체의 한계가 강조되는 반면, 후자에서는 형태의 한계가 분명하지 않은 상태로 드러납니다. 조형적이고 외곽선을 강조하는 시각은 물체들을 고립시키는 데 반해 회화적으로 보는 눈은 그것들을 결합시킵니다. 전자의 경우는 개별적인 구체적 대상을 견고하고 가촉적인 것으로 파악하는 데 집착하며, 후자의 경우는 보이는 전체를 浮游하는 가상으로 파악하려 합니다.

둘째, 평면적인 것에서 깊은 것으로의 발전입니다. 고전적 미술은 전체 형태를 이루는 각 부분들을 표현할 때 동일한 층에 평면적으로 표현하지만, 바로크는 튀어나오고 들어간 관계를 강조합니다. 평평함은 선의 요소이며, 평평하게 늘어놓는 것은 가장 확대된 시야의 형태입니다. 윤곽선이 점점 의미를 상실하자 평평함의 의미도 상실하고, 눈은 사물을 근본적으로 들어가고 나온 관계로 결합합니다. 그러나 그것은 질적으로 더 낮고 못하고를 의미하지는 않습니다. 이러한 변화는 공간의 깊이를 표현하는 고도의 기술과는 연관이 없는, 근본적으로 다른 재현 방식입니다. 이는 곧 '평면 양식'이 결코 초보적인 미술이 아니라 단축법과 공간 인상에 대한 완벽한 습득이 이루어지고 나서 출현한 것을 보아도 알 수 있습니다.

셋째, 폐쇄적 형태에서 개방된 형태로의 발전입니다. 모든 예술작품은 자체로 완결적이어야 하고 그렇지 못할 때 그것은 결함을 지닐 수밖에 없다는 원리는 16, 17세기에 각각 너무도 다르게 해석되어 바로크의 해체된 형식과 비교해 볼 때 고전적 구상은 닫힌 형식의 예술로 통칭될 수 있습니다. 규칙의 완화, 기술적 엄격함의 해이 등 어떤 말로 표현하든, 그 변화는 단순한 흥미 유발로서가 아닌, 근본적으로 새로운 재현 방식입니다.

---

3) '바로 손에 닿을 수 있는 것처럼 느끼게 하는' 정도의 의미를 지닌다.

그러므로 이 요소도 재현의 기본형식들 속에 포함되어야 합니다.

넷째, 다원성에서 통일성으로의 발전입니다. 고전적인 구성 체계에서 각 부분들은 전체에 대해 매우 밀접한 관계로 보임에도 불구하고 여전히 독립적입니다. 그러나 그것은 고전기 이전 미술이 보여주는 중구난방식의 독립성과는 다릅니다. 부분은 전체에 의해 규정되지만 그럼에도 불구하고 각각 고유한 독자성을 지닙니다. 관찰자에게는 부분과 부분을 결합하는 새로운 방식이 요구되는데 그 조작은 17세기가 수행한 전체적 파악과는 무척 다른 것입니다. 두 양식에서 모두 통일성은 중요한 쟁점이었는데(고전적 단계 이전에는 이 개념은 아직 본연의 의미를 갖지 못했습니다) 단지 한 경우는 독립된 부분들의 조화를 통해 그 통일성을 달성하려 한 반면, 다른 한 경우는 한 주제로 부분들을 집결시키거나 지배적인 요소에 여타 요소를 종속시킴으로써 달성하려 한 차이가 있습니다.

다섯째, 대상에 대한 절대적 명료성과 상대적 명료성입니다. 이 대조는 일단 선적인 것과 회화적인 것의 대조와 관련이 깊습니다. 즉, 그 차이는 사물을 있는 그대로 부분적으로 수용하여 촉각적인 느낌을 전달케 하는 재현과, 사물을 보이는 대로 전체적으로 수용하여 비조각적으로 재현하는 것 사이의 차이입니다. 15세기에는 단지 모호하게 예견되었고 17세기에는 스스로 포기된 완벽한 명료함에의 이상이 유독 고전적 시기에 확립될 수 있었던 것은 자못 특기할 만한 사항입니다. 그러나 17세기에 이르러서도 거북한 인상을 줄만큼 불명료해진 것은 아니고, 단지 소재의 명료성 그 자체가 더 이상 재현의 지상 목표가 아닌 상태가 되었던 것입니다. 이제 형태를 눈앞에 완벽하게 드러내도록 하는 대신 중요한 특징만을 전달하는 것으로도 만족하게 되었습니다. 그리하여 구성·광선·색채가 단지 형태를 명료하게 하는 보조적 수단이기를 멈추고 그 자체로 독립하여 발전하게 되었습니다. 이와 같이 절대적 명료성을 흐리게 하는 것이 단순한 흥미 유발 차원에서 감행된 적도 있습니다. 그러나 '상대적' 명료성은 인간이 대상을 근본적으로 다르게 파악하기 시작한 바로 그 시점에,

한 위대하고 포괄적인 재현 형식으로 미술사에 등장했습니다. 바로크가 뒤러나 라파엘의 이상으로부터 이탈한 것은 결코 질적으로 더 낮고 못하고를 의미하지 않고 세계에 대한 다른 조망을 의미하는 것입니다.

　이에 대해, 르네 웰렉은 비판적인 입장[4]을 취합니다. 오스틴 워렌과 함께 쓴 『문학의 이론』에 의하면, 뵐플린의 범주들의 일부는 문학적인 면에서 분명하게, 그리고 약간 손쉽게 다시 공식화될 수 있습니다. 분명한 윤곽들과 뚜렷한 부분들을 선호하는 예술과, 구성이 좀 더 느슨하고 윤곽들이 애매한 예술 사이에는 분명한 반대 성향이 있습니다. 르네상스와 바로크를 위해서 고안해 낸 범주들을 적용함으로써 독일의 고전주의와 낭만주의 사이의 반대 성향을 묘사하려는 시도는, 이러한 범주들이 자유롭게 해석되기만 하면 완벽한 고전주의적 시와, 미완성이고 단편적이며 혹은 애매한 낭만주의적 시 사이의 해묵은 반대 성향들을 다시 설명해 줄 수 있다는 사실을 드러내 줍니다. 그러나 그렇게 되면 문학의 모든 역사에는 일면의 반대 성향들이 남게 됩니다. 엄밀하게 문학적인 면으로 다시 공식화했다 하더라도 뵐플린의 범주들은 우리에게 단지 예술 작품들을 두 가지 범주들로 정리하는 데 도움을 줄 뿐입니다. 그런데 이러한 두 가지 범주들이라는 것을 자세히 검토해 보면 '고전적'과 '낭만적,' '엄밀한 구조'와 '느슨한 구조,' 조소 예술과 회화 예술 등 상반되는 것들 사이의 해묵은 구분에 이르게 됩니다. 그것은 슐레겔 형제와 셸링과 콜리지 등에게 알려졌고 그들에 의해서 이데올로기적 논의와 문학적 논의들을 통해서 도달된 이원론입니다. 뵐플린의 일련의 반대 성향들은 이럭저럭 한편으로는 모든 고전적 예술과 유사 고전적 예술을 집단화하고, 다른 한편으로는 고딕 · 바로크 · 낭만주의 등과 같은 매우 다양한 운동들을 결합시킵니다. 이러한 이론은 르네상스와 바로크 사이의 의심할 나위 없으며 극도로 중요한 연속성을 애매하게 흐려 놓는 것 같습니다. 그러한 이론을 독일문학

---

4) 이하의 내용은 르네 웰렉 · 오스틴 워렌, 이경수 역, 『문학의 이론』, 문예출판사, 1992, 192~193쪽.

에 적용했을 때 실러와 괴테의, 발전에 있어서의 유사 고전적인 단계와 18세기 초엽의 낭만주의적 운동이 인위적으로 대조되는 반면에, 질풍노도파를 미해명으로, 그리고 이해 불가능으로 남겨 놓을 수밖에 없는 것과 꼭 마찬가지입니다. 사실상 18세기와 19세기의 전환에 있어서의 독일문학은 비교적 통일성을 형성하기 때문에 서로 융화될 수 없는 반대 명제들로 나누기는 불가능한 것 같습니다. 그리하여 뷜플린의 이론은 예술 작품들을 분류하거나, '해묵은 작용'과 '반작용' 혹은 '전통과 저항' 등 이원론적인 발전의 도식 확인하는 데 도움을 줄 수 있습니다. 그러나 뷜플린의 이론은 문학이 지니고 있는 복잡한 과정의 현실에 직면해서 실제 발전에 있어서의 고도로 다양화된 유형과 맞부딪칠 때에는 부족한 점을 많이 지니고 있습니다.

III. 반발이론의 논증

뷜플린의 양식변동론과 반발이론은 서로 유사한 듯하지만 실제로는 많은 차이를 지닙니다. 먼저, 양식변동론은 미술의 대립적 범주를 통해 미술사를 해명하고자 하고, 반발이론은 문예사조의 발생과 소멸을 가능하게 하는 반발의 원리를 통해 문예사조사를 해명하고자 합니다. 다음으로, 양식변동론은 16세기와 17세기를 각각 하나의 양식 단위로 설정하지만, 반발이론은 르네상스부터 20세기까지를 여러 단위로 설정합니다. 마지막으로, 양식변동론은 의미 있는 두 시기의 대립적 양식이 미술의 발전을 이끌었다고 보는 데 비해, 반발이론은 계속되는 문예사조의 발생과 소멸이 문예사조의 발전을 이끌었다고 봅니다.

이러한 차이점에 유의하면서, 20세기 이전의 두 문예사조와 20세기 이후의 두 문예사조를 각각 대상으로 반발이론을 논증해 보기로 합니다.

1. 신고전주의와 낭만주의 : 보편에서 특수로

신고전주의를 명확하게 이해하기 위해서 신고전주의 작가들에게 공통적으로 나타나는 특징부터 살펴보겠습니다.[5]

첫째, 그들은 강한 전통주의를 보여줍니다. 이 전통주의는 개혁에 대한 불신과 자주 관련되는 것으로, 특히 대부분의 주요 문학 장르에서 고정적인 모델을 확립시키고, 최고 수준을 성취했다고 판단되는 고전주의 작가들(특히 로마의 작가들)에 대한 끝없는 존경심에 분명히 나타나 있습니다. '신고전적'이란 용어는 여기에서 유래한 것입니다. 둘째, 그들에게 문학은 무엇보다도 하나의 기교(art)로 인식됩니다. 그것은 천부적 재능이 요구되기는 하지만 끊임없는 연구와 실천으로 완성되는 기교이며, 독자에게 효용성을 제공하는 데에 효과적이라고 알려진 방법을 응용하는 기교입니다. 특히 호라티우스의 「시의 기교(Art Poētica)」에 그 바탕을 둔 이 신고전주의적 이상은 匠人(craftsman)이 지니고 있는 이상이기도 하므로 끝손질과 퇴고와 세부적인 것들에 대한 주의를 요구합니다. 그들은 정확성을 위해 노력하고, 문체상 어울림(decorum)의 복잡한 요구에 부응하기 위해 노력을 기울이며, 대체로 자기 예술의 기존 법칙을 존중합니다. 시의 법칙들은, 이론상으로는, 오래 남아 있어 그 우수성이 증명된 고전 작품들로부터 도출해 낸, 여러 장르들(서사시 · 비극 · 희극 · 목가와 같은)의 본질적 특성들입니다. 당대의 작품들도 우수하고 오랫 동안 존속하려면 희곡에서의 삼일치법칙과 같은 특성들이 그 작품들 속에 형상화되어야 한다고 많은 비평가들은 확신합니다. 셋째, 그들은 인간, 특히 어떤 조직 사회의 유기적 부분으로서의 인간을 시의 소재의 주된 원천으로 봅니다. 시란 인생의 모방—자연을 향해 쳐든 거울(a mirror held up to nature)—입니다. 또한 시는 모방 대상인 인간 행동들과 모방에 따르는 예술적 형

---

5) M. H. Abrams, *A Glossary Literary Terms*(New York: Holt, Rinehart and Winston, Inc., 1981), pp.113~117에 의거.

식으로, 그것을 수용하는 독자에게 교훈과 심미적 쾌락을 제공하도록 제작됩니다. 그들은 예술을 위한 예술이 아닌, 인류를 위한 예술을 신고전주의적 휴머니즘의 이상으로 삼습니다. 넷째, 그들은 소재뿐만 아니라 예술적 호소력에 있어서도 인간이 공유할 수 있는 것—대표적 특징들과 널리 공유되는 경험·사고·감정·취미—에 힘을 기울입니다. 시의 일차적 목표는 누구나 다 알고 있는 훌륭하고 평범한 인간의 지혜들을 새롭고 완전하게 표현하는 데 있습니다. 그런 보통의 진리가 널리 퍼져 있고 유지된다는 점이 바로 그것이 중요한 진리라는 점을 가장 훌륭히 보증하고 있다고 보기 때문입니다. 이와 함께 우리는 그들이 전형적이고 익숙한 것을 신기하고, 특수하고, 창조적이라는 반대 속성들을 통해 균형을 유지하거나 강화시킬 필요가 있음을 강조했다는 점에도 유의해야 합니다. 그들은 인간의 일반적 본성이 예술의 근원이며 그 가치를 시험하는 수단이라는 점, 장소와 시대를 뛰어넘어 보편적으로 동의한다는 사실 자체가 미적 진리와 함께 물론 도덕적·종교적 진리를 시험하는 가장 좋은 수단이라는 점에 대해서는 전적으로 견해의 일치를 본 것입니다. 다섯째, 그들도 그 시대의 철학자들이 그러했던 것처럼, 인간은 도달할 수 있는 목표를 향해 매진해야 하고 전념해야 하는, 본질적으로 유한한 존재라고 여깁니다. 이 시기의 많은 풍자적·교훈적 걸작은, 감히 인간의 자연적 한계를 극복하려는 不敬을 공격하고, 중용의 교훈, 그리고 인간은 만물의 서열—흔히 자연적 위계조직, 곧 존재의 대연쇄(great chain of being)로 그려진 서열—에서 점유하고 있는 유한한 위치를 받아들여야 한다는 교훈을 크게 옹호합니다. 그래서 그 시대에는 인생에 있어서 그런 것처럼 예술에 있어서도 分數의 법칙과 자유의 엄격한 규제가 널리 퍼집니다. 시인들은 서사시·비극이라는 훌륭한 장르들을 극구 찬양하면서도 정작 그들 자신의 작품은 풍자처럼 확실히 이류에 속하는 형식으로 씁니다. 그리고 그들은 영국 선배들에 직접 비교되거나 앞설 가능성이 더 많다고 느낍니다.

그들은 주제 · 구조 · 시어에서 최소한 여러 원칙과 기타 제한적 관례들을 거부감 없이 받아들입니다.

이러한 점들과 더불어 강조되어야 할 것은 신고전주의 작가들은 질서의 원리를 매우 중시했다는 점입니다. 질서의 원리는 질서의식에서 나온 것들인데 불변적이고 항구적인 자연성이나 敎化性 · 윤리성 · 보편성 · 이성 · 규칙 · 절도 · 균형 · 조화 · 형식 등을 의미합니다. 그러고 보면 이 질서는 달리 말해서 객관성의 질서이기도 합니다. 객관성이란 독자의 입장에서 보면 보편성에 다름 아닙니다. 그들은 문학이 모름지기 보편성에 호소해야 하며 편벽되고 특수한 것을 배격해야 한다고 보았습니다. 따라서 남과 다른 특수한 개성, 독창성 등은, 그들에게는 극복해야 할 것들이었습니다. 실재의 보편타당한 의미를 구현하여 많은 사람들에게 전달하는 것이 그들의 임무였습니다.

낭만주의에 대해서 살펴보고자 할 때 가장 먼저 부딪히는 것은 개념 규정과 관련되는 문제일 것입니다. 실제로, 낭만주의의 개념을 규정하려는 사람들에게 낭만주의에 대한 역사적 측면에서의 조명은 중요한 절차의 하나로 인식됩니다.

이런 의미에서 당대의 낭만주의 이론가였던 F. 슐레겔의 견해는 매우 의미가 깊습니다. 그에 의하면 낭만적 문학은 진보적인 보편성의 문학입니다. 낭만적 문학이 의도하고 있는 것은, 또 마땅히 해야 할 것은, '시와 산문,' '창작 시와 자연시'를 혼합하거나 융합하여 문학에 생동감과 친근감을 부여함으로써 삶과 사회를 詩化하는 것입니다. 동시에 이 경우, 낭만적 문학은 모든 현실적 또는 이념적 관심에서 벗어나 시적 반영이라는 날개를 타고 '묘사하는 자'와 '묘사의 대상' 사이를 자유롭게 떠다니며, 마치 무한히 늘어서 있는 거울 속처럼 반영된 모습을 끊임없이 강화하고 늘려갑니다. 낭만적 문학만이 오직 무한하며 또 자유롭습니다.[6]

---

6) 김주연, 오생근 · 이성원 · 홍정선 편, 「독일 낭만주의의 본질」, 『문예사조의 새로운

F. 슐레겔의 이러한 견해는, 모든 문학은 '낭만적'이며 또 '낭만적'이 되어야 한다고 믿는 사람들에게는 자연스럽게 이해됩니다. 그것은 '문학=낭만주의(낭만성)'라는 인식을 드러낸 것입니다. 극단적으로 말하면 낭만성을 지니지 않은 문학은 문학이 아니라는 인식입니다. F. 슐레겔의 낭만주의 문학이론은, 그러므로 계몽주의적 합리성이나 순수이성의 도구적 역할로부터 벗어나 문학의 자율성을 확보하고 있다는 역사적 의미도 지닙니다. "그(슐레겔—필자)가 말하는 '진보적'이란 따라서 계몽성으로부터의 탈피라는 의미가 강하고, '보편성'이란 구체적 실용성·현실성이 아닌, 문학 자체가 지닌 보편적 가치라는 의미로 해석될 수 있습니다. '시적 반영이라는 날개'는 바로 이러한 진보성과 보편성을 동시에 말해주는 상징임이 분명합니다. 그러나 얼핏 보기에 자유스러운 浮動性으로 나타나는 낭만주의 문학의 이러한 특징은 사실상 현실성 속에 매몰된 맹목적 이성과 부자유한 정신에 대한 가열한 비판의 성격을 갖고 있습니다."[7] 낭만주의의 특징[8]을 가장 잘 말해 주는 것으로 동경과 사랑이 있습니다. 낭만주의 작가의 정신적 기조는 동경이며 그래서 낭만주의의 문학은 동경의 문학이라고 할 수 있습니다. 낭만주의의 문학은 동경에서 출발하여 동경 속에서 진행되기 때문입니다. 낭만주의자는 이 끝없는 동경에다 사랑을 결부시킵니다. 사랑을, 동경을 진정시키는 수단으로 본 것입니다. F. 슐레겔은 무한자에 대한 동경을 W. 슐레겔에게 고백하고 있고 이 무렵에 그 동경을 사랑과 결부시킵니다. 그러면 동경의 대상은 무엇일까요. 동경은 원래 플라톤의 이데아에 대한 애모, 그리고 플라톤의 이데아를 더욱 발전시킨 플로티누스에서 유래합니다. 그런데 18세기 말엽에 낭만주의 운동에 영향을 준 피히테에 의하면 동경은 '어떤 미지의 세계에 의한 충동'인

　이해』, 문학과지성사, 2000, 43~44쪽.

7) 위의 글, 위의 책, 45쪽.

8) 낭만주의 특징에 대한 논의는 박찬기, 『독일문학사』, 일지사, 1980, 246~248쪽; 문덕수, 『문예사조』, 개문사, 1985, 68~82쪽 참조.

데 낭만주의자들의 동경은 이러한 형이상학적인 곳에 머무르지 않고 '신에 대한 동경,' '무한자에 대한 종교적 사랑'으로까지 확대됩니다.[9] 다른한편으로 낭만주의 작가는 외국(특히 동양)이나 중세, 미지의 세계를 동경하기도 합니다. 처음에는 그리스에 심취했던 F. 슐레겔의, 고대 인도에대한 연구, 노발리스의 동양에 대한 동경, 외국 문학의 섭취·번역 등이모두 이에 해당하는 예들입니다. 화려한 騎士 생활과 신비스러운 가톨릭신앙 등은 그들에게는 무한한 詩情의 원천이었습니다. 그들은 물론 봉건군주의 압제라든지 승려의 타락 등 중세의 암흑면에는 외면하고, 중세적예술의 분위기가 그윽한 독일 고유의 분위기를 동경한 것입니다. 그 결과로 인해 많은 독일의 전설·민요·동화·민담 등은 정리·소개되기 시작합니다.

낭만주의는 동경에서 벗어나지 못한 채 완성에 이르지 못하고 영원한생성 과정 속에 존재합니다. 이 영원한 생성 과정이라는 것도 낭만주의의특징입니다. F. 슐레겔은 『아테네움』지에서 "다른 형식의 시는 이미 완성된 것이며 이제는 완전히 분석할 수 있습니다. 낭만시풍은 현재도 生成하는 과정에 있다. 이 사실은, 즉 그것이 영원히 생성·발전하여 결코 완성하지 않는다는 사실은 실로 낭만시의 본질이다. 그것은 어떠한 이론으로도 구명할 수 없고 다만 豫感的 비평만이 그 이론의 특징을 천명하고자 하는 시도를 감행할 수 있다. 낭만시만이 무한하며 낭만시만이 자유"[10]라고 주장합니다.

낭만주의자들에게서 가장 중요한 감정은 애정입니다. 18세기 문학은교양과 예절과 우아함이 강조되는 문학입니다. 그러나 그렇다고 남녀 간의 관계를 다룬 작품이 없다고 보는 것은 오해입니다. 이 시대의 남녀 관

---

9) 문덕수, 위의 책, 72~73쪽 참조.
10) 지명렬, 김용직·김치수·김종철 편, 「낭만주의와 동경의 문제」, 『문예사조』, 문학과지성사, 1979, 49쪽에서 재인용.

계를 다룬 작품에는 육체적 욕망과 저속한 육욕을 다룬 작품도 적지 않습니다. 그런 작품들은 이러한 남녀 간의 관계를 단지 심리적 게임으로 보거나, 또는 남자가 여자를 차지하는 것을 중요한 주제로 다룹니다. "이러한 사랑 게임에 낭만주의자들은 강하게 반발했습니다. 이러한 경향을 대표하는 작중 인물로서 우리는 괴테의 『파우스트』에서의 파우스트와 마르가레테를 들 수 있습니다. 이들에게 있어서 사랑은, 진정으로 정신적인 고귀함이 있고 진실로 부러워할 가치가 있는 것으로 여겨졌습니다. 이 같은 사랑은 육체적 만족을 가져오기 때문에 고귀한 것이 아닙니다. 오히려, 사랑 때문에 불행해지는 한이 있더라도, 이러한 고통스러운 행복 없이는 인간은 존재 가치를 잃는 것이기 때문입니다."[11]

낭만주의는 다르게 말해서 主我主義입니다. 주아주의는 모든 가치를 내적 체험에만 두는 주관주의라고 할 수 있습니다. 바꾸어 말하면 모든 가치의 근거를 자아에 두어야 한다는 주장입니다. 세계의 실재도 자아의 사유가 그 근거이며, 세계를 유지하는 것도 자아이며, 도덕이나 윤리의 근거도 자아입니다. 이것은 또한 무한한 힘을 인간의 의지에 부여하는 것입니다. 이런 의미에서 노발리스도 주아주의를 주장했다고 할 수 있습니다. 이 주아주의는 T. E. 흄이 낭만주의를 휴머니즘의 극단적인 형태로 본 것과도 관련 됩니다. 그런데 앞서 고찰한 F. 슐레겔의 이론에서 보이는 내용도 결국 이 주아주의라고 할 수 있는데, 이런 점은 독일의 철학자인 피히테의 이상주의적, 주관적 관념론의 철학에 영향을 받은 것입니다.

낭만주의 작품은 형식과 법칙을 초월합니다. 문학은 이런 의미에서의 보편시일 것을 요구합니다. 따라서 일체의 전통적인 법칙과 형식이 배제되고, 서정시 · 서사시 · 희곡 등의 구별마저 명백하지 않게 됩니다. 심지어 예술은 음악 · 회화 · 문학 · 건축의 한계를 벗어나서 종합예술의 경지에까지 이르게 됩니다. 이 점은 낭만파의 소설이나, 희곡 속에 가끔 가

---

11) 이재호 외 역, 『세계문예사조사』, 을유문화사, 1990, 228쪽.

요·서정시 등이 혼입되어 있는 것에서 확인할 수 있습니다. 그리고 특히 그들은 작자의 자유로운 공상을 가능한 한 충분히 보장하기 위하여 대체로 번잡한 형식이 수반되는 희곡을 좋아하지 않았습니다. F. 슐레겔은 그래서 소설을 최고의 문학형식으로, 노발리스는 한층 더 나아가 동화를 문학 형식의 극치로 삼았습니다. 거기에는 공상의 자유가 최대한 허용되기 때문입니다.

이상의 내용만으로도 신고전주의와 낭만주의의 개념과 성격은 결코 단순하지 않음을 알 수 있습니다. 그것은 17, 18세기의 신고전주의 소멸과 바로 이어진 낭만주의의 발생으로 구체화되는 것입니다.

2. 구조주의와 탈구조주의 : 구조에서 탈구조로

구조주의의 특성[12]을 파악한 사람은 누구나, 그 특성 자체가 처음부터 스스로의 숙명적인 해체요인이 되어 왔다는 주장에 동의하게 됩니다. 그 특성은 다음과 같습니다.

첫째, 구조주의는 우선 개개의 텍스트들의 특성과 가치는 무시한 채, 전체적인 구조만을 중시함으로써 개체를 전체에 종속시키는 전체주의적 독선을 보여주고 있습니다. 예컨대 구조주의자들은, 작가의 언어가 리얼리티를 반영하는 것이 아니라 언어의 구조가 리얼리티를 창조하는 것이라고 말함으로써, 한 문학작품의 의미가 작가나 독자의 개인적 경험에 의해서가 아닌, 그 개인을 지배하는 언어체계에 의해서 결정된다고 주장합니다.

둘째, 구조주의는 보편적인 구조·문법·구문·법칙을 찾아내고 수

---

12) 김성곤, 「탈구조주의의 문학적 의의와 전망」, 『탈구조주의의 이해』, 민음사, 1990, 13~14쪽에 의거.

립하려는 과정에서 스스로 경직된 과학적 이론이 되고 맙니다. 그러므로 과학적 엄격함을 주장하는 구조주의는 우리가 인지하고 경험하는 것의 서술적 분석을 통해 의미에 접근할 수 있다고 생각하는 현상학적 태도를 배격하며, 따라서 모든 경험적 리얼리티와의 연계성을 스스로 포기합니다. 구조주의는 또한 인간의 모든 행위의 기본이 되는 어떤 규칙이나 틀을 찾아내려는 과학적 태도를 갖고 있음으로 해서 늘 인간을 규격화하고 조직화하며 패턴화하려는 위협적인 존재로 등장하게 됩니다.

셋째, 구조주의는 하나의 구조, 하나의 체계를 분리해 내는 과정에서 필연적으로 역사를 무시하는 비역사적 태도를 보여주게 됩니다. 따라서 구조주의자들은 텍스트가 쓰인 시대나 그것의 역사적 배경이나 수용과정에 대해서는 전혀 관심이 없습니다. 그들은 다만 내러티브의 구조나 미학적 체계에만 관심이 있을 뿐입니다.

넷째, 구조주의의 이와 같은 태도는 자연히 자아나 주체나 개인의 사유를 인정하지 않고 모든 것을 객관화시키는 비인본주의적 · 비실존주의적 태도를 보여줍니다. 구조주의자들에 의하면, 인간의 사고 역시 하나의 고정된 틀 속에서 생성되고 기능하는 것이기 때문입니다.

다섯째, 구조주의에 의하면 구조는 곧 모든 것의 기원이나 센터가 되며 개체에 대해 특권을 부여받은 존재가 됩니다. 이러한 생각은 물론 랑그 / 파롤, 말 / 글, 심층구조 / 표면구조, 자연 / 문명, 서술 / 묘사 등으로 모든 것을 이분화한 다음, 첫 번째 것에 특권을 부여하는 구조주의의 이분법적 사고방식에서 비롯된 것입니다.

여섯째, 구조주의는 비록 지시어와 지시대상의 사이에 필연적이 아니고 임의적이라는 것은 인정했지만, 궁극적으로는 언어의 재현 가능성을 믿었던 낙관주의에 근거합니다. 다시 말해 구조주의자들은, 모든 것의 근본이 언어체계로 설명될 수 있다고 믿습니다. 그들은 또한 언어체계는 곧 기호체계이기 때문에 구조주의는 자연 기호학적 특성을 띠게 되고, 더 나아가 기호의 재현 능력을 결코 의심하지 않습니다.

데리다는 소쉬르의 새로운 학문에서 이성중심주의적 역할을 들추어냅니다. 이 구조언어학과 기호학의 아버지를 적절하게 인용하면서 펼쳐지는 데리다의 비평은 소쉬르를 넘어 후기 구조주의 시대로 우리를 이끕니다.

데리다가 구조언어학을 비판한 것은 그것이 의식적이며 철저하게 음성학적 토대 위에 구축되었다는 점 때문이었습니다.[13] 구조언어학은 언제나 드러난 소리와 로고스를 연구대상으로 삼지만, 쓰인 부호나 흔적은 연구 대상으로 삼지 않습니다. 구조언어학은 또한 말하기에 대해서는 찬양하고 글쓰기에 대해서는 비난합니다. "처음에는 쓰인 것으로 여기게 되는 소쉬르의 기표조차 청각 이미지입니다. 쓰인 기표는 '말해진' 기표에서 파생된 것이며 그것의 대리물입니다. 글쓰기에서 우리는 기표를 얻지만 이 기표는 그 이전의 일차적 기표인 드러난 소리를 나타냅니다." 다른 곳에서처럼 여기서도 이성중심주의 핵심인 음성중심주의는 구조언어학이라는 과학을 지배하고 그 연구 분야를 규정합니다. 라이치는 그럼에도 불구하고 소쉬르의 텍스트는 무심결에 드러난 소리가 아니라 쓰인 부호가 언어 분석에 적합한 요소일 것이라는 가능성을 열어 놓는다고 봅니다.

탈구조주의는 우선 전술한 구조주의의 여섯 가지 특성을 다음과 같이 해체합니다.[14]

1) 전체적인 구조보다는 개체의 존엄성과 자유를 인정한다.
2) 사고의 경직화 및 문학과 학문의 과학화를 배격하며 이성중심적 태도를 지양한다.
3) 역사의 중요성을 인정하고 역사에 대한 새로운 관심을 표명하며, 과

---

13) 이에 대한 논의는 빈센트 B. 라이치, 권택영 역, 『해체비평이란 무엇인가』, 문예출판사, 1988, 44~45쪽에 의거.
14) 김성곤 편, 앞의 글, 앞의 책, 15쪽.

거를 향수가 아닌 탐색의 대상으로 취급한다.

4) 자아와 주체를 중요시한다.

5) 절대적인 진리나 센터나 근원의 독선과 횡포를 거부하며 이분법적 사고방식으로부터 탈피하여 타자를 인정하고 포용한다.

6) 모든 기호와 그것들의 재현능력을 불신한다.

데리다는 1967년에 출판된 세 권의 책인 『문자학에 관하여』, 『글과 차이』, 『말과 현상』 등에서 자신의 주장을 피력합니다. 그 이후, 그는 잇달아 출판된 다른 책들과 정기 간행물에 실린 논문들에서 그 이론적 주장을 반복하고 다듬습니다. 그에 의하면, 언어와 언어 사용에 대한 서양의 모든 이론들과 문화는 로고스 중심적입니다. 그는 그것이 로고스 중심적인 첫째 이유를, 음성 중심적(즉, 모든 언어의 연속된 말이나 글을 분석하는 모델로, 글보다 말에 우위 또는 특권을 부여했기)인 데에서 찾습니다. 현존이란 데리다에게 있어서 이른바 초월적 시니피에 또는 궁극적 지시 대상을 의미합니다. 즉, 그것은 언어 자체의 유희 밖에 존재하는 절대적 근원입니다. 그에 의하면 그 절대적 근원은 말해진 또는 쓰인 것을 언어 체계 속에 정착시킬 수 있도록 그 체계를 집중(center)시키기에 충분합니다. 그는 이러한 초월적 현존에 절대적인 토대가 있음을 증명하고자 하는 모든 시도는 환상적인 것임을 보여주고 싶어합니다. 그리고 특히, 그는 말하는 순간, 어떤 화자가 발하는 말의 의미가 그의 의식 속에 즉시, 그리고 완전히 현존한다는 음성 중심적 가정(그는 그것을 본질적인 가정으로 보고 있습니다)에 대해서는 회의적인 반론을 전개합니다.[15]

확정된 의미의 가정된 현존을 해체하는 데리다의 다양한 방법들 중에서 가장 탁월한 것은, 첫째, 전통적인 계층 구조인 글에 대한 말의 우위를

---

15) M. H. Abrams, 앞의 책, 38~41쪽에 의거. 바로 이어 전개되는 데리다의 주장도 이와 같음.

뒤집는 것입니다. 그 방법은 글의 모든 본질적 특징들(화자의 부재에 따른, 의미의 보증자인 화자의 인식 상태의 부재)은 연속된 말에도 존재한다고 할 수 있기 때문에, 글이 말의 '기생충적'인 파생물이라고 생각하는 대신, 말을 글의 파생물로 생각할 수도 있음을 보여줍니다. 다음 단계로서 데리다는 하나의 허구적인 구성물이지만 말과 글의 밑바탕에 깔려 있다고 생각할 수 있는 원형문자(archi-ecriture)를 가정해 놓음으로써 이 전도된 계층 조직을 대치시킵니다. 그러나 데리다의 회의적 반론의 핵심은, 시니피앙과 의미들은 그 자체의 적극적 또는 객관적 특징들 때문이 아닌, 그것과 다른 시니피앙, 의미와 차이가 있기 때문에 자기 동일성을 지니게 되는 것이라는 소쉬르의 견해로부터 나온 것입니다. 데리다는 이 견해로부터 시니피앙과 시니피에를 식별하는 특징들은 – 이 둘은 차이적 관계들의 조직망에 불과하므로 – 결코 현존하지 않는다는 주장을 도출합니다. 그러나 이 식별하는 특징들이 부재한다고도 말할 수도 없습니다. 그 대신, 어떤 말이나 글에 있어서, 외견상의 시니피에, 즉 의미는 '표면에 나서지 않는' 흔적(trace)으로서만 효과가 있습니다. 이 흔적은 모든 부재 의미들로 구성되고, 그 부재 의미들은 현존하는 시니피에(의미)와 차이가 있습니다. 데리다에 의하면, 그 결과에 따라 확정적으로 현존하는 의미는 절대로 없고, 다만 의미의 외견상의 '효과들'만이 있습니다.

자기만의 독특한 방법으로, 데리다는 두 말의 음과 의미를 합해서 디페랑스(differance, 差延)라는 신조어를 만들어 냈는데, 이 말에서 프랑스어의 difference(차이)의 어미 '-ence'가 '-ance'로 바뀐 것은 동음이의를 지닌 프랑스어의 두 단어 differer(차이)와 differer(연기)가 융합되었음을 말해 줍니다. 그의 주장의 핵심은, 어떤 말과 글에 있어서도, 의미의 효과는 그것과 그 말과 글의 다른 수많은 의미들과의 차이에 의해 생성되며, 동시에 이 의미는 절대적 현존에 결코 머무를 수 없기 때문에, 그 의미를 확정하는 것은 끝없는 움직임 속에서 이 대치적 언어 해석에서 저 대치적 언어 해석으로 자꾸 연기된다는 데에 있습니다. 그가 그의 많은 신조어 중의 또 한 신조어로 표현한 데에서도 나타나는 것처럼, 모든 말이나 글의 의미는 흩뿌려집니다(disseminated). 이 용어에는 의도적으로 상충된 것들, 즉 '의미의 효과를 지니다,' '무수한 가능성들 사이에 의미들을 분산시키다,' '의미를 부정하다' 등의 개념들이 들어 있습니다. 언어란 단순하게 말하면 디페랑스의 끊임없는 유희입니다. 그러므로 우리가 말하고, 쓰고, 해석하는 어떤 말에라도 그것에 하나의 확정적 의미, 아니, 심지어는 擇一할 수 있는 한정된 의미들을 귀속시킬 근거가 없습니다. 그가 『글과 차이』에서 말한 바처럼, 초월적 시니피에(또는 현존)의 부재는 의미의 영역과 유희를 무한히 확대시킵니다.

데리다의 글에는 소쉬르, 루소, 레비—스트로스, 그리고 주로 다른 철학적 작가들이 쓴 구절들에 대한 해석이 많이 들어 있습니다. 그는 그가 내세우는 해체적 방법을 이중해석(double reading)이라고 부릅니다. 즉, 어떤 면에서는 그 방법은 환상적인 의미의 효과들을 제공하는 본문의 '읽기 쉬움'을 인정하고 있지만, 다른 한편으로는 '디페랑스,' '흩뿌림'과 같은 해체적 주요 용어들을 통해 모든 텍스트가 그 자신의 토대와 통일성을 뒤엎고 그 외견상의 의미들을 불확정성 속으로 흩뿌리는 아포리아aporia를 지니고 있음을 보여줍니다. 그는 로고스 중심적 언어 체계와 그 내적 자기모순을 피할 방도가 전혀 없음을 주장합니다. 그에 의하면, 모든 본문은 사실상 스스로 해체할 수밖에 없습니다. 또한, 해체적 해석들은 로고스 중심주의의 언어를 통해서만 표현될 수 있다는 사실, 즉 자기 자신의 본문들은 다른 본문들을 해체시키는 바로 그 행위 과정에서 스스로도 해체하고 있다는 사실을 인식합니다. 그러나 그는 해체가 그 적용을 받고 있는 본문을 파괴하는 것은 아니라고 강변합니다.

신고전주의와 낭만주의의 경우처럼, 구조주의와 탈구조주의의 경우도 개념과 성격, 그리고 방법론에 이르기까지 두 문예사조가 반발을 받고 빈

발을 하는 관계로 묶여 있음을 알 수 있습니다. 그것은 인위적으로 만들 수 없는 역사적 사실입니다.

Ⅳ. 에필로그

지금까지 신고전주의와 낭만주의, 구조주의와 탈구조주의 등에 적용되는 반발이론을 논증해 보았습니다. 그 과정에서 거듭 확인한 것은, 그 반발의 양상이 우리가 예상하는 것보다 뚜렷하다는 점입니다. 반발의 양상은 철학적 세계관, 사물에 대한 관점, 문학에 대한 시각, 창작 방법 등을 중심으로 논증될 수도 있습니다. 그러나 이 글에서의 반발이론은 내부적 반발을 중심으로 논증되었습니다. 즉, 이 글은 신고전주의에서의 '보편'과 낭만주의에서의 '특수'를 통해, 구조주의에서의 '구조'와 탈구조주의에서의 '탈구조'를 통해 논증된 것입니다. 만일, 이 글에 외부적 반발을 중심으로 하는 내용을 추가했다면, 신고전주의에서의 절대왕정과 낭만주의에서의 두 혁명인 산업혁명과 프랑스혁명을 통해, 구조주의에서의 전체주의와 탈구조주의에서의 개체주의를 통해 각각 논증되었을 것입니다.

그렇다고 해서, 이 글에서 논증된 반발이론이 여타의 문학이론이나 문예사조의 발생 · 소멸에도 한 치의 오차도 없이 적용된다고 말하기는 어렵습니다. 그것은, 예술이란 정의를 허용하지 않는다는 비트겐쉬타인적인 개념과는 무관하게─다소 애매한 말처럼 들리는 말이기는 하지만─모든 인문학 이론이 지니고 있는 운명 때문입니다. 그 운명이란, 수학 이론이나 물리학 이론과는 달리, 인문학 이론의 발생, 소멸은 다른 양상으로 나타날 수도 있다는 의미의 운명입니다.

지금까지 경청해 주신 모든 분들께 감사드립니다.

김수영 시론의 가치론과 방법론

김 병 택

Ⅰ. 서론

김수명 편 『김수영 전집 2−산문』(민음사, 1981)에 의하면, 金洙暎이 남긴 산문은 에세이 67편, 시작 노트 7편, 서한문 16편, 시 월평 23편, 미완 소설인 「義勇軍」 등이다. 1945년 『예술부락』에 발표한 처녀작 「廟庭의 노래」에서부터 작고한 해인 1968년에 쓴 마지막 작품 「풀」에 이르기까지의 작품이 총 173편이라는 점을 감안하면 그가 쓴 산문의 양은 결코 적은 것이 아니다. 그 산문들은 「歸棒」(1953), 「眩氣症」(1956)을 제외하면 모두 1960년대에 쓰여진 것들이다. 그것들은 4·19로 시작되는 당 시대의 상황과 밀접하게 관련된다. 이 글에서 특히 고찰 대상으로 삼고 있는 시론들에서는 그러한 점이 분명하게 나타난다. 시에서 참여시의 성격이 잘 드러나는 것처럼 시론에서도 참여시를 주장하는 논리가 빈번하게 등장하는 것이다.

김수영의 시론은 두 가지의 복합적인 성격을 띠고 있다. 그것의 하나는 모더니즘적인 성격이고 다른 하나는 참여시론적인 성격이다. 물론 모더니즘적인 성격의 시론은 1930년대의 모더니즘과는 판이하게 다른 것으로서 그것이 시에서 구현된 시기는 1950년대이지만 시론을 통해 주장한 시기는 1960년대이다. 그리고 참여시론적인 성격의 시론은 1970년대에 주장했던 그것과는 또한 구별되는 것으로서 당시대의 시단 상황으로 볼 때는 선구적인 것이었다. 그의 시론이 지니고 있는 두 가지의 성격은 그의 시에 그대로 반영되어 그의 시 성격을 규정하는 기준이 되고 있다고 볼 때 그의 시론에 대한 연구의 필요성은 자연스럽게 도출된다.

이 글의 목적은 김수영의 시론에 나타나는 두 가지의 성격을 가치론의 측면과 방법론적 측면에서 조명해 보는 데에 있다. 이러한 의도의 저변에는 종래의 연구자들이 그의 시론을 모더니즘 시론과 참여시론으로 나누어 그 특성만을 줄기차게 부각시키는 연구 방법에서 벗어나 그의 시론이 지니고 있는 성격을 입체적으로 재구성하고자 하는 의도가 깔려 있다. 그런데 이 글의 목적을 이렇게 정해 놓은 다음에도 그의 시론 속에 내포되어 있는 논리적인 비약과 그에 따라 야기되는 난해성을 어떻게 해명할 것인가 하는 문제는 여전히 남는다. 그래서 이 글에서는 그것을 최소화하기 위해 시의 가치론과 방법론이라는 방향을 정해 놓고 거기에서 발견되는 핵심적인 개념들을 중심으로 논의하는 방법을 취하기로 한다.

Ⅱ. 시의 가치론

김수영이 시에서 가치적 요소를 지니고 있다고 생각한 것은 대략 네 가지이다. 그것은 자유·새로움·생명·행동이다. 그런데 이 네 가지 요소가 독립적으로 기능하는 것이 아니라 서로 관련되는 요소들임은 물론이다.

1. 자유의 성격

김수영의 시론에서 핵심적인 역할을 하는 자유는 두 가지의 성격을 지니고 있다. 그것의 하나는 내적 자유이고 다른 하나는 외적 자유이다. 그 내적 자유는 일종의 신앙으로서 인간의 문제와, 외적 자유는 언론 · 창작 등과 각각 밀접하게 관련된다.

그는 자유와 언어가 불가분리의 관계에 있다고 본다. 그에 의하면, 시인은 "언어를 통하여 자유를 읊으며 또 자유를 사는"[1] 사람이다. 그래서 그는 자유의 회복을 신앙으로 삼는 단계에까지 이른다. 그가 판단하기에 우리나라 시단의 문제는 자유의 회복에 둔감한 시인들이 많다는 사실에 있다. 그래서 그가 시를 평가하는 기준으로 삼은 것은 이 '자유의 회복의 신앙'이다. 그는 작품이 좀 미흡한 데가 있어도 그 시인이 시인으로서의 자유의 신앙을 가지고 있는 사람이라는 것을 알 때는 좋게 보인다고 말하고 또 좋게 보려고 한다. 그러나 그는 아무리 작품이 짜임새가 있고 말솜씨가 명확하더라도 그가 보수적이라는 것을 알 때에는 환멸을 느낀다고 말한다. 그러면서도 그는 스스로의 시평 태도를 편벽에 찬 것이라고 규정하는데 그것이 역설임은 물론이다.

그는 오늘날의 시가 가장 골몰해야 할 가장 큰 문제는 인간의 회복이라고 했는데 그것은 결국 자유의 회복에 다름 아니다. 그는 우리 사회가 요청하는 시인다운 시인을, "정의와 자유와 평화를 사랑하고 인류의 운명에 적극 관심을 가지며 이 시대의 지성을 갖춘, 시정신의 새로운 육성을 말할 수 있는 사람"[2]이라고 주장한다. 이 경우에도 마찬가지로 자유는 중요한 개념으로 등장한다. 그러나 그는 김우창의 지적처럼 "철학적, 형이상학적 요구로서의 자유가 현실에 대해서 가지는 관계는 직접적이라기보다

---

1) 김수영, 「生活現實과 詩」, 김수명 편, 『김수영 전집 2-산문』, 민음사, 1981, 196쪽 (이하 『전집』이라 함).
2) 김수영, 「제 精神을 갖고 사는 사람은 없는가」, 『전집』, 139쪽.

는 변증법적이며, 이 변증법적 과정이 최후의 화해에 이르지 않는 한 예술가는 정치의 무자비 속에 고통할 수밖에 없다"[3]는 사실을 간과한 것처럼 보인다.

한편 그의 시론에서 등장하는 외적 자유는 무엇보다도 언론의 자유이다. 이 경우의 자유는 표현의 자유, 더 나아가 창작의 자유와 깊은 관련이 있다. 그에 의하면, 시를 쓰는 사람, 문학을 하는 사람의 처지로서는 '이만하면'이라는 중간사는 도저히 있을 수 없다. 그는, "그들에게는 언론자유가 있느냐 없느냐의 둘 중의 하나가 있을 뿐 '이만하면 언론자유가 있다'고 보는 것은, 쉽게 말하면 그 자신이 시인도 문학자도 아니라는 말밖에 안 된다"[4]고 주장한다. 그는 우리나라에 이런 사고방식을 가진 소설가·평론가·시인이 그가 접한 범위 내에서도 적지 않게 있다고 말한다. 그는 이것을 우리나라의 후진성 운운의 문제를 뛰어넘는 더 큰 문제로 인식한다.

자유에 대한 그의 태도는 "일본의 시인 西脇順三郎은 '詩를 논하는 것은 神을 논하는 것처럼 두려운 일'이라는 의미의 말을 했지만, 저는 '자유를 논하는 것은 신을 논하는 것처럼 두려운 일이라'고 말하고 싶습니다"[5]라는 말에서 보듯이 상당히 신중하고 조심스럽다. 그것은 자유의 개념 자체가 우리에게 얼마나 멀리 떨어져 있으면서 희구의 대상으로 존재해 왔는지를 구체적으로 말해주는 것이 될 것이다.

그는 참여시의 효용성을 주장하는 시론이 시로서의 충격을 못 주고 있는 것 같다고 진단한다. 그는 그 이유를 아직까지의 자유의 서술이 자유의 서술로 그치고, 자유의 이행에까지 이르지 못한 데에서 찾고 있다. 그에 의하면, "모험은, 자유의 서술도 자유의 주장도 아닌 자유의 이행"[6]이다. 또한 그에게 있어서는 자유도 자유의 이행을 의미한다. 그래서 그것

---

3) 김우창, 황동규, 「예술가의 良心과 自由」, 『김수영의 문학』, 민음사, 1997, 198쪽.
4) 김수영, 「創作自由의 조건」, 『전집』, 129쪽.
5) 김수영, 「요즈음 느끼는 일」, 『전집』, 34쪽.
6) 김수영, 「詩여, 침을 뱉어라」, 『전집』, 252쪽.

은 행동적인 특성을 지니고 있다. 이 점은 그가 자유의 이행 전 단계에 자유의 서술을 놓고 있는 점으로 보아도 확인할 수 있다. 그 행동은 모험이며 그래서 결국 자유의 이행, 행동, 모험은 모두 등식의 관계에 놓이는 개념들이 된다.

이상에서 살펴본 것처럼 그는 내적 자유와 외적 자유의 문제를 논의하고 있지만, 그가 살았던 시대의 상황을 결코 쉽게 극복할 수 있으리라고 믿었던 것 같지는 않다. 그가 반복적으로, 그리고 강한 톤으로 주장하고 있는 것이 그 증거이다.

2. 새로움의 네 측면

새로움에 대한 김수영의 시론은 실험문학 · 모험 · 시적 인식 · 자유 등과의 관련 속에서 전개된다. 새로움은 달리 말하면 현대성이고 또 다른 용어로는 모더니티이다. 그런데 그는 이것을 "하나의 문학적 조류로 이해한 것이 아니라, 세계를 이해하고 관찰하는 한 정신의 태도로 받아들"[7]임으로써 "그 태도가 그로 하여금 1960년대 초기에 혁명에 관심을 쏟게"[8] 만들었다. 그가 새로움을 사조로서의 의미가 아닌, 정신적 태도로 이해했다면 새로움에 대한 주장은 대체로 다음의 네 가지로 요약할 수 있을 것이다.

첫째, 그는, 새로운 문학은 실험적인 문학임을 주장한다. 그는 조선일보의 문예시평 난에 게재된 李御寧의 글 「오늘의 韓國文化를 위협하는 것」을 비판하면서 "그는 모든 진정한 새로운 문학은 그것이 내향적이 될 때는─즉 內的 자유를 추구하는 경우에는─기존의 문학 형식에 대한 위협이 되고, 외향적인 것이 될 때에는 기성사회의 질서에 대한 불가피한 위협이 된다는 문학과 예술의 영원한 철칙을 소홀히 하고 있거나 혹은 일방적으

---

7) 김현, 「自由와 꿈」, 황동규 편, 『김수영의 문학』, 106쪽.
8) 위의 글, 위의 책, 106쪽.

로 적용하려 들고 있다"[9]고 비판한다. 그리고 그는 모든 진정한 새로운 문학, 실험적인 문학의 성격을 다음과 같이 규정한다.

> 얼마 전에 내한한 프랑스의 앙띠 로망의 작가인 뷔또르도 말했듯
> 이, 모든 실험적인 문학은 필연적으로는 완전한 세계의 구현을 목표
> 로 하는 진보의 편에 서지 않을 수 없게 되는 것이다. 모든 전위문학은
> 불온하다. 그리고 살아있는 문화는 본질적으로 불온한 것이다. 그것
> 은 두말할 것도 없이 문화의 본질이 꿈을 추구하는 것이고 불가능을
> 추구하는 것이기 때문이다.[10]

둘째, 그는, 새로운 문학은 모험의 발견이며 내용 · 형식이 자유로운 문학임을 주장한다. 그에 의하면, "현대에 있어서는 시뿐이 아니라 소설까지도, 모험의 발견으로서 자기 형성의 차원에서 그의 '새로움'을 제시하는 것이 문학자의 의무"[11]이다. 그는 소설을 쓰는 마음으로 시를 쓰고 있다고 고백한다. 그만큼 많은 산문을 도입하고 있고 내용면에서 완전한 자유를 누리고 있다는 것이다. 그러면서도 그는 자유가 없다거나 너무나 많은 자유가 있고 너무나 많은 자유가 없다고 말하면서 그에 따른 배경을 다음과 같이 제시한다.

> '내용의 면에서 완전한 자유를 누리고 있다'는 말은 사실은 내용이
> 하는 말이 아니라 '형식'이 하는 혼잣말이다. 이 말은 밖에 대고 해서
> 는 아니 될 말이다. '내용'은 언제나 밖에다 대고 '너무나 많은 자유가
> 없다'는 말을 해야 한다. 그래야지만 '너무나 많은 자유가 있다'는 '형
> 식'을 정복할 수 있고, 그때에 비로소 하나의 작품이 간신히 성립된다.
> '내용'은 언제나 밖에다 대고 '너무나 많은 자유가 없다'는 말을 계속해
> 서 지껄여야 한다.[12]

---

9) 김수영, 「實驗的인 문학과 정치적 자유」, 『전집』, 158쪽.
10) 위의 글, 위의 책, 158~159쪽.
11) 김수영, 「詩여 침을 뱉어라」, 『전집』, 251쪽.

셋째, 그는, 새로운 시는 새로운 인식의 시임을 주장한다. 그는 인식적 시의 여부를 정하는 간단한 방법은 우선 거기에 새로운 것이 있느냐 없느냐를 찾고 다음에 새로운 것이 있다면 어떤 모양의 새로운 것인가를 찾아야 한다고 말한다. 그에 의하면, "인식은 본질적으로 새로운 것"13)이다. 그러나 그는 인식적 시의 개념을 분명히 해놓지 않았다. 그래서 섣불리 단정할 수는 없으나 인식적 시를, 인식을 담고 있는 시로 해석한다면 그가 강조하는 것은 인식의 새로움인 듯하다.

넷째, 그는, 새로운 시는 자유의 시임을 주장한다. 그는 "오늘날 우리들은 인간의 상실이라는 가장 큰 비극으로 통일되어 있고, 이 비참의 통일을 영광의 통일로 이끌어나가야 하는 것이 시인의 임무"14)라고 주장한다. 그에 의하면, 시인은 언어를 통해서 자유를 읊고, 자유를 사는 데에 시의 새로움이 있고, 그 새로움이 문제되어야 한다. 그는 시의 언어 서술이나 시의 언어 작용은 이 새로움이라는 면에서 같은 감동의 차원을 차지하게 된다고 본다. 그에 의하면, 우리의 생활 현실이 담겨 있는지의 여부나 진정한 난해시의 여부는 새로움이 있느냐 없느냐에서 결정된다. 결국 "새로움은 자유다, 자유는 새로움이다"15)라는 그의 주장에서 알 수 있는 것처럼 그에게 있어서의 새로움과 자유는 등식의 관계에 놓여 있다.

그가 주장하는 새로움은 결국 그가 지녔던 신념에서 우러나온 것이다. 그가 지녔던 신념은 물론 이 네 가지에 국한된 것은 아니었지만 최소한 그 네 가지 신념을 다른 것들에 비해 더 중요시했던 것만은 분명하다.

---

12) 위의 글, 위의 책, 251쪽.
13) 김수영, 「詩的 認識과 새로움」, 『전집』, 397쪽.
14) 김수영, 「生活現實과 詩」, 『전집』, 196쪽.
15) 위의 글, 위의 책, 196쪽.

3. 생명과 행동

김수영은 시에서 무엇보다도 중요한 것은 생명이라고 보았다. "스타일도 현대적이고 말솜씨도 그럴 듯한데 가장 중요한 생명이 없다. 그러니까 작품을 읽고 나면 우선 불쾌감이 앞선다"[16]고 한 것이나 "핀다로스나 다스케마이네나 알렉산더 포오프를 <同位數値>를 운운하면서 멋쟁이 제목을 붙이는 것도 좋지만 그보다도 몇천 배나 더 중요한 것은 생명을 가려내는 일이다. 한말로 말해서 우리나라 詩壇은 썩었다"[17]고 한 데에서 보듯이 그는 스타일이 현대적이라거나 말솜씨가 그럴듯하거나 멋쟁이 제목을 붙이는 것은 모두 '생명'이 있다는 전제 위에서만 빛을 발한다고 생각한다.

그는, '생명'이라는 말이 매우 추상적이라고 전제하면서도 대체로 그 성격을 다음과 같이 두 가지로 규정한다. 그것의 하나는 기교 따위에 압도되지 않고 살아 있는 상태, 즉 시를 시일 수 있게 하는 본질적인 요소라는 점이고 다른 하나는 자유 · 평화 · 양심 · 인간성 · 지성 등이 발휘되는 상태라는 점이다. 그는 시가 이러한 두 가지의 점을 갖출 때 시다운 시가 된다고 본다.

그가 말하는 행동은 다분히 시와 등식의 관계에 놓인다. 그에 의하면, 시는 "행동을 위한 밑받침. 행동까지의 運算이며 상승. 7할의 고민과 3割의 詩의 총화가 행동"[18]이다. 그에 의하면, 한 편의 詩가 완성될 때는 3할의 비약이 기적적으로 이루어질 때인 동시에 회의의 구름이 가시고 태양처럼 해답이 나오며 행동이 나올 때이다. 그는 시를 未知의 정확성이며 후퇴 없는 영광으로 정의한다.

---

16) 김수영, 「世代交替의 延手票」, 『전집』, 182쪽.
17) 위의 글, 위의 책, 183쪽.
18) 김수영, 「詩作 노우트 · 2」, 『전집』, 286쪽.

아아 행동에의 계시. 문갑을 닫을 때 뚜껑이 들어맞는 딸각소리가 그대가 만드는 시 속에서 들렸다면 그 작품은 급제한 것이라는 의미의 말을 나는 어느 海外 詞華集에서 읽은 일이 있는데, 나의 딸각소리는 역시 행동에의 계시다. 들어맞지 않던 행동의 열쇠가 나의 詩는 완료되고 나의 詩가 끝나는 순간은 행동의 계시를 완료한 순간이다. 이와 같은 나의 전진은 세계사의 전진과 보조를 같이 한다. 내가 움직일 때 世界는 같이 움직인다. 이 얼마나 큰 영광이며 희열 이상의 광희이냐![19]

시가 완료된 순간과 행동이 완료된 순간을 등식의 관계로 파악한 것만 보아도 우리는 그가 행동을 얼마나 중요시했는지를 알 수 있다. 그는 그 등식을 점차 확대하여 '나의 전진'을 '세계사의 전진'과 보조를 같이하는 것으로 파악하고 있는데 그것을 '큰 영광,' '희열,' '광희'로 표현하고 있는 대목에 이르면 그에게 있어서 시와 행동이 등식에 놓이는 것은 자연스러운 일이다.

그뿐이 아니다. 그에 의하면, "힘의 마력, 그것은 행동의 마력이다. 詩의 마력, 즉 말의 마력도 원은 행동의 마력"[20]이다. 그러나 그는 그것이 시의 원리상의 문제이고, 속세에 있어서는 말과 행동은 완전히 대극적인 것이라고 함으로써 시의 경우와 현실의 경우를 구별한다.

생명과 행동은 그에게 있어서 내적 자유·새로움과 함께 시를 시다운 시로 만드는 요소들이다. 그러나 이들 중 외적 자유·행동은 내적 자유·새로움과 성격이 다르다. 내적 자유·새로움이 시의 내재적 가치를 주로 드러내는 것들이라면 외적 자유·행동은 시의 외재적 가치를 주로 드러내는 것들이기 때문이다.

---

19) 위의 글, 위의 책, 286쪽.
20) 김수영, 「民樂記」, 『전집』, 82쪽.

Ⅲ. 시의 방법론

김수영이 시의 방법으로 제시한 것은 현실참여 · 언어 · 형식과 포오즈 · 의미 · 지성 등이다. 이것은 모두 시의 가치를 확보하는 요소들과 중첩되는 것들이다. 그런데도 불구하고 이 부분에서 이것들을 뚜렷한 항목으로 내세우고 논의의 대상으로 삼는 것은 그 주장들이 방법 쪽으로 기울었다고 판단되기 때문이다.

1. 현실참여

김수영이 시 월평을 쓰면서 한결같이 시의 평가 기준으로 내세운 것은 현실참여이다. 그가 그것을 얼마나 중요시했는지는 "그리고 나는 지난달에도 이 달에도 시의 현실참여를 주장해 왔고 내달에도 그것을 주장할 것이다"[21]에서 분명히 확인되는 사실이다. 그가 주장하는, 현실참여와 관련되는 주장은 다음의 네 가지로 요약할 수 있다.

첫째, 그는 현실을 직시하는 시를 써야 한다고 주장한다. 그에 의하면, 시인의 스승은 현실이다. 그는 우리의 현실이 시대에 뒤떨어진 것을 부끄럽고 안타깝게 생각하지만 그보다도 더 안타깝고 부끄러운 것은, 이 뒤떨어진 현실을 직시하지 못하는 詩人의 태도라고 말한다. 그는 "오늘날의 우리의 현대시의 양심과 작업은 이 뒤떨어진 현실에 대한 자각이 모체가 되어야"[22] 한다고 주장한다. 그에 의하면, 우리의 현대시의 밀도는 이 자각의 밀도이고, 이 밀도는 우리의 비애, 우리만의 비애를 가리켜 준다. 그는 오늘날의 우리의 현대적인 시인의 긍지는 '앞섰다'는 것이 아니라 '뒤떨어졌다'는 것을 의식하는 데 있다고 단언한다. 또한 그는, "오늘날의 우리의 현대적인 시인이 '앞섰다'면 이 '뒤떨어졌다'는 것을 확고하고 여유

---

21) 김수영, 「詩人의 精神은 未知」, 『전집』, 350쪽.
22) 김수영, 「모더니티의 문제」, 『전집』, 350쪽.

있게 의식하는 점에서 '앞섰다'고 할 수 있으며, 세계의 詩市場에 출품된 우리의 현대시가 뒤떨어졌다는 낙인을 받는 것을 두려워하기 전에, 우리들에게는 우선 우리들의 현실에 정직할 수 있는 과단과 결의가 필요하다"[23]고 주장한다. 그에 의하면, 우리의 현대시가 현실이 뒤떨어진 것만큼 뒤떨어지는 것은 시인의 책임이 아니지만 뒤떨어진 현실에서 뒤떨어지지 않은 것 같은 시를 위조해 시를 내놓는 것은 시인의 책임이다.

또한 그는 "우리 나라의 현실을 잘 대변하는 시"[24]를 써야 한다고 주장한다. 그는 『漢陽』지에 실린 張一宇의 시에 대한 비평을 중심으로 자신의 생각을 전개하고 있는데 그에 의하면, 우리 나라의 현실을 가장 잘 대변할 수 있는 시는 어떤 시인가 하는 것과 가장 밑바닥에서 우러나오는 가장 절박한 시를 쓰려면 어떻게 하면 되는가 하는 張一宇의 발언은 두 가지 측면에서 바라볼 수 있다. 그것의 하나는 志士的 발언이며, 다른 하나는 기술자적인 발언이다. 그리고 그는 지사적인 면의 방향의 제시가 그것을 기술적인 면으로 풀어보려고 할 때, 잘 맞아떨어지지가 않는 것이라고 말한다.

둘째, 그는 현실참여 시를 언어의 서술과 작용의 두 측면에서 이해해야 한다고 주장한다. 張一宇는 이 현실을 이기는 시인의 방법을 시작품상에 나타난 언어의 서술에서 찾고 있지만 그는 그것을 "언어의 서술에서뿐 아니라 시작품 속에 숨어 있는 언어적 작용"[25]에서도 찾고 있다. 그는, 시의 본질에서 볼 때 그 두 가지는 당연히 동일한 비중을 차지해야 한다고 본다. 그에 의하면, 전자에서는 가치의 치우친 두둔에서 실패한 프롤레타리아 시가, 후자에서는 가치의 치우친 두둔에서 사이비 난해시가 많이 나온다. 그래서 그는 비평가의 임무가 "전자의 경향의 시인에게 후자의 경향을 강매하거나 후자의 경향의 시인에게 전자의 경향을 강매하는 일보다

---

23) 위의 글, 위의 책, 350쪽.
24) 김수영, 「生活現實과 詩」, 『전집』, 191쪽.
25) 위의 글, 위의 책, 193쪽.

도 오히려, 제각기 가진 경향 속에서 그 시인의 양심이 살려져 있는지 아닌지를 식별하는 일에 있는 것"[26]이라고 주장한다. 그리고 그에 의하면, 이러한 식별의 눈은 더욱이 우리 시단과 같은 整地 작업이 되어있지 않은 곳에서는 아무리 섬세하게 작용되어도 핀잔의 대상은 아니다.

그가 보기에는 "우리 시단의 시는 시의 언어의 서술면에서나 시의 언어의 작용면에서나 다같이 미숙하다."[27] 쉽게 말하자면 우리의 생활현실도 제대로 담겨있지 않고, 난해한 시라고 하지만 제대로 난해한 시도 없다"[28]는 것이다. 이 두 가지 시가 통할 수 있는 최대공약수가 있다면 그것은 사상인데, 이 사상이 어느 쪽에도 없으니까 그럴 수밖에 없다는 것이 그의 판단이다.

셋째, 그는 남북의 통일 선언을 소리 높이 외치는 시를 써야 한다고 주장한다. 그에 의하면, "우리 시단의 참여시의 후진성은, 이미 가슴속에서 통일된 남북의 통일선언을 소리높이 외치지 못하고 있는 데에 있으며 이것은 우리의 참여시의 종점이 아니라 시발점"[29]이다. 그는 천 년 후의 우주탐험을 그린 미래의 과학소설의 서평 같은 것을 외국 잡지에서 읽을 때처럼 불안하고 이런 때처럼 우리들의 문화적 쇄국주의가 저주스러울 때가 없다고 고백한다. 그는 이런 미래의 꿈을 그린 산문이 시를 폐멸시키고 말 시대가 불원간 올는지도 모른다고 우려한다.

넷째, 그는 민중을 대변하는 시를 써야 한다고 주장한다. 그는 참여파 신진들의 과오를 이들의 사회참여 의식이 너무나 투박한 민족주의에 근거를 두고 있는 데에서 찾는다. 그에 의하면, "미국의 세력에 대한 욕이라든가, 권력자에 대한 욕이라든가, 일제시대에 꿈꾸던 것과 같은 단순한 자립의 비전만으로는 오늘의 복잡한 상황에 놓여있는 독자의 감성에 영

---

26) 위의 글, 위의 책, 193쪽.
27) 위의 글, 위의 책, 194쪽.
28) 위의 글, 위의 책, 194쪽.
29) 김수영, 「반시론」, 『전집』, 263~264쪽.

향을 줄 수는"[30] 없다. 그는 단순한 외부의 정치 세력의 변경만으로 영혼
이 구제될 수 없다는 것은 세계의 상식으로 되어 있으며 현대의 예술이나
현대시의 출발점이 여기에 있다고 주장한다. 그런데 그가 보기에 우리의
젊은 시가 상대로 하고 있는 민중—혹은 민중이란 개념—은 위태롭기 짝
이 없다. 그에 의하면, 이것은 세계의 일환으로서의 한국인이 아니라 우
물 속에 빠진 한국인이며 시대착오의 한국인, 혹은 시대착오의 렌즈로 들
여다본 미생물적 한국인이다. 그는 이것을, 바라보는—즉 작가가 바라보
는—군중이고, 작가의 안에 살고 있는 군중이 아니기 때문에 그렇게 되는
것이라고 주장한다. 그는 이것을, 작가와 함께 앞을 향해 세차게 달리고
있는 군중이 아니라, 작가는 달리지 않고 군중만 달리게 하는 遊離에서
생기는 현상으로 진단한다. 그에 의하면, 오늘의 민중을 대변하는 시는
민중을 바라보는 시가 아니다

이상의 네 가지의 방법적 주장과 그가 쓴 시는 대부분 일치하지만 부분
적으로는 일치하지 않는 것도 있다. 그렇다고 해서 그의 시론이 지니는
의의가 훼손되는 것은 아니다. 시와 시론의 불일치는 시론의 문제가 아
닌, 다른 차원의 문제이기 때문이다.

2. 언어의 과제들

김수영의, 언어에 대한 논의는 세 가지의 방향에서 진행되고 있다. 그
것의 첫째는 작가의 문화와 관련시키는 논의이고, 둘째는 언어의 기능과
관련되는 논의이며, 셋째는 긴장의 언어에 대한 논의이다.

첫째, 그는 언어의 문화를 주관하는 것은 작가의 임무라고 주장한다.
그에 의하면, "그 밖의 문화는 언어의 문화에 따르는 종속적인 것이며, 우
리들의 언어가 인간의 정당한 목적을 향해서 전진하는 것을 중단했을 때

---

30) 김수영, 「변한 것과 변하지 않은 것」, 『전집』, 246쪽.

우리들에게 경고를 하는 것은 작가의 임무"[31]이다. 그는 사회인의 목적이 시간을 초월한 사랑을 통해서 적시에 심금의 교류를 하는 데 있다고 보고, 그러한 활동에 지장이 되는 모든 사회를 야만의 사회로 규정한다.

둘째, 그는 자유로운 언어를 주장한다. 그에 의하면, "심금의 교류를 할 수 있는 언어, 오늘날 우리들이 처해있는 인간의 형상을 전달하는 의무를 이행할 수 있는 언어, 인간의 장래의 목적을 위해서 선택이 이루어질 수 있는 자유로운 언어—이러한 언어가 없는 사회는 단순한 전달과 노예의 언어"[32]만을 가질 뿐이다. 그는 인간사회의 진정한 새로운 지식이 담겨있는 언어를 발굴하는 임무를 문학하는 사람들이 이행하지 못하는 나라는 멸망하고 있는 나라로 본다.

셋째, 그는 긴장이 있는 언어를 주장한다. 실제로 그는 黃善河의 「人形에게」라는 작품을 평하면서 다음과 같이 말하고 있다.

> 이 작품의 운명은 最終行에서 결정적인 스코어를 딸 수 있느냐 없느냐에 달려 있다. 그런데 그 최종행이 '실은 넌 이 세상 아무래도 實在하지 않는다.'의 무력한 부정으로 그치고 말았다. 그러니까 이 작품에는 힘이 맺혀있는 데가 없고, 시의 긴장이 없고, 새로운 언어의 자유를 행사한 흔적이 없고, 따라서 시의 양심을 이행하지 않았고, 결국은 시가 아니라는 말이 된다.[33]

그는 朴成龍의 시를 평하는 부분에서도 박성룡의 한계는 "언어가 아니라 '내 言語'이며, 자기가 요리할 수 있는 내용과 對蹠될 수 있는 언어인데, 이런 기술상의 변증법적인 언어는 배경의 역할을 하는 내용(그의 경우에는 낡은 內容)이 없이는—즉 내용이 새로워지면 生彩를 띨 수 없게 된다"[34]고

---

31) 김수영, 「히프레스 文學論」, 『전집』, 206쪽.
32) 위의 글, 위의 책, 204쪽.
33) 위의 글, 위의 책, 204쪽.
34) 김수영, 「生活現實과 詩」, 『전집』, 198쪽.

같은 맥락의 주장을 전개한다.

그는 앨런 테이트의 tension의 시론을 충실히 지키고 있다고 밝힌 바 있다. 그러나 그는 tension의 시론이 지니는 한계를 지적하기도 한다. 그에 의하면, "그의 시론은 검사를 위한 시론이고 受動的 시론이며 眞僞를 밝히는 도구로서는 우선 편리하지만 위대성의 여부를 자극하는 발동기의 역할은 못"35)한다는 것이다. 그의 말처럼 그것은 시론의 숙명일는지도 모른다.

시에 있어서의 언어는 숙명적인 수단이다. 앞에서 살펴본 것처럼 그는 언어를 중심으로 하는 세 가지의 주장을 전개하고 있다. 그것은 주장인 동시에 과제이기도 한데 현실참여의 시도 언어적 성공의 기반 위에서만 제대로 실현될 수 있다는 그의 시적 신념에서 나온 것이라 할 수 있다.

3. 형식과 내용

김수영이 말하는 형식과 내용은 일반적인 의미의 형식과 내용과 다르다. 그것은 형식과 내용을 분리하지 않는 합일적인 것으로서의 형식과 내용이며 바꾸어 말하면 변증법적인 것으로서의 형식과 내용이다. 그는 그것을 여섯 가지의 방향에서 주장한다.

첫째, 그는, 詩의 모더니티는 '육체로서' 추구해야 한다고 주장한다. 그에 의하면, "시의 모더니티란 외부로부터 부과하는 감각이 아니라 내면에서 우러나오는 지성의 火焰이며, 따라서 그것은 시인이-육체로서-추구할 것이지 詩가-기술면으로-추구할 것"36)이 아니다. 이것은 모더니티의 입체적 성격을 제시한 것으로도 볼 수 있다.

둘째, 그는 시의 형식 문제는 투신하는 것으로 해결될 수 있다고 주장한다. 그는 자신이 시의 형식문제에 대해서 지극히 둔한하다고 토로하는

---

35) 김수영, 「모더니티의 問題」, 『전집』, 353쪽.
36) 위의 글, 위의 책, 350쪽.

데 그 이유는 그의 경험으로 비춰볼 때 형식은 '投信'만 하면 간단히 해결될 수 있는 것이기 때문이다. 그는 형식상의 모방도 있을 수 있는 일임을 말하면서도 주의할 점으로, 심각하게 모방하면 실패하지만 유쾌하게 모방하면 성공할 수 있다는 것을 알아야 할 것을 들고 있다.

셋째, 그는 시를 쓰는 것과 논하는 것은 "형식과 내용의 문제와 동심원을 이루고 있다"[37]고 주장한다. 그에 의하면, 시를 쓴다는 것―즉 노래―이 시의 형식으로서의 예술성과 동의어가 되고 시를 논한다는 것이 시의 내용으로서의 현실성과 동의어가 된다.

넷째, 그는 詩作은 "정확하게 말하자면, 온몸으로 동시에 밀고 나가는 것"[38]이라고 주장한다. 그에 의하면, 시를 쓴다는 것이 무엇인지를 알면 다음 시를 못 쓰게 된다. "다음 시를 쓰기 위해서는 여직까지의 시에 대한 思辨을 모조리 파산시켜야 한다. 혹은 파산을 시켰다고 생각해야 한다"[39]는 것이다. 그는 "詩作은 '머리'로 하는 것이 아니고, '몸'으로 하는 것이다. '온몸'으로 밀고 나가는 것"이라고 할 때에 나타날 수 있는 물음, 즉 '온몸으로 동시에 무엇을 밀고 나가는가'에서의 '무엇을'에 대한 대답은 '동시에'의 안에 이미 포함되어 있다고 주장한다. 그리고 그에 의하면, 시의 사변에서 볼 때, 이러한 온몸에 의한 온몸의 이행은 사랑이라는 것을 알게 되고, 그것은 바로 시의 형식이라는 것을 알게 된다. 다음은 그러한 그의 주장을 뒷받침해 주는 내용이다.

시는 온몸으로, 바로 온몸을 밀고 나가는 것이다. 그것은 그림자를 의식하지 않는다. 그림자에조차도 의지하지 않는다. 시의 형식은 내용에 의지하지 않고 그 내용은 형식에 의지하지 않는다. 시는 그림자에조차도 의지하지 않는다. 시는 문화를 염두에 두지 않고, 민족을 염두에

---

37) 김수영, 「詩여, 침을 뱉어라」, 『전집』, 249쪽.
38) 위의 글, 위의 책, 250쪽.
39) 위의 글, 위의 책, 250쪽.

두지 않고, 인류를 염두에 두지 않는다. 그러면서도 그것은 민족과 인류에 공헌하고 평화에 공헌한다. 바로 그처럼 형식은 내용이 되고, 내용이 형식이 된다. 시는 온몸으로, 바로 온몸을 밀고 나가는 것이다.[40]

다섯째, 그는 시의 본질이 개진과 은폐의, 세계와 대지의 양극의 긴장 위에 서 있는 것이라고 주장한다. 그에 의하면, "산문이란 세계의 개진"[41]이다. 그에 의하면, 이 말은 사랑의 留保로서의 '노래'의 매력만큼 매력적인 말이며 시에 있어서의 산문의 확대작업은 '노래'의 유보성에 대해서는 侵攻的이고 의식적이다. 그는 "시에 있어서의 내용과 형식의 관계를 생각할 때, 내용과 형식의 동일성을 공간적으로 상상해서, 내용이 반 형식이 반이라는 식으로 도식화해서 생각해서는 아니 된다"[42]고 주장한다. 그에 의하면, '노래'의 유보성, 즉 예술성이 무의식적이고 隱性的이기는 하지만, 그것은 반이 아니다. 예술성의 편에서는 하나의 시작품은 자기의 전부이고, 산문의 편, 즉 현실성의 편에서도 하나의 작품은 자기의 전부인 것이다.

여섯째, 그는 내용과 형식의 폐쇄성을 극복해야 한다고 주장한다. 그에 의하면, 현대에 있어서는 시뿐만이 아니라 소설까지도, 모험의 발견으로서 자기형성의 차원에서 그의 '새로움'을 제시하는 것이 문학자의 의무이다. 그는 "소설을 쓰는 마음으로 시를 쓰고 있다"고 고백한다. 그만큼 많은 산문을 도입하고 있고 내용의 면에서 완전한 자유를 누리고 있다는 것이다.

그러면서도 자유가 없다. 너무나 많은 자유가 있고, 너무나 많은 자유가 없다. 그런데 여기에서 똑같은 말을 되풀이하게 되지만, '내용'의 면에서 완전한 자유를 누리고 있다"는 말은 사실은 '내용'이 하는 말이 아니라, '형식'이 하는 혼잣말이다. 이 말은 밖에 대고 해서는 아니될

---

40) 위의 글, 위의 책, 253~254쪽.
41) 위의 글, 위의 책, 250쪽.
42) 위의 글, 위의 책, 251쪽.

말이다. '내용'은 언제나 밖에다 대고 "너무나 많은 자유가 없다"는 말을 해야 한다. 그래야지만 "너무나 많은 자유가 있다"는 '형식'을 정복할 수 있고, 그때에 비로소 하나의 작품이 간신히 성립된다. '내용'은 언제나 밖에다 대고 "너무나 많은 자유가 없다"는 말을 계속해서 지껄여야 한다.[43]

그는 "너무나 많은 자유가 없다"는 말을 계속해서 지껄이는 것이 이를테면 3 · 8선을 뚫는 길이라고 주장한다. 그에 의하면, "낙수물로 바위를 뚫을 수 있듯이, 이런 시인의 헛소리가 아닐 때"[44]가 오며 "헛소리다! 헛소리다! 헛소리다! 하고 외우다 보니 헛소리가 참말이 될 때의 경이, 그것이 나무아미타불의 기적이고 시의 기적이다. 이런 기적이 한 편의 시를 이루고, 그러한 시의 축적이 진정한 민족의 역사의 기점이 된다"[45]고 주장한다. 그가 스스로 말하고 있듯이 그는 그런 의미에서는 참여시의 효용성을 신용하는 사람의 한 사람이다.

형식과 내용의 문제는 다른 분야에서와 마찬가지로 시에서도 본질적인 문제이다. 형식 중심의 시에는 내용의 문제가, 그리고 내용 중심의 시에는 형식의 문제가 항상 도사리고 있게 마련이다. 이 부분에서는 형식과 내용을 분리되는 것으로 보지 않고 동심원을 이루는 것으로 보고 있는 것이 그의 주장의 핵심이다.

4. 포오즈 · 의미 · 지성

우선 김수영은 우리 현대시가 겪어야 할 가장 큰 난관은 포오즈를 버리고 사상을 취해야 하는 것으로 본다. 포오즈는 시 이전이기 때문이다. 그에 의하면, "포오즈는 시에 신념 있는 일관성을 주지 않지만 사상은 그것

43) 위의 글, 위의 책, 251쪽.
44) 위의 글, 위의 책, 251~252쪽.
45) 위의 글, 위의 책, 252쪽.

을 준다."46) 그래서 그는 우리의 시가 조석으로 동요하는 원인의 하나가 여기에 있다고 진단한다. 그는 詩의 다양성이나 시의 변화나 시의 실험을 두려워하지 않으며 오히려 그것은 어디까지나 환영해야 할 일이라고 강조한다. 다만 여기에서 그는 그러한 실험이 동요나 방황으로 그쳐서는 안 되며 그렇지 않기 위해서는 지성인으로서의 시인의 기저에 신념이 살아 있어야 한다는 전제를 잊지 않고 있다. 그가 이러한 주장을 하는 것은 우리 시단의 너무나도 많은 현대시의 실험이 방황으로 시작해서 방황으로 끝나는 포오즈 같은 인상을 주기 때문이다.

그에 의하면, '근원적인 포오즈'는 "근원적인 폐해로서의 포오즈"47)이며 "난해시가 나쁜 것이 아니라 난해시처럼 꾸며 쓰는 시가 나쁘다."48) 그는 우리 시단에 가장 필요한 것이 진정한 난해시라고 주장한다. 그래서 그에 의하면, 진정한 정리가 오기 위해서는 우선 포오즈가 없어져야 한다. 그는 포오즈가 없는 詩란, 두말할 것도 없이 견고한 자기 풍의 시가 될 것으로 본다.

그에 의하면, 크게 말해서 시도 그렇고, 인생도 그렇고, 모두가 커다란 의미의 포오즈다. 그러나 여기에서 그가 말하는 것은 그런 포오즈哲學이 아니다. 그렇다고 그가 풋내기 문학도들이 풍기는 초기적인 허세로서의 포오즈의 현상만을 지적하는 것은 아니다. 그에 의하면, 현대시에 있어서 포오즈라는 것은 좋게 말하면 스타일로 통할 수 있는 것이다. 포오즈가 성공을 거두고 실패를 하는 분기점이 되는 것은 진지성이다. 그는 포오즈 이전에 그것이 있어야 하고, 포오즈의 밑바닥에 그것이 깔려 있어야 한다49)고 주장한다.

그는 金春洙의, 시에 대한 주장을 거침없이 비판한다. 그것은 그 자신

---

46) 김수영, 「搖動하는 포오즈들」, 『전집』, 363쪽.
47) 김수영, 「포오즈의 弊害」, 『전집』, 380쪽.
48) 위의 글, 위의 책, 380쪽.
49) 위의 글, 위의 책, 381쪽.

의 주장을 중심으로 전개되는데 대체로 보아 다음의 세 가지가 중심을 이루고 있다.

첫째, 그는 문맥을 고의적으로 무시하는 난맥의 시를 지적한다. 그에 의하면, "작품의 경향으로는 한때 판을 치던, 소위 '문맥을 고의적으로 무시하는' 난맥의 시들이 급작스럽게 자취를 감추고 '의미가 통하는' 시들로 대치되고 있는 현상이 두드러지게 나타나고 있다." 그는 이것을 '경하할 만한 일'이라고 생각한다.

둘째, 그는 모든 진정한 시는 무의미한 시이며 이것은 예술의 본질인 동시에 사명이라고 단언한다. 그에 의하면, "모든 진정한 시는 무의미한 시"[50]이다. 오든의 참여시도, 브레히트의 사회주의 시까지도 종국에 가서는 모든 시의 미학은 무의미의―크나큰 침묵의―미학으로 통한다는 것이다. 그는 이것을 예술의 본질이며 숙명이라고 해명한다. 그런데 그에 의하면, 김춘수의 경우, 이런 본질적인 의미의 무의미의 추구를 하는 것이 아니라, 처음부터 '의미'를 포기하고 들어간다는 것이다. 그에 의하면, 물론 '의미'를 포기하는 것이 무의미의 추구도 되겠지만, '의미'를 껴안고 들어가서 그 '의미'를 구제함으로써 무의미에 도달하는 길도 있다. 그는 대체로 한 사람이 이 두 가지 방법을 다양성 있게 쓰는 것이 보통이라고 생각한다. 또한 그는 "작품 형성의 과정에서 볼 때는 '의미'를 이루려는 충동과 '의미'를 이루지 않으려는 충동이 서로 강렬하게 충돌하면 충돌할수록 힘있는 작품이 나온다"[51]고 생각한다. 그는 "이런 변증법적 과정이 어떤 先入主 때문에 충분한 충동을 하기 전에 어느 한쪽이 약화될 때 그것은 작품의 감응의 강도에 영향을 줄 뿐 아니라 작품의 성패를 좌우하는 치명상을 입히는 수도 있다"[52]고 주장한다.

그는 김춘수가 그의 압축된 시형을 통해서 되도록 '의미'를 배제한 시

---

50) 김수영, 「변한 것과 변하지 않은 것」, 『전집』, 245쪽.
51) 위의 글, 위의 책, 245쪽.
52) 위의 글, 위의 책, 245쪽.

적 경제를 도모하려는 의도를 짐작하면서도, 김춘수가 추구하는 난센스에다 의미를 부여하지 않는다. 이런 좋은 의미의 난센스는 진정한 시라면 어떤 시에도 있다는 것이다. 그는 김춘수가 말하는 '난센스'는 시의 승화작용이고, 설사 그가 말하는 '의미'가 들어 있든 안 들어 있든 간에 모든 진정한 시는 무의미한 시라고 단언한다.

셋째, 그에 의하면, 시의 폼을 결정하는 것은 미학적 사상이다. 그리고 그는 순수시인들이 추구하고 있는 것은 남의 나라 현실과 미의 관념이라고 주장한다. 그에 의하면, "사회현실에 관심을 갖고 있는 시들이 새로운 시적 현실을 발굴해 나가는 것과 같은 비중으로 존재의식을 상대로 하는 詩는 새로운 폼의 탐구를 시도해야 하는데, 우리 시단에서는 새로운 시적 현실의 탐구도 새로운 시 형태의 발굴도 지극히 미온적"53)이다. 그는, 소위 순수를 지향하는 그들은 사상이라면 내용에 담긴 사상만을 사상으로 생각하고 大忌하고 있는 것 같은데, 詩의 폼을 결정하는 것도 사상이라는 것을 잊어서는 안 되며 이런 미학적 사상의 근거가 없는 곳에서는 새로운 시의 형태는 나오지 않고 나올 수도 없다고 단언한다. 그에 의하면, 진정한 폼의 개혁은 종래의 부르주아 사회의 美—즉 쾌락—의 관념에 대한 부단한 부인과 전복에 의해서만 이루어진다. 그는 우리 시단의 순수를 지향하는 시인들이 이런 상관관계와 필연성에 대한 실감 위에 서있지 않기 때문에 항상 낡은 모방의 작품을 순수시의 이름으로 제시하고 있다고 본다. 그에 의하면, "이들이 추구하고 대치하고 있는 것은 어제까지의 우리들의 현실이나 美의 관념이 아니라, 이 삼십 년 전의—혹은 훨씬 그 이전의—남의 나라 현실과 美의 관념"54)에 불과한 것이다.

마지막으로, 김수영은 지성의 필요성에 대해 논의한다. 그것은 한국 시단에 있어서의 지성의 결핍을 지적하는 쪽으로 전개된다. 그는 "오늘날

---

53) 위의 글, 위의 책, 245쪽.
54) 위의 글, 위의 책, 245~246쪽.

우리의 시가 세계적인 시야에서 보충되어야 할 공백지대는 지성의 작업이다. 비평적 지성은 우리 시단에서는 아직도 응결되지 못하고 있다"[55]고 진단한다. 그가 그들의 작품을 위해서 때에 따라서는 眞價 이상으로 북을 치는 일을 계속하기를 주저하지 않겠다고 선언한 것은 이런 방향의 노력이 아직도 미약하고 미숙하기는 하지만 이런 작업을 의식적으로 수행하는 젊은 시인 층에 '새로운' 시의 제시의 가능성이 가장 많이 있다는 것을 확신했기 때문이다.

그는 현대시로서의 수준을 확보하려면 '정치'에 대한 풍자로 그쳐서는 안 되고 '現代의 政治'에 대한 풍자로 그쳐야 한다고 주장한다. 그러기 위해서 그는 "시인의 지성은 우선 세계를 걸쳐서 우리나라로 돌아와야 한다"[56]고 그 방향을 제시한다. 그에 의하면, 오늘날 우리 시단의 모든 참여시의 숙제가 여기에 있다. 작은 눈으로 큰 현실을 다루거나 작은 눈으로 작은 현실을 다루지 말고 큰 눈으로 작은 현실을 다루어야 한다는 것이다. 그는 그런 큰 지성만이 현대시에서 독자를 리드할 수 있다고 믿었다.

그에 의하면, 우리에게 가장 결핍되어 있는 것은 지성이다. 그는 지성이 없기 때문에 오늘의 문제점의 소재를 파악하지 못하고 있고, 진정한 현대시가 안 나오는 이유가 여기에 있다고 주장한다. 그리고 그는 외부적인 여건으로는 창작의 필수조건인 충분한 자유 분위기가 보장되어 있지 않다는 사실, 그리고 바로 이 자유의 문제가 오늘의 지성의 문제임을 지적한다.

앞에서 논의한 포오즈 · 의미 · 지성 중 포오즈는 시를 쓰는 데에 있어서의 형식으로, 의미 · 지성은 내용으로 각각 귀결된다. 그는 이것들을 시의 방법을 논하는 데에 있어서 부수적인 것들로 생각하지 않고 근본적인 것들로 생각하고 있었음을 알 수 있다.

---

55) 김수영, 「未知의 가능성」, 『전집』, 372쪽.
56) 김수영, 「평균 수준의 수확」, 『전집』, 385쪽.

Ⅳ. 결론

지금까지 논의된 내용을 결론 삼아 요약, 정리해 보면 다음과 같다.

1) 김수영의 시론에서 핵심적인 역할을 하는 자유는 두 가지의 성격을 지니고 있는데 그것의 하나는 내적 자유이고 다른 하나는 외적 자유이다. 그 내적 자유는 일종의 신앙으로서 인간의 문제와, 외적 자유는 언론 · 창작 등과 각각 밀접하게 관련된다.

2) 새로움에 대한 김수영의 시론은 실험문학 · 모험 · 시적 인식 · 자유 등과의 관련 속에서 전개된다. 그가 새로움과 관련하여 주장한 것들은 ① 새로운 문학은 실험적인 문학이어야 한다, ②새로운 문학은 내용 · 형식이 자유로운 문학이어야 한다, ③새로운 시는 새로운 인식의 시이다, ④ 새로운 자유의 시이다 등이다.

3) 김수영은 '생명'의 성격을 두 가지로 규정했는데 그것의 하나는 기교 따위에 압도되지 않고 살아 있는 상태, 즉 시를 시일 수 있게 하는 본질적인 요소라는 점이고, 다른 하나는 자유 · 평화 · 양심 · 인간성 · 지성 등이 발휘되는 상태라는 점이다. 그는 시가 이러한 두 가지의 점을 갖출 때 시다운 시가 된다고 본다.

그가 말하는 행동은 다분히 시와 등식의 관계에 놓인다. 그에 의하면, 시는 "행동을 위한 밑받침. 행동까지의 運算이며 상승. 7할의 고민과 3割의 詩의 총화가 행동"이다.

4) 김수영이 시 월평을 쓰면서 한결같이 시의 평가 기준으로 내세운 것들은 ① 현실을 직시하는 시를 써야 한다, ② 현실참여의 시를 언어의 서술과 작용의 두 측면에서 이해해야 한다, ③ 남북의 통일선언을 소리 높이 외치는 시를 써야 한다, ④ 민중을 대변하는 시를 써야 한다 등이다.

5) 김수영의 언어에 대한 논의는 ① 언어의 문화를 주관하는 것은 작가의 임무이다, ② 자유로운 언어를 사용해야 한다, ③ 긴장이 있는 언어를

사용해야 한다 등의 방향으로 전개된다.

6) 김수영이 말하는 형식과 내용은 일반적인 의미의 형식과 내용과 다르다. 그것은 형식과 내용을 분리하지 않는 합일적인 것으로서의 형식과 내용이며, 또한 변증법적인 것으로서의 형식과 내용이다. 그는 그것을 여섯 가지의 방향에서 주장하고 있다. 그것들은 ① 시의 모더니티는 '육체로서' 추구해야 한다, ② 시의 형식의 문제는 투신하는 것으로 해결할 수 있다, ③ 시를 쓰는 것과 논하는 것은 형식, 내용의 문제와 동심원을 이루고 있다, ④ 詩作은 정확하게 말하자면 온몸으로 밀고 나가는 것이다, ⑤ 시의 본질은 개진과 은폐의, 세계와 대지의 양극의 긴장 위에 서 있다, ⑥ 내용과 형식의 폐쇄성을 극복해야 한다 등이다.

7) 김수영에 의하면 '근원적인 포오즈'는 근원적인 폐해로서의 포오즈이며 난해시가 나쁜 것이 아니라 난해시처럼 꾸며 쓰는 시가 나쁘다. 그는 우리 시단에 가장 필요한 것이 진정한 난해시라고 주장한다. 그래서 그에 의하면, 진정한 정리가 오기 위해서는 우선 포오즈가 없어져야 한다. 그는 포오즈가 없는 詩란, 두말할 것도 없이 견고한 자기 풍의 시가 될 것으로 본다.

그는 김춘수의, 시에 대한 주장을 거침없이 비판하면서 문맥을 고의적으로 무시하는 난맥의 시를 지적하고, 모든 진정한 시는 무의미한 시이며 이것은 예술의 본질인 동시에 사명임을, 그리고 시의 폼을 결정하는 것은 미학적 사상임을 주장한다.

마지막으로 김수영은 지성의 필요성에 대해 논의한다. 그것은 한국 시단에 있어서의 지성의 결핍을 지적하는 쪽으로 전개된다. 그는 세계적인 시야에서 볼 때 오늘날 우리의 시에 보충되어야 할 공백지대는 지성의 작업인데 우리 시단에서는 아직도 이러한 비평적 지성이 응결되지 못하고 있다고 진단한다.

(1999)

변시지 그림의 대상 선정과 화법

김 병 택

I. '대상 선정과 화법'의 원천으로서의 미술사조

그림에서는 이데아와 의미, 느낌과 감동 등이 반드시 색과 형태로 표현된다. 이것이 그림과 문학의 가장 큰 차이점이다. 문학에서는 개념의 언어를 사용해서 "나는 기쁘다"라고 말할 수 있지만, 그림에서는 언어를 사용할 수가 없다. 그림은 어디까지나 눈으로 보는 것이므로 좋은 그림과 그렇지 않은 그림은, 화가가 선·색·형태 등의 조합으로 의미·감정 등을 얼마나 설득력 있게 표현했느냐에 따라 판별된다.

군이 언어라는 말을 사용한다면, 그림의 언어는 개념의 언어가 아니라, 눈에 보이는 선·색·형태의 언어이다. 그래서 좋은 그림은 어떤 의미·감정 등을 명확하게 표현하는 선·색·형태의 언어를 갖춘 그림이다.[1] 그렇다면 이 경우, 좋은 그림을 그리기 위해 화가가 갖추어야 할 것은 무

---

1) 이에 대해서는 야자키 요시모리·나카무라 겐이치, 이수민 역, 『그림을 보는 법』, 아트북스, 2005, 12쪽 f 참조.

엇인가 하는 물음이 제출될 수 있다. 그 물음에 대한 답은 아주 간단하다. 그것은 대상을 선정하고 그에 어울리는 선 · 색 · 형태를 투여하는 방법, 즉 화법이며 그것의 원천은 미술사조이다.

미술사조[2]는 미술의 사상적 흐름으로서, 미술작품이나 미술이론에 나타난 사상이 일정한 흐름을 형성하고 있는 양태를 지칭하는 말이다. 그러나 여기에는 단서가 따른다. 즉, 미술사조는 미술의 역사에서 이정표가 되거나 과거와 현재의 미술을 이해하는 데 도움이 될 수 있는 중요한 사상적 흐름, 정신적 조류이어야 한다는 것이 그것이다. 신고전주의 · 낭만주의 등은 단순히 과거의 미술사를 이해하는 데뿐만 아니라 현재의 미술에 대한 논의에도 없어서는 안 될 중요한 개념이므로 당연히 미술사조에 속한다.

미술에서의 사상은 선 · 색 · 형태 등을 통해서 표현된 사상만이 참다운 의미를 지닌다. 그런 까닭에 미술사조라는 말은 자동적으로 선 · 색 · 형태 등의 문제와 연결되지 않을 수 없다. 이런 의미에서, 신고전주의 · 낭만주의 · 표현주의 등의 사조를 특정한 선 · 색 · 형태 등의 특성 속에서 유사한 사상적 내용을 표현한 작품들을 포괄하는 명칭으로 보는 데에는 무리가 없다. 다시 말해서 미술사조를 구분 짓는 사상적 흐름은 개별 작품들 사이의 주제사상의 동일성이나 유사성보다도 선 · 색 · 형태 등을 통해서 드러난 현실을 파악하는 작가의 지각의 틀, 세계관과 가치관, 표현수법의 유사성 등에 바탕을 둔 개념이다. 사조라는 개념 속에 한 가지로 묶일 수 있는 사상에는 현실을 인식하는 작가의 지각의 틀과 세계관, 가치관, 이것과 일정하게 연결되는 예술관이 포함되는데, 작품 창작 과정에서의 특징적인 화법은 이로 인해 나타난다.

어떤 미술사조와 그 미술사조가 지배하던 시대에 그려진 미술작품의 상관성은 매우 크다. 예컨대, 신고전주의와 신고전주의 시대에 그려진 미

---

2) 이에 대한 논의는 최유찬, 『문예사조의 이해』, 실천문학사, 1995, 11~12쪽 ff 참조.

술작품, 또는 낭만주의와 낭만주의 시대에 그려진 미술작품은 우리가 생각하는 것보다 훨씬 더 밀접한 상관관계에 놓인다.

한편, 응당 있어야 할 미술사조 · 미술이론의 발생, 소멸에 대한 해명은 새로운 이론을 적용할 때에 가능하다. 그 새로운 이론은 다름 아닌 반발이론(reactive theory)이다. 반발이론에서는 모든 미술사조 · 미술이론의 발생, 소멸을 반발원리의 적용 결과로 파악한다. 갑자기 등장한 반발이론이라는 명칭이 생소할 수도 있지만, 내용의 성격에 초점을 맞추어서, 신고전주의 이론을 모방이론으로, 낭만주의 이론을 표현이론으로, 사실주의 이론을 반영이론으로, 모더니즘 이론을 차이이론으로 각각 부르고 있는 점을 염두에 둔다면, 미술사조 · 미술이론의 발생, 소멸에 두루 적용되는 이론을 반발이론으로 부르는 것은 자연스럽다. 반발이론의 '반발'은 새로움을 추구하는 예술가의 정신에 의해 나타나는 것으로서 양식의 변화, 창작방법의 변화를 수반한다.

이상의 논의에서 확인된 것처럼, 변시지 그림의 대상 선정과 화법에 대한 논의가 그것의 원천인 미술사조와의 관련 속에서 이루어지는 것은 얼마든지 가능하다. 여기서 미리 그것의 윤곽을 한 문장으로 제시한다면, "인상파적 사실주의 기법에 반발하여 극사실주의 기법이 발생했고, 극사실주의 기법에 반발하여 생태상징주의 기법이 발생했다" 정도가 될 것이다.

II. 인물 또는 인상파적 사실주의 : '제3파르테논' 시대

연보에 의하면, 변시지는 해방되던 해인 1945년에 오사카 미술학교 서양학과를 졸업하고 그 해에 도쿄로 가 아테네 프랑세즈 불어과에 입학한다. 그는 어느 날 우연히 가나안학교로 가는 버스를 탔는데, 거기에서 사진으로만 보던 데라우치3)를 만난다. 그는 데라우치에게 자신을 정중히

---

3) 데라우치 만지로(寺内萬治郎)(1890~1964년): 오사카에서 태어났다. 메이지 42년

소개하고 문하생이 되기를 자청한다. 데라우치의 승낙을 받은 그는 첫 방문 때부터 작품을 들고 가서 데라우치의 평을 듣는다. 그는, 데라우치의 집으로 작품을 들고 가 평을 듣고, 작품을 들고 자신의 집으로 돌아와 다시 고쳐 그리는 작업을 수없이 되풀이한다. 그는 데라우치로부터 빛의 반사작용에 대해 다음과 같은 내용을 배운다. 예를 들면, 노란 사물이 있다고 치자. 여기에 햇빛이 비치면, 이 노란 사물은 하얀 컵에 빛을 반사하고 하얀 컵은 노랗게 된다. 이처럼 색들은 서로 영향을 주고 받는다. 데라우치의 이와 같은 지도로, 그는 당시 일본 화단의 주류였던 인상파적 사실주의 분위기가 강한 인물화와 풍경화를 창작한다.

변시지는 고전파적 사실주의와 인상파적 사실주의를 분명하게 구별한다. 그에 의하면, 박득순과 김인승은 전자에, 자신은 후자에 속한다. 그의 주장은 계속된다. 고전파적 사실주의자는 인물화를 그릴 때, 가장 밝은 데는 살색으로 칠하고 어두운 데는 검정색으로 칠한다. 인상파적 사실주의자는 가장 밝은 데는 밝고 강한 색을 칠하지만 어두운 데는 검정색이 아닌 파란 색을 칠한다. 고전파적 사실주의자는 팔레트의 검정색을 아끼면서 사용하지만, 인상파적 사실주의자는 팔레트에서 검정색을 아예 없애버린다. 인상파적 사실주의자는 검정색을 사용하지 않는 것이다. 고전

(1909) 오사카 텐노지 중학교를 졸업하고 도쿄의 백마회규교(白馬会葵橋)서양화 연구소에 들어가 구로다세이키(黒田清輝)의 지도를 받았다. 다이쇼 5년(1916) 도쿄 미술 학원을 졸업한 후, 다이쇼 14년(1925)에 제6회 제국미술전람회에「裸婦」를 출품해 특선에 당선되었다. 쇼와 26년(1951) 제1회 사이타마현전의 심사원이 되었고, 같은 해 일전(日展)에 출품한「橫臥裸婦」외 몇 裸婦 작품으로 일본 예술원상을 받았다. 35년(1960)에는 일본 예술원 회원이 었다. 데라우치는 일본인 裸婦의 모습에 애착을 가지고, 이것을 모티프로 한 그림을 그렸다. 그는 프랑스의 코로(Corot, Jean—Baptiste—Camille)와 드랭(Derain, Andre)의 영향을 받았고 인상파적 요소가 강한 사실주의를 추구한 화가였다. 그는 파랑 회색이나 혹을 가방에 배치한 질감 있는 밝은 다갈색에 빛나는 일본의 나부를 계속 그려왔다. 그는 '데생의 신'이라고 불리는 묘사력과 중후하고 품위 있는 작품을 그려 '裸婦를 그리는 성자'라고도 불렸다 (http://www.pref.saitma.lg.jp/A12/BEOO/ijin/07.html).

파적 사실주의자는 검정색으로 사람의 그림자를 그리지만, 인상파적 사실주의자는 파란색으로 사람의 그림자를 그린다. 고전주의 화가인 앵그르Ingres, Jean Auguste Dominique는 검정색으로 명암을 칠했지만, 고흐Gogh, Vincent van · 세잔Cézanne, Paul · 르누와르Renoir, Auguste 등 인상주의 화가들 중에서 검정색으로 명암을 칠한 화가는 없다.

변시지의 데뷔와 청년기의 창작 활동은 일본의 官學界 아카데미즘에 토대를 두고 있다. 아카데미즘academism[4]이란 전통과 권위를 중시하는 학풍을 말하는데, 정부에 의해 설립 · 비호되고 전통에 의해 지지되고 있는 대학이나 미술 · 음악의 고등훈련기관에 있어서의 연구, 창작 태도, (일반적으로 나타나는) 학문이나 예술의 官學 · 官展系의 작풍 · 양식 · 수법 등을 포괄한다. 따라서 미술사적으로는 고전적 규범에 충실한 고전주의적 경향을 의미한다. 그러나 근대 미술사에서는 반드시 고전주의적 경향에만 한정되어 나타나는 것은 아니다. 19세기 이래의 미술사는 새로운 유파 · 양식과 아카데미즘의 교체의 역사라 할 수 있다. 이를테면, 낭만주의 · 사실주의 · 인상주의 등은 어느 것이든 처음 발생할 때는 동시대의 아카데미즘과 격렬히 대립하지만, 시기가 지나면 아카데미즘으로 변질되는 경우가 많다. 하나의 새로운 양식이 대중적으로 받아들여져 단순한 형식적 전통으로 고착될 때, 그것을 비판적인 의미에서 아카데미즘이라 지칭하는 것이다. 그러나 좋은 의미에서의 아카데미즘은 학문 · 문예 · 음악 등 인류의 유산을 후대에 올바르게 전하여 궁극적으로는 창조적인 예술의 발전에 이바지하는 것으로 평가된다.

인물화[5]란 사람을 주제로 하여 그린 그림의 총칭인데, 동서를 막론하고 회화사의 발전과 전개는 인물화를 중심으로 하여 이루어졌다고 해도 과언이 아니다. 인물은 가장 오랜 옛날부터 지속되어 온 그림의 대상이고

---

4) 월간미술 편, 『세계미술용어사전』, 월간미술, 2002, 303~304쪽.
5) 위의 책, 379쪽.

가장 중요하게 인정되어 온 제재이다. 본래, 인물화는 특정 개인의 개체적 특징을 그리는 초상화, 또는 그와 같은 개인의 모임을 그린 집단 초상화를 말한다. 여기에는 전신상뿐만 아니라 상반신이나 두부를 그린 것, 군중을 그린 것도 포함된다. 근대 일본화에서 인물화는 곧 '미인화'라고 할 수 있으며, 서양화에서도 '부인상'과 '나부상'은 그림의 가장 흔한 대상이다. 인물화는 일본에서 서양화가 발전하기 시작한 메이지 말기부터 '文展'을 중심으로 한 아카데미즘 계열에서 가장 많이 다루었다. 변시지의 청년시기 작품들에 이 인물화가 많은 것은 당시 일본 화단의 분위기와 밀접한 관계가 있다.

변시지는 인물을 잘 그리는 화가의 능력을 매우 중시한다. 대상이 풍경인 경우, 좀 작은 것을 크게 그리고 큰 것을 작게 그려도 간과될 수 있지만, 대상이 인물인 경우는 좀처럼 속일 수가 없기 때문에 화가의 능력이 그대로 드러난다고 보는 것이다. 그는 화가로 성공하려면 인물을 잘 소화해서 자유자재로 그리는 것이 절대적으로 필요하다고 확신한다.

여인 | 캔버스에 유채 | 110×83cm | 1947 | 일본 가누마 미술관 소장

여인 | 캔버스에 유채 | 110×83cm | 1948 | 일본 가누마 미술관 소장

변시지가 거주하던 동네는 도쿄 이케부쿠로의 릿쿄대학 근처였는데,[6] 여기에는 15~20평 정도의 낡은 아틀리에들이 모여 있었다. 화가 지망생들은 대부분 이곳에 살면서 작품을 창작했고, 그들은 이 동네를 그리스 신전 이름을 따서 '파르테논'이라 불렀다. 네거리를 중심으로 분포된 아틀리에 촌은 제1, 제2, 제3, 제4파르테논이라는 이름으로 구분되었고 변시지는 제3파르테논에서 살았다. 후에, 조각으로 전환한 문신이 살았던 곳은 제1파르테논이었다.

데라우치 만지로의 문하생으로 들어가 두 해가 지난 1947년은 변시지에게 있어서 미술인생의 새로운 전기를 마련해 준 해로 기록된다. 일본 최고 권위의 광풍회 제33회 공모전에 첫 출품한 작품 「겨울나무」 A, B 두 점이 입선한 것이다. 또한 같은 해 가을에 문부성이 주최한 '일전'에서 「여인(femme)」이 입선하고, 1948년에 광풍회 제34회 공모전에서 마침내 23세라는 최연소의 나이로 최고상을 수상함으로써 그의 천부적 재능이 부각된다. 당시의 수상작은 「베레모의 여인」, 「만돌린을 가진 여자」, 「조춘」, 「가을 풍경」 등 넉 점이었다.

「여인」과 「베레모의 여인」은 인물 좌상이라는 공통점을 지닌다. 구체적으로 말하면, 공통적으로 두 여인은 의자에 앉아 어느 한쪽을 응시하고 있다. 좀 더 세부적으로 살펴보자. 화가가 두 여인을 의자에 앉아 있게 한 것은 두 여인으로 하여금 대상을 응시하게 하기 위한 포즈로, 또한 두 여인으로 하여금 대상을 응시하게 하기 위한 포즈는 두 여인으로 하여금 생각하게 하기 위한 포즈로 보인다. 그런데, 두 여인이 의자에 앉아 어느 한쪽을 응시하면서 무엇을 생각하고 있는가 하는 물음에 답은 전적으로 감상자의 몫이다. 그 답은 어떤 내용의 답이든 정답과 오답으로 구분될 수

---

6) 필자는 2008년 12월과 2009년 2월, 두 차례에 걸쳐 약 7시간 동안 그에 대한 전기적 사실과 화법에 대한 전반적인 내용을 직접 들으며 녹음한 바 있다. 이 글의, 그에 대한 전기적 사실과 화법에 대한 내용은 그 때의 채록 내용에 토대를 둔 것이다.

없다. 그러나 두 여인의 진지한 표정, 전체적으로 안정된 구도, 포근하고
따뜻한 마티에르 등은 그 답의 내용을 정하는 데에 좋은 참고가 될 수 있
을 것이다.

외광파7)의 후신인 광풍회8)의 공모전은 일본 최고 권위의 공모전으로
평가 받는다. 보통, 광풍회 회원의 자격은 입선 4, 5차례, 특선 2, 3차례를
거친, 나이 오십을 넘은 화가에게 부여된다. 23세의 조선 청년이 최고상
을 차지한 것은 그래서 광풍회 역사상 전무후무한 사건으로 기록된다. 이
로 인해, 변시지가 NHK 등 당시 언론의 집중적인 조명을 받았음은 물론
이다. 그 기록은 90년이 훨씬 넘는 광풍회 공모전 오늘까지 깨지지 않고
있다.

1950년 '일전'에서 입선9)한 「오후」는 사색적인 분위기의, 어느 공장

---

7) 옥외의 밝고 신선한 빛이나 색채의 효과를 중시하고, 작품을 시종 옥외에서 그리려
고 하는 생각을 외광주의라고 하며, 그러한 제작 방법을 취하는 화가들을 총칭해 외
광파라고 한다. 외광파는 풍경화 제작에 가장 관련이 깊은 말로, 19세기 후반 이후
의 프랑스에서 가장 성행하였다. 모네를 비롯한 인상파의 풍경 화가는 거의 모두 이
입장을 취하고 있다. 서양에서는 전통적으로, 현장에서 그린 사생을 기초로 하여,
아틀리에 안의 인공적 광선에 의해서 유화를 완성하였다. 그러나 근대적인 실증주의
사조의 등장과 함께 회화에서도, 자연을 냉정하고 객관적으로 그리려고 하는 사실주
의에 대한 생각이 강해져, 빛이 물건의 형태 및 색채에 미치는 여러 작용이나, 대기의
습도에도 주의를 기울였다. 외광주의는 1850, 1860년대의 혁신적인 생각으로, 전통적
작업방식에 의문을 가지고 있던 화가들에 의해 행해지기 시작했다. 구로다세이키(黒
田清輝), 구메게이이치로(久米桂一郎)가 19세기말 프랑스에서 도입한 화풍도 일종의
외광주의이다(http://100.yahoo.co.jp/detail/%E5%A4%96%E5%85%89%E6%B4%BE).
8) 외광파의 화풍을 추구하던 白馬會가 1911년에 해산되자 그 후신으로, 中沢弘光, 山
本森之助, 三宅克己, 杉浦非水, 岡野 栄, 小林鐘吉, 跡見 泰 등 7명의 젊은 화가가 발
기하여 1912년에 창립된 단체이다. 우에노에서 제1회 전시회를 개최했고 "숨은 무
명의 꽃을 자유롭게 소개하는 넓은 화원을 개척한다"는 것, 즉 후진을 육성하는 것
이 설립 취지였다. 오랜 전통의 광풍회는 문부성미술전람회(文展), 제국미술전람회
(帝展), 일본미술전람회(日展)의 중핵으로 발전하여, 권위 있는 단체로 평가 받고 있
다(http://www.h4.dion.ne.jp/~koufukai/aboutkfk.html).
9) 변시지가 '일전'에 입선했을 때의 심사위원은 사이토 요리와 데라우치였는데, 두 사
람은 서로 잘 아는 사이였다. 두 사람은 심사 작품들을 한 바퀴 돌아보다가 변시지의

일각을 소재로 한 조형성이 두드러진 작품이다. 기본적으로 수평구도를 취하면서 건물 · 담 · 철로 등을 직선과 사선과 곡선의 질서로 강조하는 한편 여름날 오후의 정적감을 잘 드러내고 있다. 이러한 특색이 드러나는 것은 마이니치 신문사 주최의 제3회 '미술단체 연합전'에 출품한 「백색 가옥과 흑색 가옥」에서도 마찬가지이다. 심성적이고 사색적인 분위기와 단순화된 색조가 모두 그러하다. 이를 통해, 우리는 자연에 대응하기보다는 자연을 수용하고 인식하려는 그의 동양적인 세계관의 일단을 접하게 된다.10)

인상주의자들은 대체적으로 아카데미의 전통 교육과 낭만주의의 기본 이념에 반대하는 성향을 보였다. 그들은 예술가의 정서 상태보다도 오히려 자연 혹은 삶의 편린 등을 가능한 한 객관적이며 과학적인 정신에 의해 기록하는 것을 예술의 제일의 덕목으로 삼는 사실주의의 태도에 동조했다. 이 운동은 19세기 후반에 널리 보급되었던 과학적 사실주의의 한 일환으로 볼 수도 있지만, 그들의 예술관은 사회주의 사실주의와는 달리 사회의 개혁에는 관심을 두지 않았다. 인상주의의 시대적 배경으로는 자포니즘11)의 만연과 사진기의 발달로 인한 미술의 초상화적 기능의 쇠퇴,

---

그림 앞에서 멈추었다. 이 때, 데라우치가 말했다. "이 그림을 어떻게 생각합니까?" 사이토가 대답했다. "이 그림을 인정하면 일본의 대가들 그림이 위험하지요." 데라우치가 후일 그의 제자들이 모인 자리에서 꺼낸 일화이다.

10) 서종택, 『변시지』, 열화당, 2000, 30쪽.

11) 자포니즘(Japonism)이란 19세기 중반 이후 서양 예술 전반에서 일본의 영향이 나타나는 현상을 지칭하는 말이다. 이 말은 예술의 형식, 내용, 양식, 기법 등 거의 모든 국면과 관련되며, 그 범위도 회화, 조각, 공예로부터 건축, 사진에 이르기까지 실로 광범위하다. 그만큼 일본 취미는 19세기 중반 이후 전 유럽을 통해 확산된 현상이었으며 그 유행의 배경은 대체로 다음 두 가지 측면으로 요약될 수 있다.
첫째는, 미학적 측면으로, 당시 유럽의 전위 예술이 일본의 예술을 받아들이기에 적합한 풍토를 제공했다는 점이다. 영향의 정도나 성과는 영향을 미치는 쪽의 힘뿐만 아니라 받는 쪽의 필요에 의해서도 크게 좌우되기 때문이다. 물론 19세기 이전의 서구에도 일본의 미술은 어느 정도 알려져 있기는 했다. 그러나 본격적인 서양 미술사의 맥락에서 그 영향관계가 보이기 시작한 때는 그때까지 여전히 원근법과

현대 시민사회의 형성과 광학의 발달, 신고전주의 역사화에 대한 반발 등으로 정리된다.

풍경화[12]는 이제 망막의 실제 이미지를 재생하고 밝은 광선에 비친 생생한 장면의 등가물을 그림 물감을 사용해 재창조하는 행위로 인식된다. 음영은 회색이나 검정색이 아니라 대상의 보색으로 칠해지고, 윤곽선을 배제됨에 따라 대상의 입체성이 상실된다. 따라서 인상주의 회화는 빛과 대기의 회화, 지시색과 반사색의 유희로 치부된다. 전통적인 다갈색 대신 흰색이 초벌로 칠해진 캔버스 위에 혼합되지 않은 그림 물감을 사용하는 필법, 검정색의 배제 등은 직접 관찰에 기인한 것이었다. 인상주의는 미술 이외의 다른 가치 기준들이 예술에 관여하는 것을 금하고, 비례·균제·규칙성 등의 기하학적 법칙들을 거부하며, 자연을 모방하는 참된 방식은 선이나 형태가 아닌 색 자체에 충실하게 지각하고 묘사하는 특징을 지닌다.

인상주의자들의 화법[13]의 배후에는, 화가의 임무는 자연을 모방하는 것이라는 사실주의 사상이 존재한다. 이들은 전통적으로 내려온 윤곽선의 사용법이 실제로는 근거 없는 공상에 불과하고, 오히려 색채들을 투명하게 화폭에 옮기는 것이야말로 참된 자연을 묘사할 수 있다고 생각한 것이다. 선이나 형태는 추상적인 기하학적 존재로서 실제의 살아 있는 자연에서는 결코 발견되지 않는다. 경험주의자들의 설명에서 보았듯이, 우리

명암에 의한 현실 재현의 미학에 부동의 권위를 지녀 왔던 서구의 미학이 큰 변화를 맞이하는 시기와 일치하고 있다.

두 번째는, 일본에서는 사회문화적 특성의 하나로 예술이 자연스럽게 생활의 일부를 차지하고 있었다는 점이다. 예술 작품이 곧 하나의 독립된 소우주를 의미했던 서구적 사고와는 달리, 일본의 전통적 예술관에서 보면 일상용품은 끊임없이 예술품이 되고자 했으며, 또한 예술 작품 역시 본래의 예술적 특성을 간직한 채 생활 속에서 하나의 역할을 담당하곤 했다, 즉 실용과 미, 나아가서는 생활과 예술의 융합이라는 새로운 예술의 통합개념이 일본의 미술에서는 이미 어느 정도 세련된 모습으로 실현되고 있었다(월간미술, 앞의 책, 390쪽).

12) 월간미술, 앞의 책, 380쪽 f.
13) 월간미술, 앞의 책, 381쪽.

는 선을 직접 지각하는 것이 아니라, 우리의 의식이 구성해내는 것이다. 실제로 선이나 형태는 최소한 두 가지 이상의 색깔들을 필요로 하고, 그 색깔들의 관계에 의해 성립한다. 인상주의자들은 색깔들을 관찰하는 것이 자연을 엄밀하게 관찰하는 것이라고 생각했다. 자연의 빛을 붓 자국으로 성실하게 캔버스에 옮기는 것을 우리는 소위 색조분리의 법칙이라고 부른다.

사실주의[14]란 현실을 존중하고 객관적으로 묘사하려는 예술제작의 태도 또는 방법을 가리키는 말이다. 묘사하려는 대상을 양식화 · 추상화 · 왜곡하는 방법과 대립하여 대상의 세부 특징까지 정확히 재현하고 객관적으로 기록하는 것을 말한다. 사실주의의 본래 의미는 단순히 장면을 정확하게 묘사하는 데 있는 것이 아니라, 현실 그대로의 일상생활을 주제로 삼는 것을 뜻한다.

한편 도쿄 시절의 변시지의 작품은 스승 데라우치 만지로와 광풍회원들의 영향을 받아 인상파적 사실주의의 화법을 사용한 인물화가 대부분을 차지한다. 「네로의 像」, 「등잔과 여인」, 「K씨의 像」, 「3인의 나부」 등은 모두 도쿄 시절의 작품들이다.

Ⅲ. 고궁 또는 극사실주의 : '비원파' 시대

변시지의 서울 생활은 6 · 25전쟁 후의 황량하고 무질서한 사회적 분위기속에서 시작된다. 1958년 5월, 그는 네 번째 전시회를 서울의 화신화랑에서 연다. 그것은 자신의 귀국전이나 다름없었다. 그림에 조예가 깊고 직접 그림을 그리기도 했던 시인 조병화는 전시회를 관람하고 다음과 같이 평한다.

---

14) 월간미술, 앞의 책, 214쪽.

소박하면서도 단조로운 통일 가운데 고요히 가라앉은 윤택한 시심과, 탁하지 않은 맑은 빛과 색이 라후한 화면의 굴곡을 타고 흐르는 뉘앙스의 폭은 먼 거리를 타고 비쳐 오르는 아름다움을 우리들 앞에 보여주고 있다. 그것은 어디까지나 착한 화심에 젖은 순수한 아름다움의 여행을 의미하는 것이요, 조잡한 지식과 이론을 캐내고 있는 것은 아니다. (……) 또한 작품 「네모의 상」을 비롯한 여인을 중심으로 한 인물화들에서 보여주는 화면 깊이 '비쳐 오르는 아름다움', 이러한 것이 야욕 없는 순수한 질서를 가지고 우리들의 먼지 묻은 미의식을 자극해 주고 있다.[15]

변시지는 서울대 미대의 초청으로 서울에 오긴 했지만, 그의 서울 생활은 결코 평탄하지 않았다. 6 · 25전쟁이 끝난 후 겨우 5, 6년이 지난 시기여서 사회가 무질서했고 경제적으로 어려웠으며 '당파싸움'으로 인한 중상모략에 시달렸기 때문이다. 모든 것에 솔직할 수 없는 데에 그의 불만이 있었다. 그는 이른바 '당파싸움' 때문에 자신이 느끼는 솔직한 의견을 말할 수 없었다. 그는 좋지 않은 것도 좋다고 해야 하고, 좋은 것도 나쁘다고 해야 하는 것이 괴로웠다. 일본에서는 스승이 싫으면 싫다고 마음대로 말할 수 있고 그릴 수 있는데, 서울에서는 사정이 달랐다. 게다가 오랜 일본생활 후의 귀국을 수상하게 여기는 기관원들의 눈길도 피곤함을 가중시켰다. 국내 화단의 현실도 그에게 답답함을 안겨 주기는 마찬가지였다.

'국전'은 1956년 분규를 치르는 동안 보수 세력의 아성으로서 더욱 경화된 아카데미즘으로 내닫는 추세를 보였다. '국전'이 아카데믹한 보수 일변도로 치우치는 요인은 이른바 원로급이 작품 심사를 독점함으로써 새 시대의 미의식을 수용할 여지가 없었다는 데서도 찾을 수 있다. 1950대 후반으로 접어들면서 진취적 미술의 급격한 등장에 의한 미술계의 구조적 변혁이 절실히 요청되고 있었음에도 '국전'을 중심으로 한 원로 중진 작가들은 여전히 전 시대적인 미의식을 고집하는 한편 권위주의를 더욱 신장시켜 갔다. '국전'은 구조적으로 더욱 경직화로 내닫게 되고 이에 대한 신진세대의 불신이 신구의 갈등으로 심화되는 양상을 드러내게 되었다. 그나마 1950년대 초기의 '국전'은 다소 신선한 인상을

---

15) 조병화, 「제4회 유화 회고전」, 『경향신문』 1958. 5. 21.

주었으나, '국전' 분규를 고비로 안이한 미의식이 지배하면서 고질적인 헤게모니 쟁투의 마당으로 전락해 가고 말았다.[16]

변시지는 결국 한국인의 생활방식, 습관 등 한국적인 것이 배어 있는 대상으로서의 고궁을 그리기 시작한다. 그런데 이 때, 그는 일본에서 배운 것이 서양철학에서 나온 것이므로 한국에서 느낀 한국적인 것을 표현하려면 일본에서 느끼고 그렸던 형식으로는 안 된다고 생각한다. 그래서 그는 가장 먼저 서양철학을 버리는 연습을 해야 했으며, 이를 위해 가장 한국적인 건축물인 동시에 역사적인 것이라고 볼 수 있는 비원에 들어가 지금까지의 모든 것을 원점으로 돌리고 처음부터 그림을 공부하는 자세로 작업에 임한다.[17]

변시지는 무엇인가 화풍이 달라야 한다고 판단한다. 일반적으로 사람들은 서양화의 터치는 굵은 것으로, 동양화의 터치는 섬세한 것으로 인식한다. 서양화에서는 페인트를 사용하고 동양화에서는 먹을 사용하기 때문이다. 그는 비원에 들어가 서양물감으로 정자를 그린다. 그가 그린 그림을 두고, 동양화보다 더 섬세하게 그린 그림이라는 비평가들의 평이 잇따른다. 그런 점은 동양화를 그리는 전문 작가에게도 영향을 끼쳐, 몇 년 후에는 그 이전보다 훨씬 섬세하게 동양화를 그리는 경향이 나타나기도 한다. 손응성·천칠봉·이의주·장리석 등은 이러한 고궁 그리는 작업에 동참한 사람들인데, 비평가들은 이들을 비원파라고 불렀다.

변시지는 꼼꼼하게 기왓장 하나하나를, 이파리 하나하나를 세어가면서 그린다. 그 다음에는 거기에다 글레이즈glaze를 한다. 전체적으로 위에 살짝 색을 칠하는 것이다. 이런 기법은 기왓장 하나하나에, 이파리 하나하나에 모두 적용된다. 그는 현장의 대상을 직접 보고 그림을 그린다. 사진을 보고 그린 그림에서는 리얼리티를 기대하기 어렵기 때문이다. 어쩌

---

16) 오광수,『한국 현대미술사』, 열화당, 1995, 150쪽 f.
17) 서종택, 앞의 책, 46쪽 f.

다 미완성의 그림을 집으로 가져와서 완성시키는 경우도 있지만, 매일 3시간 정도는 비원에서 가서 그린다. 10호 크기 그림 한 장을 그리는 데 소요되는 기간은 한 달 정도이다. 빠르게 그려야 20일 정도이다. 그는 무엇보다도 감성적으로 우러나오는 표현을 중시한다.

극사실주의(Hyper-Realism)[18]는 1960년대 후반 미국에서 일어난 새로운 미술경향으로 일상적인 현실을 지극히 생생하고 완벽하게 묘사하는 것을 특징으로 한다. 슈퍼리얼리즘, 포토리얼리즘, 래디컬리얼리즘, 마이뉴트리얼리즘, 스튜디오리얼리즘, 샤프포커스리얼리즘 등 여러 가지 명칭으로 불리기도 한다. 극사실주의자들은 주관을 적극 배격하고 어디까지나 중립적 입장에서 사진과 같이 극명한 화면을 구성하는데, 주로 의미 없는 장소, 친구, 가족 등을 대상으로 선택한다. 극사실주의는 미국적인 사실주의로, 특히 팝아트의 강력한 영향 아래에서 일어난 것이다. 따라서 팝아트처럼 일상적 생활, 즉 우리의 눈앞에 늘 있는 진부한 이미지의 세계를 반영하고 있다. 그러나 팝아트와는 달리 극히 억제된 것으로서 아무런 코멘트도 없이 다만 그 세계를 현상 그대로 다룰 뿐이다. 그렇게 감정을 배제한 채 기계적으로 확대한 화면의 효과는 매우 충격적이다. 우리가 육안으로는 식별할 수 없었던 점들이 그대로 클로즈업되어, 보통이라면 지나쳐버릴 수도 있는 사실성이 보는 사람으로 하여금 충격을 받게 한다. 극사실주의는 미국적 즉물주의의 발상 또는 미니멀아트의 몰개성주의와 서로 통한다고 볼 수 있지만, 한편으로는 종래의 추상미술로부터의 완전한 이탈이라는 의미와 함께 사진 그 자체와 양쪽에 대한 아이러니의 표현이라고도 볼 수 있다. 그러나 미국에서 일어난 극사실주의와 변시지의 극사실주의는 분명히 다른 점도 있다. 미국의 극사실주의는 사진을 이용하는 것을 얼마든지 허용했지만, 그는 그것을 완강히 거부하고 '현장에서의 그리기'를 철저히 지켰다.

변시지가 1960년대부터 1970년대 초까지 극사실주의의 화법으로 그렸

---

18) 월간미술, 앞의 책, 53쪽.

던 작품들은 대부분 고궁이다. 「가을 비원」, 「부용정」, 「반도지」, 「비원」, 「가을의 애련정」, 「경회루」 등이 그것인데, 봄을 배경으로 하는 고궁을 그린 작품은 없다. 그는 그 이유를, "현란하고 눈부시게 화려한 꽃이 만개한 춘색은 엄숙한 분위기의 고궁에 어울리지 않는 데"에서 찾는다.

「가을 비원」의 앞쪽에 있는 나무들은 희미한 햇살을 받으며 서 있다. 저쪽 멀리 서있는 나무들은 화가가 일부러 조성한 약한 빛 때문에 제 모습을 제대로 드러내지 못하고 있는 것처럼 보인다. 나무들 옆을 지나가는 사람도 없고 그저 계절의 시간에 순응하는 나무들의 고적하고 쓸쓸하기까지 한 모습들만이 있을 뿐이다. 그 나무들은 그런 방식으로 가을 비원의 분위기를 대변한다. 「설풍경(雪風景)」도 조형적 표현에 있어서는 극사실주의의 화법을 사용하고 있다. 「가을의 애련정」이 감상자들에게 풍성한 느낌을 준다면, 이 작품은 그와 반대로 냉정한 느낌을 준다. 그것은 무질서하게 서 있는 나무들이 눈(雪)으로 인하여 다른 느낌을 주는 데에 연유한다.

가을 비원 | 캔버스에 유채 | 55 X 45.5㎝ | 1964 | 개인 소장

가을의 애련정 | 캔버스에 유채 | 62.2 X 112㎝ | 1965 | 개인 소장

변시지가 귀국했다고 해서 그와 일본과의 관계가 단절되었다고 말할 수는 없다. 그는 1972년부터 1975년에 이르기까지 일본 후지 화랑이 주최한 '한국 현대미술계 최고 일류 저명작가전'과 고려미술화랑 주최의 '한국거장명화전'을 통해 작품을 일본에서 전시한 바 있다. 이때 참여한 화가는 김인승·도상봉·박득순·장이석·이종우·오승우 등이었다.

동양적인 세계를 추구하는 미술운동 단체인 '오리엔탈 미술협회'가 1974년에 창립된다. 여기에 참여한 김인수·박창복·박성삼·안병연· 윤여만·이명식 등은 대부분 변시지의 제자들이다. 그는 이 모임의 대표

를 맡아 7회 정도 전시회를 가지면서 작품의 보편성·세계성·민족성·풍 토성 등의 근본적인 문제들에 대해 진 지하게 고민하고 성찰한다. 그에 의하 면, "현대미술에 대한 많은 사람들의 생각과 방법은 그 저류에 있어서는 공 통된 점이 있다. 이는 인간의 본성에 근간을 둔 때문일 것이다. 동시에 민 족·시대·기후적 조건 등이 예술의 모체가 되고 정신문화의 체온을 형성 한다고 볼 수 있으며, 이것이 예술의 풍토"[19]이다.

설풍경(雪風景) | 캔버스에 유채 | 53 X 45.5 ㎝ | 1970 | 개인 소장

Ⅳ. 자연 또는 생태상징주의 : 제주시대

생태상징주의는 다음의 세 가지 성격을 지닌다. 첫째, 생태상징주의에 서는 상위개념과 하위개념의 무게가 비슷하다. 얼핏 보면 '생태' 쪽보다

19) 변시지, 「풍토의 미」, 『신동아』, 1976. 2.

'상징주의' 쪽에 무게가 더 실릴 것 같지만 실제로는 그렇지 않다. 오히려 그 반대일 경우가 얼마든지 나타날 수 있다. 둘째, 생태상징주의에서는 서구 19세기 말 프랑스를 중심으로 전개되었던 역사적 사조인 상징주의와는 아무런 관련이 없다. 그것은 '상징'의 의미가 19세기 상징주의의 '상징'과는 다른 차원에서 사용되고 있기 때문이다. 셋째, 생태상징주의는 20세기 후반의 회화적 기법을 지칭하는 용어로 사용된다. 이 글에서는 특히 그러하다.

카시러에 따르면 '신호와 상징'[20]은 서로 다른 논의의 세계에 속하는 것들이다. 신호는 그것이 사용될 때에도 직접적이고 물리적인 성격을 지니고 있다는 점에서 물리적 존재세계의 일부로 다루어지지만, 상징은 기능적 가치만을 지니는 인간적 의미세계의 일부로 다루어진다. 또한 신호가 특정한 대상과의 일대일 상응관계로 고정되는 기계적이고 지시적인 기호라면, 상징은 보편적이면서도 가변적이고 융통성을 갖는 기호라고 할 수 있다. 즉 하나의 상징으로서의 대상을 묘사하는 데에 있어서, 화가는 지시하는 하나의 대상과 단 하나의 방식으로만 관계하지 않는다. 그런 점에서 상징은 보편적이다. 또한 우리가 특정한 사고나 이념을 서로 다른 용어들로도 나타낼 수 있다는 점에서 상징은 가변적이고 융통성을 갖는다.

카시러는 인간적 기호로서 상징이 보편성과 융통성을 갖는 기호이고, 그것을 만들어 내고 사용하기 위해서는 관계적 사고를 통해야 한다고 주장한다. 그리고 상징이란 정신적인 의미가 함축된—어떤 방식으로이든 간에—일체의 감각적 현상들을 의미하며, (관계적 사고를 근거로 하는) 상징은 그것이 의미하는 대상의 총체적 경험내용을 재현하는 성격을 갖는다고 말한다. 그에 의하면, 이러한 상징은 우리 의식의 선험적 능력인 상징적 기능과 그 형식인 상징형식에 의해 만들어진다. 여기서 상징적 기

---

20) 신화와 상징에 대한 내용은 박일호, 『예술과 상징 상징형식』, 예전사, 2006, 46~47쪽 ff에 의거.

능이란 우리 의식에 주어진 경험내용들을 조직화하고 의미화하는 구성적 종합행위를 말하며, 따라서 모든 상징은 단순한 의사소통의 매개체가 아니라 인식행위의 산물이고, 세계이해를 향한 우리들의 관점을 형성한다고 할 수 있다.

생태상징주의는 "생태학과 생태학적 개념을 '상징'에 적용하는 그림에서의 의도적 화법"이라고 할 수 있다. 변시지는 '예술적 풍토'라는 말을 사용하고 있지만, 그의 다음 주장은 이 생태상징주의의 근거로 삼아도 무방할 정도로 생태상징주의의 화법과 일치한다.

> 오늘날 현대미술에 대한 많은 사람들의 생각은 다기다양하다. 그러나 이러한 다양성도 저류에 있어서는 어딘가 공통된 점이 있다. 그 까닭은 인간의 본성에 그 근간을 둔 때문인지도 모른다. 동시에 민족, 시대, 기후적 조건 등이 예술의 모체가 되고 정신문화의 체온을 형성한다고도 생각할 수 있고 이것을 예술의 풍토라고도 말할 수 있다. (……) 조상이 물려준 우리의 문화재는 고유한 풍토의 미, 즉 자연지리학적인 풍토만이 아니라 정신적 풍토로서 인간 본연의 풍토인 것이다. 그러므로 우리는 우리의 민족정신이 깃든 전통적인 풍토 위에 새 시대의 흐름 속에 인간 자신을 빛낼 수 있는 현대적 예술관을 정립하고 (……) 전진해야 할 것이다.[21]

당시 제주의 문화 예술적 풍토는 여전히 척박했다. 변시지는 오랜 시간을 두고 제주에 머무르며 찬찬히 새로운 화법을 만들어내는 데 골몰했다. 그는 비원파 스타일로 제주의 본질을 표현하는 것은 불가능하다고 생각했다. 그에게는 제주를 표현하기 위한, 제주에서의 새로운 화법이 필요했다. 그러나 새로운 예술세계를 모색하는 과정은 고통의 연속이었다. 변시지는 그 생각 하나에만 골똘했으나 해답은 쉽게 얻어지지 않았다.

변시지는 죽음의 문턱까지 이르는 정신적 방황, 육체적 고통 속에서도

---

21) 『제민일보』 1993. 9. 1.

결코 캔버스 앞을 떠나지 않았다. 이때는 가족과의 단란한 생활은 아예 꿈도 꿀 수 없을 만큼 정신적으로 초조한 시간이었고 고독과 방황의 시기였다. 인내의 극한상황까지 몰리면서 죽음이 가장 편안하고 행복하지 않을까 하는 생각도 들었다. 그는 죽음에 대한 공포가 사라지면서 심야에 바닷가의 자살바위 근처를 배회하는 경우도 허다했고, 신내림 현상을 체험하기도 했다. 그러나 무서운 열병에도 불구하고 그는 캔버스와 맞서 싸웠다. 붓을 꺾는다는 것은 예술적 패배를 의미했으므로 그는 고통을 물리치고 붓을 들었다."[22]

제주에서의 새로운 화법 창출을 위해 변시지는 마침내 이전의 모든 것을 버리기로 결심한다. 일본 시절의 인상파적 사실주의 화풍, 비원시절의 극사실적 필법을 모두 잊기로 한 것이다. 백지와도 같은 상태가 되자 새로운 발상들은 속속 떠올랐지만 그것을 어떻게 표현해야 하는가에 대해서는 막막했다.

제주 풍경은 제주에 정착하기 이전에도 가끔 등장하기도 했는데, 가령 「폭포」와 「서귀포 풍경」에서 보듯 제주로 정착되어 가는 과정의 변화를 읽을 수 있다. 서울에서의 투명하고 밝은 색조나 잔잔한 톤의 정감적인 묘법은 제주에서의 작품 「석양」, 「어느 날」 등에도 지속된다. 이러한 완만한 지속성과 변화는 그러나 1977년에 이르러 확연한 변화로 바뀌게 된다. 바탕색이 장판지처럼 꺼칠한 황갈색조로 변하고 어눌한 먹선이 간결한 선으로 화면

폭풍 | 캔버스에 유채 | 62.1 X 130.3㎝ | 1983 | 개인 소장

22) 김용삼, 「제주와의 만남은 운명이었다」, 『월간조선』, 1995. 7.

을 덮친다. 변시지가 황갈색의 제주의 빛을 발견하게 된 것은 이즈음이었다. 그는 이 바탕색을 제주도의 자연광으로부터 얻는다.[23]

변시지 그림의 황토색은 생태상징의 배경임을 분명히 보여 주고 있다. 그 황토색은 두 가지의 성격을 지닌다. 먼저, 그의 황토색은 상징적인 색이다. 그는 새로운 화풍을 만들어야 한다는 생각으로 우아하고 화려했던 색을 전부 버리고 해변가에 앉아 온종일 고심에 고심을 거듭한다. 그러다가 하루는 해변가에서 태양빛이 하얗다 못해서 누렇게 변하는 현상을 본다. 태양빛이 하도 강렬하게 비치니까 고유색이 변해 하얀 색이 누런 색으로 변한 것이었다. 그는 바로 이 누런 색을 제주의 상징적인 색으로 삼기로 작정한다. 다음으로, 그의 황토색은 풍토적인 색이다. 그의 작품은 "그 개인에 의해 창조된 세계라기보다는 제주도라는 풍토가 창조해낸 세계라고 표현하는 것이 더 적합할 것같이 보인다. 그만큼 순수하고 자생적이다. 의도적으로 창조된 것이 아니라 자연발생적으로 우러나온 것이다. 변시지란 개인은 없고 제주도란 커다란 시·공간이 그가 되고 제주도가 변시지가 되는 세계, 여기에 변시지 예술의 독특한 구조의 내면을 엿보게 한다. (……) 제주시대의 작품들은 전체적으로 누런 장판지를 연상케 하는 기조에 검은 선 획으로 이미지를 묘출해 주고 있어 약간 건삽한 마티에르와 먹선에 가까운 운필이 까칠까칠한 돌팍과 빈핍한 흙의 건기가 더욱 실감 있게 전해지고 있다. 어떤 색깔이나 운필로 표출한다 해도 이처럼 제주도가 갖는 풍토적 특색을 요체적으로 파악해 주는 예는 드물 것이다. 말하자면, 소재와 그 소재에 어울리는 마티에르와 표현이 이처럼 뛰어나게 구현된 예도 흔치 않을 것이다."[24]

23) 서종택, 앞의 책, 62쪽.
24) 오광수, 「변시지의 근작―격랑의 구도」, 『우성 변시지의 삶과 예술』, 114쪽.

생존(生存) | 캔버스에 유채 | 45.2 X 53cm | 1991 | 개인 소장

　제주시절의 변시지의 작업은 유채라는 질료를 사용하고 있기는 하지만 유화가 지니는 마티에르와 광택과 또 그것들이 이루어 놓은 구조는 장판지에 먹으로 그린 동양화를 연상시킨다. 변시지는 동양화와 서양화의 '접목' 운운에 대해 부정적인 견해를 가지고 있지만, 모든 대상이 하나의 전체로서 요약, 종합해 들어오는 특유한 종합의 구도는 분명히 동양화의 직관적인 접근방식에 닿아 있다. 그는 사물을 분석하고 구성하는 것이 아니라 원시와 현세를 넘나드는 구도를 구현한다.25) 이런 의미에서 그의 작업은 재현이 아닌 표현이라고 해야 옳다. 그 자신도 "재현은 현상적 사물의 자연스런 묘사에 따르지만, 본래는 이데아를 반영하려는 노력이었고 필연적으로 신적인 초월자를 지향하는 의미가 있었다.

25) 서종택, 앞의 책, 78쪽.

이어도 | 캔버스에 유채 | 17.5 X 29.5㎝ | 1980 | 개인 소장

'표현'의 경우는 자연과 우주라는 대상에 표현 주체인 화가 자신의 삶의 이념이나 가치 또는 정서를 주관화하여 주체적으로 자신의 모습을 투영한다"[26]고 주장한 바 있다.

변시지의 그림에 등장하는 바람·바다·말·까마귀·소나무·나그네 등은 생태상징의 매개물들이다. 그 매개물들은 그의 작품에서 무엇인가를 상징하는 데에 그치지 않고 그림을 감상하는 사람으로 하여금 그것의 근원을 일깨운다. 특히 그에게 있어서 바람의 의미는 각별하다. 그 점은 다음 글에서 확인된다.

> 나는 예술로서의 창작이라는 것은 역시 자연 속에서 얻어지는 충동에서 출발한다고 본다. 그렇다고 해서 자연 그대로의 재현이나 모방이 아니라 대자연 속에서 얻어진 심상의 것이어야 한다는 것이다. 그러한 심상을 캔버스에 옮기는 과정에서 누구나 공감할 수 있는 예술로 순환시켜 가는 과정, 그것이 곧 나의 삶이라고 할 수 있다. …… 그런데 유독

---

26) 변시지, 「예술과 풍토」, 서종택, 앞의 책, 134쪽 f.

내게는 바람을 소재로 한 그림들이 많다. 그것은 바람 부는 제주가 나에게 많은 것을 생각하게끔 하기 때문이다. 고독, 인내, 불안, 恨, 그리고 기다림 등이 내가 자주 다루는 소재이다. 어떻게 보면 제주도는 바람으로부터 역사가 시작되었다고 생각해 본다.[27]

보들레르는 「나의 프란시스카의 찬가」에서 '죄악의 폭풍'이라고 한 바가 있지만, 「폭풍」에서의 폭풍은 그런 점과는 무관한 것으로 보인다. 거세게 불고 있는 바람이 크게 강조되고 있을 뿐이다. 폭풍을 우리의 삶에 비유해서 말하면, 우리의 삶은 결코 평온할 수 없고 어디론가 끝없이 돌진하면서 살아가야 하는 숙명을 지니고 있다. 그것은 「생존」에 이르러 더 구체화된다. 폭풍이 몰아치는 날의 바다의 의미는 폭풍의 의미를 강화한다. 바다의 의미만이 그런 것은 아니다. 산·말·사내 등의 의미가 모두 그러하다. 이런 의미에서 「폭풍」의 산·말·사내 등과, 「생존」의 바다·까마귀 등은 화가의 섬세한 붓질에 힘입어 우리의 삶의 양태를 그대로 상징하는 매개물의 역할을 수행한다.

원래, 까마귀의 상징적 의미는 검은 색깔로 인하여 발생하는 '시초'의 관념과 결부된다. 모든 시초는 천지창조에서 보듯 어둠과 관련되기 때문이다. 그런데 「말과 까마귀」에서의 까마귀는—비상을 전제로 할 때—메신저의 역할을 담당한다. 이 그림에서의 까마귀는 미래를 예견하는 능력을 소유한 새로 인식되는 것이다. 그렇다면 말은 당연히 메신저와 소통하는 수신자의 위치를 차지한다. 「이어도」의 까마귀 또한 '이어도'라는 환상 속 공간의 한 부분을 차지하면서 인간세계와의 원초적인 소통을 가능하게 하는 생태상징의 매개물로 자리 잡는다. 소통에 필요한 도구인 '배'가 까마귀 앞에 놓여 있는 것이 그 점을 확인시켜 준다.

---

27) 『제민일보』 1993. 9. 1.

말과 까마귀 | 캔버스에 유채 | 39.4×31.8
㎝ | 1990 | 개인 소장

몽향(夢鄉) | 캔버스에 유채 | 72.8×91㎝ |
1982 | 개인 소장

「나그네」의 나그네는 혼자이다. 그것은 고독할 수밖에 없는 숙명을 지
니는 이유이기도 하다. 그러나 나그네는 무엇인가를 끊임없이 추구한다.
만일, 그렇지 않은데도, 나그네로 명명된다면 그것은 매우 부자연스럽다.
나그네가 가는 길은 결코 평탄하지 않다. 그 길은 끝없이 펼쳐진 길이 아
니라 힘겹게 올라가야 하는 거친 산길이며, 나그네가 커다란 산이나 바위
와 마주칠 때 느끼는 것은 공포가 아니라 죽음과도 같은 외로움이다. 이
그림의 전면에 깔린 황토색은 나그네의 외로운 심사를 잘 드러내는 배경
으로서의 역할을 맡는다. 이에 비해 「몽향(夢鄉)」의 나그네는 소나무에
기대어 휴식을 취한다. 초가집도 있고 그 옆에 말도 있지만 그 어느 것도
나그네의 외로움을 없애주지는 못한다. 변시지의 나그네는 보통의 나그네
가 아니다. 그의 나그네는 '꿈속의 고향'이라는 제목에서 드러나듯 고향과
밀접하게 관련되는 나그네이다. 어쩌면 나그네는 화가 자신일 수도 있다.

나그네 | 캔버스에 유채 | 72.8×91㎝ | 1982 | 개인 소장

　변시지는, 자신이 그동안 제주도의 그 독특한 서정을 표현하려 무던히 애써 온 것은, 그래서 그것을 통해 그가 진정으로 "꿈꾸고 추구하는 것은 아이러니컬하게도 '제주도'라는 형식을 벗어난 곳에 있다"[28]고 말한다. 전후맥락으로 볼 때, 인간은 누구나 존재의 고독과 이상향을 향한 그리움의 정서를 가지고 있으므로 자신의 작품을 감상하는 사람들이 그런 정서를 공유하면서 위안 받기를 희망하는 데에, 그 말의 의도가 있음은 물론이다.

(2010)

---

28) 서종택, 앞의 책, 99쪽.

『바벨탑의 언어』에서 『시의 타자 수용과 비평』까지

●『바벨탑의 언어』(문학예술사, 1986)

한 편의 글을 쓸 때마다 '어렵다'는 생각이 드는 것은 예나 지금이나 마찬가지이다. 글을 쓰면 쓸수록 '어렵다'는 생각이 사라지기는커녕 오히려 그 빈도수를 더해 간다. 최근에 어떤 글을 마무리하면서도 '어렵다'는 생각은 끝까지 나의 뇌리를 떠나지 않았다. 이처럼 글을 쓸 때마다 '어렵다'는 생각을 하게 되는 것은 일단 나의 부족함 때문에 나타나는 결과이겠지만 글을 쓰는 대부분의 사람들에게 공통적으로 나타나는 현상이 아닐까 한다.

이 책은 수년 동안 발표한 글들 중에서 비평적인 내용의 글들만을 추려 엮은 것이다. 몇 년 전에 쓴 글의 일부 내용에는 수정하고 싶은 대목도 있으나 사고의 궤적을 드러낸다는 의미에서 그대로 두었다. 그런데 막상 한

권의 책을 엮는 과정에서 다시 한 번 통독해 보니 미흡한 점이 한두 가지가 아니다. 문학을 바라보는 관점이나 그것의 바탕을 이루는 세계관의 미숙함은 앞으로 나 자신이 꼭 해결해야 할 과제로 생각하고 있다.

끝으로 어려운 상황에도 불구하고 이 책의 출판을 기꺼이 맡아 주신 이우석 사장과 강우식 주간께 감사의 말씀을 드린다. 그리고 무더위 속에서도 편집과 교정에 힘써 준 편집부의 여러분들에게도 감사의 뜻을 표하고자 한다.

1986. 8.
김병택

●『한국 근대시론 연구』(민지사, 1988)

한국의 근대시론에 대해 조금이라도 관심을 가지고 있는 사람이라면 누구나 그것의 특성을 밝히고 형성과정을 구명하는 작업의 중요성을 인정하지 않을 수 없을 것이다. 그리고 그 작업은 한국의 1920년대 시론에 대한 체계적인 연구가 없이는 결코 제대로 이루어질 수 없다는 데에 동의하게 될 것이다. 그런데도 한국의 1920년대 시론에 대한 기존의 연구 성과는 그 대부분이 단편적으로만 진행되어서, 전체를 체계화한 종합적 결과는 보여주지 못하고 있다. 즉, 문학사나 시인론의 주변자료로 거론된 경우가 가장 많고 아니면 시론을 연구한 경우에도 한두 편만을 대상으로 했거나 고정된 시각에 의해 조명된 연구결과가 나와 있는 정도에 불과한 것이다. 따라서 1920년대 시론을 연구하는 데에 있어서는 1920년대에 전개된 시론을 포함한 모든 문학 논의들은 포괄적으로 검토하고 그것들을 몇 가지의 틀로 나눈 후 이 틀에 따라 그것들을 재조명함으로써 1920년대 시론을 체계화하는 방법이 절실히 요청된다 하겠다. 이러한 방법을 통해 연구되었을 때 비로소 1920년대 시론의 체계는 분명히 밝혀질 수 있을 것이다.

제1부 '한국 초기 근대시론 연구'에서 1920년대 시론을 조명하는 틀로 삼은 것은 M. H. 에이브람즈의 삼각모형에 나타난 네 가지 이론이다. 그러나 이 네 가지 이론은 서구문학론의 경우에 국한해 이루어진 것이기 때문에 1920년대 시론의 양상에 맞게 적용순서나 일부 내용을 다음과 같이 수정하였다.

첫째, 1920년대 시론은 무엇보다도 개화기의 모방론에 대한 반명제로 나타났다는 점에 주목하여 표현론을 제일 먼저 검토대상으로 잡았다.

둘째, 1920년대 시론에 있어서도 모방론은 여전히 주축을 이루고 있지만 개화기의 그것과는 성격이 다르기 때문에 아리스토텔레스가 논의했던 기준에 의거, 대상·방법·양식으로 세분하여 전개양상을 구명하고자 했다.

셋째, 효용론은 심미적 효용론·민족주의적 효용론·계급주의적 효용론의 순서로 전개되었다고 추정하고 이것들이 당시의 사회적, 문학적 상황과 어떠한 상관관계를 보이고 있는지를 해명하고자 했다.

넷째, 1920년대 시론에 있어서는 객관론보다 기교론이 훨씬 우세하다는 판단에 따라 이 기교론이 어떠한 방향에서 전개되었는지를 고찰하려 했다.

필자는 이 연구가 지금까지 막연한 상태에 놓여 있던 1920년대 시론을 체계화하고 더 나아가서 한국 근대시론의 특성을 명확히 밝히며 그 형성과정을 구명하는 데에 기여할 수 있게 되기를 기대해 본다.

제2부 '상징주의 시론과 모더니즘 詩'에는 한국 근대시론과 관련되는 논문 두 편을 다시 수록했다. 제1부의 내용과 직접적으로 관련이 있는 내용이기 때문에 1920년대 시론을 종적으로 파악하는 데에 도움을 주리라 생각한다.

이 책을 내기까지에는 여러 은사님들을 비롯해 동료, 친구 등 많은 분들의 은혜를 입었다. 이 자리를 빌려 감사를 드린다. 그리고 출판을 주선해 주신 김봉군 교수님과 어려운 사정에서도 선뜻 출판에 응해 주신 이태승 사장님께도 거듭 감사를 드린다.

1987. 12.

저자 씀

●『한국 현대시인론』(국학자료원, 1995)

이 책에 수록된 글들은 1988년부터 1993년까지의 기간에 씌어진 것들이다. 이러한 부류의 책을 내는 사람이라면 누구나 자기의 전공분야에 대해 오랫동안 끊임없이 관심을 기울인 결과 이루어진 작업의 성과를 확인 받고 싶은 마을을 가지고 있는 법이다. 이 책을 내는 나 역시 우리 시에 대해 오랫동안 끊임없이 관심을 기울인 결과 이루어진 비평적 작업의 성과를 확인받고 싶은 마음을 가지고 있다. 그러나 그 성과가 어떤 것이냐 하는 물음에 대한 답은 이 책을 읽는 독자들의 몫으로 넘겨져야 할 성질의 것이므로 나는 가급적 듣는 입장만을 지킬 생각이다.

제1부는 시인론을 한데 묶은 것으로서 일곱 시인을 조명해 본 결과이다. 1986년에 펴낸『바벨탑의 언어』에서 한용운을 포함한 네 시인을 조명해 본 적이 있으므로 나로서는 그것에 이어지는 시인론이라는 점에 제1부의 의미를 두고 있다. 원고를 검토하면서 이전에 씌어진 시인론에 비해 볼 때 시각이나 논의방법에 적지 않은 변화가 있음을 발견했는데 나는 그것을 자연스러운 변화로 생각하고 싶다.

제2부는 문학과 사회를 관련시켜 논의한 글들을 묶은 것이다. 따로따로 발표했던 글들을 묶은 것이므로 통일성을 갖추지는 못했지만 문학과 사회는 여러 가지 측면에서 밀접하게 관련된다는 생각을 토대로 씌어진 글이라는 공통점이 있다.

제3부는 거의가 지금 내가 살고 있는 지역의 문학과 시인들에 대한 애정을 바탕으로 씌어진 글들을 묶은 것이다. 그래서 제3부는 제주에서 활동하고 있는 시인들의 작품을 논한 글들이 대부분을 차지한다. 분명히 문학적으로 우수함에도 불구하고 지역문학, 지역문인이 지역문학, 지연문인이라는 점 때문에 소홀히 취급받는다면 한국문학을 위해서도 이처럼 잘못된 일은 없을 것이다.

이 책을 내기까지에는 주위의 여러 분들의 조언과 격려가 있었다. 이 자리를 빌려 그분들께 감사드린다. 그리고 여러 가지 어려움을 무릅쓰고 출판을 맡아주신 정찬용 사장께도 감사를 드린다.

1995. 1.

김병택

●『한국 현대 시론의 탐색과 비평』(제주대 출판부, 2000)

밤하늘에 떠 있는 별들의 아름다움을 제대로 감상하려면 천문학과 미학에 대한 어느 정도의 지식이 필요하듯이, 한 편의 시를 제대로 감상하려면 시론에 대한 어느 정도의 지식이 필요하다. 그런데 시를 학문적인 연구의 대상으로 삼는 경우에는 시론의 실체를 적극적으로 구명하는 것이 불가결한 일이다.

시론을 연구하는 데에는 가장 기본적인 두 가지의 방법적 태도가 요구된다. 그것의 하나는 시론을 가능한 한 세부적, 종합적으로 파악하려는 태도이고 다른 하나는 그것을 체계화하려는 태도이다. 시론 연구의 의의는 그러한 두 가지의 태도를 끝까지 충실히 지키면 지킬수록 더 커진다고 할 수 있다.

지금까지 이루어진 대부분의 시론 연구는 단편적인 연구에서 벗어나지 못하고 있다는 비판으로부터 자유롭지 못하다. 설령, 그것이 다양한 연구 방법들 중의 하나일 수 있다는 점을 인정한다 하더라도 시론을 세부적, 종합적으로 파악하고 체계화하는 데에 확실하게 기여할 수 있을지는 의문이다. 결국, 시론 연구가 단편적인 연구에서 벗어나지 못하고 있는 상태를 그대로 방치하는 것은, 시론은 응당 그렇게 연구되어야 한다는 잘못된 당위론을 수용하는 것과 다름이 없다.

일반적인 시론 그 자체만을 연구하거나, 아니면 어느 개인의 시론을 연구하는 데에도 문제가 전혀 없는 것은 아니다. 거기에는, 시론과 시를 지나치게 변별함으로써 시론이 자칫 시와는 무관하게 떠도는 공허한 이론이 될지도 모를 위험이 내재하고 있기 때문이다. 그러나 그러한 위험의 가능성은 그것을 배제하려는 최대한의 노력을 통해서 극복될 수 있을 것이다.

제 I 부에 수록된 글들은 독립된 논문의 형식을 취하고 있기는 하지만 모두 한국 현대시론을 세부적, 종합적으로 파악하고 체계화하고자 하는 의도에서 씌어진 것들이다. 졸저 『한국 근대시론 연구』(민지사, 1988)의 「한국 초기 근대시론 연구」를 대폭 축약·수정하여 「1920년대 시론」으로 수록한 것과 역시 같은 책의 「상징주의 시론의 수용과 전개」를 「상징주의 시론」으로 재수록한 것은 전적으로 그러한 의도와 밀접하게 관련된다.

제 II 부에는 제주 시인들의 시 세계를 점검해 본 글들만을 수록하였다. 글을 쓰면서 나로서는 일관성 있는 관점을 유지하려고 했지만 실제로 그렇게 되었는지의 여부에 대한 판단은 오로지 독자의 몫이다. 다만, 나는 제Ⅱ부의 글들이 제주 시인들에 대한 각별한 관심의 바탕 위에서 씌어진 것들임을 밝혀 두고 싶다.

끝으로 이 책을 엮는 과정에서 편집·교정에 많은 도움을 준 양영길·김지연 두 시인, 그리고 기꺼이 출판을 맡아준 제주대학교 출판부에 감사드린다.

1999. 7.

지은이

재판을 내면서

6개월 만에 재판을 내게 되었다. 지금까지 이 책을 읽어 본 독자들의 반응은 대체로 두 가지로 요약할 수 있을 것 같다. 그것의 하나는 '제1부 한국 현대시론의 탐색'의 내용이 다소 난해하다는 반응이고, 다른 하나는 '제2부 비평'이 특정 시인들의 작품들만을 다루었다는 반응이다.

지은이로서는 이러한 반응들에 대해 다음과 같이 해명하고 싶다. '제1부 한국 현대시론의 탐색'의 내용이 다소 난해한 느낌을 주는 것은 사실일 것이다. 그러나 그러한 느낌을 주는 이유 중에는, '제1부 한국 현대시론의 탐색'에서 다룬 대부분의 시론 자체가 분석하고 체계화하기에는 상당히 어려움을 주는 내용들로 이루어졌다는 점도 포함되어 있음을 밝혀 두지 않을 수 없다. 그리고 '제2부 비평'에서 특정 시인들의 작품들만을 다룬 것은, 다른 시인들의 시에 앞서 '제2부 비평'에서 다룬 시인들의 시를 먼저 정독해야 할 사정이 있었기 때문이다. 지은이는 앞으로도 계속 한국 현대시론을 세부적, 종합적으로 파악하고 체계화하는 글과 제주 시인들의 시 세계를 점검하는 글을 쓸 생각을 가지고 있다.

끝으로 이 책 초판의 출판에 이어 재판의 출판도 흔쾌하게 맡아준 제주대학교 출판부에 감사드린다.

2000. 2.

지은이

●『한국문학과 풍토』(새미, 2002)

최근 몇 년 전부터 내가 관심을 기울이고 있는 분야는 지역문학이다. 내가 보기에, 지역문학의 개념을 새롭게 정립하는 일에서부터 지역문학사를 서술하는 일까지, 지역문학을 체계화하기 위해 누군가가 반드시 해야 할 일들은 부지기수로 많다.

제1부 '지역문학의 현실과 미래'는 지역문학과 관련된 글들로 이루어졌다. 지역문학작품을 색다른 시각에서 평가하고자 하는 사람들도 지역문학의 중요성에 대해서만은 적극 동의하리라 믿는다. 제2부 '역사와 현실의 변주'의 네 편 글은 작품론이다. 대상은 모두 지역시인들의 작품이며, 한결같이 지역인의 삶과 자연을 반영하는 공통점을 지니고 있다. 제3부 '시에 대한 몇 가지 물음'과 제4부인 '주체적 문화를 위하여'의 글들은 대부분 필요에 따라 씌어졌는데, 제4부의 경우는 특히 더 그러하다.

나는, 독자들이, 이 책의 도처에서 강조된 지역문학의 중요성을 단순한 지역주의적 사고 방식의 결과로 받아들이지 않기를 바란다. 이 책에서 빈번하게 사용된 용어인 지역문학의 '지역'성 속에는 향토성 · 전통성 · 민족성 등이 융합된 풍토성의 의미도 들어 있기 때문이다. 곁들여 말하면 '문학과 풍토'라는 책 이름은 이런 점과 관련이 깊다.

끝으로 어려운 사정에도 불구하고 흔쾌히 출판을 맡아주신 정찬용 사장께 깊은 감사를 드린다.

2002. 7.

김병택

●『한국 현대시인의 현실인식』(새미, 2003)

이 책을 내는 데에는, 졸저『한국 현대시인론』이 절판되었다는 직접적 계기 외에, 시론에 대한 글도 포함시키고 싶은 생각이 함께 작용했다. 시인의 시와 시론이 서로 매우 밀접한 관계에 있음은 시를 공부하는 사람이면 누구나 다 인정하는 사실이다.

한 시인을 대상으로 시인론과 시론에 대한 글을 쓰는 것은 결코 용이한 일이 아니었다. 대부분의 시인에게는, 그 두 편의 글을 쓸 수 없도록 하는 한두 개씩의 사유가 있었기 때문이다. 이 책에 수록된, 그 두 편의 글이 임화, 김수영의 경우로 축소된 이유 중의 하나는 그런 점에서 기인한다.

시인론들 중「임화론」과「이육사론」은 최근에 일부러 쓴 글들이다.「임화론」과「이육사론」은 임화와 이육사가 차지하는 문학사적 위치로 볼 때 마땅히 써야 할 글들이지만, 최근에 일부러 쓴 데에는 이 책의 성격을 강화하려는 의도도 들어 있다. 이런 의미에서, 이 책에「임화론」과「이육사론」을 수록하게 된 것을 다행으로 생각한다.

끝으로 어려운 사정에도 불구하고 흔쾌히 이 책의 출판을 맡아주신 정찬용 사장께 깊이 감사드린다.

2003. 8.
저자

●『현대 시론의 새로운 이해』(새미, 2004)

사물에 대한 편견은 쓸모없는 단계를 넘어서서 해롭기까지 하다. 시에 대한 편견의 경우에도, 그 점은 조금도 다르지 않다. 시에 대한 편견을 지닌 사람들은 기회 있을 때마다 시의 다른 관점을, 다른 수사를, 다른 사조를 무조건 부정하는 방법으로, 그 편견이 독자적인 체계를 확보한 것처럼 보이도록 하는 일도 서슴지 않는다. 그러나 단언하건대, 그렇게 한다고 해서 그 편견이 보편적 견해로 바뀌는 것은 결코 아니다.

무릇 시를 공부하는 사람들에게는 세 가지의 자세가 필요하다. 시의 다양한 관점을 수용하려는 자세, 시의 복잡다기한 수사를 원리적으로 이해하려는 자세, 시의 논리를 통시적으로 파악하려는 자세가 그것들이다. 이 책을 엮는 의도는 바로 이러한 자세를 실천하는 사람들에게 도움을 주고자 하는 데에 있다.

M. H. 에이브럼즈의 <Ⅰ. 시에 대한 네 가지 관점>에서는 플라톤의 이데아론에서부터 20세기 초의 신비평에 이르기까지의 수많은 문학이론들이 네 가지 흐름으로 나뉘어 논의되고 있다. 단도직입으로 말하면, 이 글은 시의 다양한 관점을 수용하기에 앞서 반드시 읽어야 할 글이다.

<Ⅱ. 시의 수사>에는 대부분 이 방면에 대해 오랫동안 연구한 분들의 글을 수록했다. 윌프레드 L. 게린의 「신화와 원형」은 정확하고 폭넓은 내용을 담고 있어서 이 분야에 관심을 가지고 있는 사람들에게는 더없이 중요한 자료이기도 하다.

<Ⅲ. 시의 논리>는 현대시론이라는 이름의 여러 책을 읽은 사람들도 처음으로 접해보는 장일 것이다. 시의 논리와 사조의 관계는 우리가 생각하는 것보다 훨씬 더 밀접하다. 이 장이 사조에 대한 글들로 구성된 것은 그런 점에 기인한다.

끝으로, 이 기회를 빌려, 귀중한 글을 이 책에 수록하도록 승낙해 주신 필자, 번역자 여러분께 깊은 감사를 드린다. 아울러 이 책의 출판을 흔쾌하게 맡아주신 정찬용 사장께, 그리고 편집에 애쓰신 편집부 여러분께도 깊은 감사를 드린다.

2004. 8.
아라동 연구실에서 편자 씀.

●『제주 현대문학사』(제주대 출판부, 2005)

아무리 사적 서술의 형식을 취하고 있다 하더라도, 방법적 전제가 없이 서술된 문학사는 제대로 서술된 문학사라고 할 수 없다. 그래서 모든 문학사는 문학사 서술에서 요구되는 방법적 전제로부터 자유롭지 못하다. 물론 제주현대문학사도 여기에서 예외가 아니다.

이 책에서 적용한 방법적 전제는 세 가지이다. 그것을 밝혀 보면 다음과 같다.

첫째는, 문학작품은 문학적 사실보다 더 중시되어야 한다는 점이다. 그것은 문학적 사실이 중시되지 말아야 한다는 뜻과는 다르다. 엄밀하게 말하면, 그것은 문학적 사실이 문학작품보다 더 중시되어서는 안 된다는 뜻이다. 동시대의 사람뿐만 아니라 후세의 수많은 사람을 감동시키는 것이 문학작품임을 생각한다면, 그것은 더욱더 그러하다. 그것은 또한 이 책에서의 서술을 문학적 사실보다 문학작품 쪽으로 치중하게 한 이유이기도 하다.

둘째는, 문학작품과 문학적 사실은 그 내용 · 연대기 · 원전 등을 통해 측정된 영향관계와 면밀하게 조사된 문법적 · 문체적인 사항들을 토대로 서술되어야 한다는 점이다. 이 경우, 그 서술 내용의 최종적 결론은 역사적 사실과 일치하는 것이어야 한다.

셋째는, 문학작품과 문학적 사실은 객관적으로 서술되어야 한다는 점이다. 여기에서, '객관적으로 서술되어야 한다'는 말에는 두 가지 의미가 담겨 있다. 그것의 하나는, 문학적 사실과 문학작품이 있는 그대로 서술되어야 한다는 의미이고, 다른 하나는, 문학적 사실과 문학작품에 대한 긍정적 · 부정적 평가가 모두 서술되어야 한다는 의미이다.

이러한 전제들은 문학사다운 문학사가 되기 위해 필요한 전제들이면서, 동시에 제주현대문학사를 다른 문학사와 구별하기 위해 필요한 전제들이기도 하다. 그러나 한 치의 오차도 없이 여러 전제가 지시하는 당위를 이행하는 것은 정말 어려운 일이다. 필자는 그것을 제주현대문학사를 쓰는 과정에서 수시로 확인했다. 그런데도 『제주현대문학사』를 상재하게 된 것은, 지역문학사도 이제는 책의 형식으로 존재하면서 한국문학사의 중요한 영역을 차지해야 한다는 필자의 소신에서 기인한다. 한편으로는 지역에서의 개인적 삶을 중시하면서도 다른 한편으로는 지역문학을 경시하는 이중적 사고는 하루빨리 사라져야 마땅하다고 믿는다.

이 책에서 설정한 제주현대문학사의 기점은 6 · 25전쟁으로 인한 피난 시기의 문학이다. 따라서 '제주현대문학의 전개'는 다음과 같은 시대 구분에 따라 서술되었다.

1) 제주와 제주인의 발견(Ⅰ)(1950~1960에 이르는 시대) : 시에는 고향 · 사물 · 자연 등을, 소설에는 실향의 삶과 고향의 삶 등을 다룬 작품들이 많다.
2) 제주와 제주인의 발견(Ⅱ)(1960~1970에 이르는 시대) : 시에서는 자연과 고향이, 소설에서는 고향의 실상과 4 · 3이 주요 소재로 등장한다.

3) 제주와 제주인의 발견(Ⅲ)(1970~1980에 이르는 시대) : 자연과 고향을 소재로 쓴 시와, 4 · 3을 본격적으로 다룬 소설이 주류를 이룬다.

4) 다양한 자아와 4 · 3의 존재 방식(1980~1990에 이르는 시대) : 서정적 자아를 드러내는 시와, 4 · 3을 다룬 소설 · 희곡이 보편화되었음을 보여준다.

5) 생활의 중시와 역사의 중시(1990~2000에 이르는 시대) : 생활의 정서를 중시하는 시와, 4 · 3을 중시하는 시로 뚜렷이 구별된다.

누구에 의해 씌어지든, 완벽한 문학사는 씌어질 수 없을 것이다. 단언컨대, 최소한 아직까지 그런 문학사는 씌어지지 않았다. 그렇다고 해서, 그것이 이 책의 단점을 변호하는 근거가 될 수는 없다. 오로지 독자 여러분의 질정을 바랄 뿐이다. 아울러 자료 수집, 정리에 도움을 준 김동윤 · 강영기 박사에게는 감사의 뜻을 표하고 싶다.

2005. 10.
아라 연구실에서 저자

● 『현대시의 예술 수용』(새미, 2009)

최근 몇 년 동안, 내가 글쓰기의 대상으로 삼았던 분야는 '시의 예술 수용' 쪽이다. 어떤 대단한 글을 쓰고자 하는 의도로 그러했던 것은 아니다. 짐작건대, 거기에는 필시, 예술의 여러 분야에 걸친 이제까지의 독서 내용을 활용하면 '시의 예술 수용'에 대해서는 어렵지 않게 논의할 수 있으리라는 생각이 작용했을 터였다.

'시의 예술 수용' 쪽에 관심을 가지면서부터, 나는 매번 주제를 부각시

키는 세부 계획에 맞추어 자료를 수집했고, 자료를 다 수집하면 곧바로 글쓰기에 돌입하곤 했다. 이런 식으로 글쓰기에 돌입하고 마무리 짓는 작업은 최근 몇 년 동안 여섯 번이나 반복되었다.

그러나 그것은 누구나 경험하는, 글쓰기의 표면적 과정에 불과하다. 글쓰기의 이면적 과정은 또 다른 형식으로 존재한다. 책상 앞 벽에 붙여 놓은 세부 계획은 조금의 차질도 없이 실천해야 할 견고한 객체로 다가오면서 수시로 나를 압박했고, 당연히 수반되는 현상이긴 했지만, '어렵지 않게 논의할 수 있으리라'는 생각은 점차 사그라졌다.

한마디로 말하면, 예상과는 다르게 '시의 예술 수용' 쪽에 대한 글을 쓰는 일은 쉽지 않았다. 글쓰기를 시작할 때나 지금이나 그 점에는 변함이 없다. 제1부의 내용을 구성하는 「시의 그림 수용」, 「그림의 공간과 시의 공간」, 「시의 무용 수용」, 「시의 영화 기법 수용」, 「시의 음악 수용」, 「시의 건축 공간 수용」 등은 모두 그러한 과정을 거쳐 이루어진 작업의 구체적 결과물인 셈이다.

제2부에 수록된 「시론에서의 반발 양식과 새로운 시론의 전개 양상」과 「문예사조에서의 반발이론에 대한 연역적 논증」에서는, 반발이론(Reaction Theory)을 도구로 삼고 1920년대의 한국 시론과 서구 문예사조의 발생 · 소멸을 해명하는 데에 그 목적을 두었다. 그 밖의 「지역문화예술사의 서술방법론」은 지역문화예술사 서술에 이르기까지의 여러 단계를, 「변시지 그림의 대상 선정과 화법」은 변시지 그림의 기교적 측면을 각각 구체적으로 살펴 본 글이다. 이러한 방면에 관심을 가지고 있는 분들의 고견을 기대해 마지않는다.

끝으로, 흔쾌하게 이 책의 출판을 맡아주신 새미의 정구형 사장께, 그리고 원고를 편집하고 교정하는 데에 애쓰신 새미의 편집부 여러분께 두루 감사드린다.

2009. 9.

아라동 연구실에서 저자

●『제주 예술의 사회사 上』(제주대 탐라문화연구소, 2010)

예술은 일종의 살아 있는 유기체이며, 그것의 활동무대는 사회이다. 예술과 사회가 밀접한 관계를 맺고, 더 나아가 예술의 사회 반영을 운위할 수 있는 것도 바로 이러한 점에서 기인한다. 예술의 실상을 고찰하기 위해 무엇보다도 먼저 사회변동의 내용에 관심을 기울이는 것은 그래서 자연스럽다.

필자는 2년 전부터 계간『제주작가』에「제주예술의 사회사」를 연재 집필하면서 예술은 일종의 살아 있는 유기체이며, 그것의 활동무대는 사회라는 명제를 수시로 떠올리곤 했다. 이 책에는 그 명제의 산출 근거인 연재 내용 중, 일제강점기에서부터 1960년대까지 이어지는 제주예술의 변화 양상을 다룬 내용이 담겨 있다.

사회 현상과 결부되는 예술의 흐름들 중 특징적인 요소를 추출하고, 그것을 서술의 초점으로 삼은 점으로만 보면, 이 책은 유사한 주제의 다른 책과 구별되는 점이 별반 없어 보인다. 그러나, 이 책은 두 가지 점에서 유사한 주제를 보여 주는 다른 책과 분명히 구별된다. 그것의 하나는 '예술의 사회사' 내용을 새로운 형식으로 구성하고 있는 점이고, 다른 하나는 시기마다 특기할 만한 예술가들의 활동을 집중적으로 조명하고 있는 점이다. 그 새로운 형식은 막연한 형식이 아닌, 기록·대담 또는 혼합의 방식으로 세분되는 구체적인 형식을 가리킨다.

연재된「제주예술의 사회사」에서, 장르별 서술이 가능했던 것은, 필자가 서술 기반으로 삼을 수 있을 정도의, 이미 여러 형식으로 발표된 글들이 있었기 때문이다. 그 글들을 수록하고 있는 책으로는, 김유정의『제주미술의 역사』(파피루스, 2007)와 졸저『제주현대문학사』(제주대학교출판부, 2005)를 들 수 있다. 아울러, 다른 장르에 대해 서술할 때는『제주문화예술백서』(예총제주도지회, 1988),『제주도지』제3권(제주도지편찬위원회, 1993),『제주시 50년사』하권(제주시50년사편찬위원회, 2005),『제주도지』제6권(제주도지편찬위원회, 2006) 등에 수록된 글들을 기본 자료로 활용했음을 밝혀 둔다.

끝으로, 탐라문화학술총서의 말석을 제공해 준 제주대학교 탐라문화연구소 허남춘 소장과 보고사 편집부 여러분께 이 자리를 빌려 감사드린다.

2010. 1.

눈 덮인 한라산이 보이는 아라동 연구실에서

저자 識

● 『제주 예술의 사회사 下』(제주대 탐라문화연구소, 2011)

지난해의 『제주예술의 사회사(상)』(이하 상권)에 이어, 올해에는『제주예술의 사회사(하)』(이하 하권)을 상재한다. 하권의 상재는 지난해『제주작가』가을 호까지의 연재를 순조롭게 끝낼 경우, 다음 단계로 예정했던 계획에 따른 것이다. 새삼스럽기는 하지만, 연재를 순조롭게 끝낼 수 있도록 부족함 없는 지면을 할애해 준『제주작가』측의 배려를 오랫동안 마음속에 간직하고자 한다.

처음에 하권을 집필하면서 겪었던, 자료의 결핍에 따른 '막막함'은 상권을 집필하면서 겪었던 막막함과 크게 다르지 않았다. 그렇다고 하권을 집필하는 기간 내내 '자료의 결핍' 상태가 지속되었던 것은 아니다. 결국, '자료의 결핍' 상태는 여러 예술인과 작고 예술인 가족의 자료 제공으로 해결할 수 있었다.

하권의 서술 전략은 상권의 서술 전략과 동일하다. 아니, 상권의 서술 전략을 한층 강화했다고 할 수 있다. 대담 · 회고담, 예술인의 직접 집필 · 구술 등의 형식을 더 많이 도입함으로써 종래의 예술사가 오랫동안 고수했던 엄숙하고 권위적인 모습에서 한층 더 벗어날 수 있었기 때문이다.

끝으로, 자료를 제공해 준 여러 예술인과 작고 예술인 가족 여러분께, 탐라문화학술 총서의 한 권으로 자리를 마련해 준 제주대학교 탐라문화연구소 허남춘 소장께, 그리고 도서 편집의 진수를 보여준 보고사 편집부 여러분께 두루 감사드린다.

2011. 2.
눈 덮인 한라산이 보이는 아라동 연구실에서
저자 김병택 識

●『시의 타자 수용과 비평』(새미, 2014)

10년 전에 「그림의 공간과 시의 공간」이라는 글을 쓴 일이 있다. 그 이후에도, 나는 '시의 타자 수용'에 대한 글을 적잖게 써 왔는데, 헤아려 보면 그러한 글은 10년 전반의 6편, 후반의 6편을 합해 모두 12편이나 된다. 이 책에서는 아직 저서에 수록하지 않은, 후반의 6편 글을 제1부로 묶었다. 이 6편의 글 역시 모두 분명한 의도와 근거에 따라 쓴 글임은 물론이다.

지금까지 나는 지역시인들의 시에 대한 비평적인 글을, 내 저서들에 수차례 걸쳐 수록한 바 있다. 이 책에서는 제2부가 그에 해당한다. 그것은 내가 기회 있을 때마다 지역문학의 중요성을 강조해왔고, 지금까지도 그러한 글쓰기를 일종의 문학적 사명으로 생각하고 있는 점과 무관하지 않다. 여기서 한마디 덧붙이면, 제2부에서 논의대상으로 삼은 시들은 각기 현실에 대한 심오한 사유를 보여 주는 시, 강렬한 아름다움을 지닌 시, 풍부한 상상력을 발휘한 시, 일상의 서정을 섬세하게 드러낸 시 중 어느 하나에 속한다.

제3부는 비교적 최근에 쓴 세 편의 글로 구성했다. 나는 이 세 편의 글을 아주 귀한 보석처럼 치부하면서 피시의 깊숙한 곳에 보관해 오던 터였다. 그러나 「양창보론」이 구체적으로는 화가론이라는 점, 그리고 「이공·삼공본풀이의 의식시간과 의식공간」·「일제강점기 친일문인의 내면 풍경」의 도처에 철학적 개념들 또는 정신분석학적 개념들이 빈번하게 등장한다는 점 때문에 제3부를 마련하는 것이 문학을 전공한 나로서는 매우 조심스러웠다.

끝으로, 이 책의 출판을 맡아주신 정구형 사장께, 또한 정확하고 섬세한 편집을 위해 애쓰신 편집부 여러분께 두루 감사의 말씀을 드린다.

정년을 3개월 앞둔 2014. 5.

아라 연구실에서 저자 식

논문 · 평론 목록

1982. 12.	김수영 시에 나타난 현실과 상징의 양상	『심여택선생화갑기념논총』
1983. 1.	소설 속의 시간과 공간	『동악어문논집』 17집, 동악어문학회
1984. 1.	1930년대 한국 모더니즘 시에 나타난 시대인식	『제대논문집』 17집
1984. 2.	상징주의 시론의 수용과 전개	『한국문학연구』 6·7집, 동국대 한국문학연구소
1984. 10.	시의 성공과 실패	『경작지대』 1집
1986. 6.	한국 초기 근대시론의 모방론 연구	『제대논문집』 22집
1986. 12.	1920년대 시론攷	『국문학보』 8집, 제주대 국어국문학회
1987. 5.	한국 초기 근대시론의 효용론 연구	『양중해박사화갑기념논총』
1987. 9.	변방의 자연과 삶	『경작지대』 3집
1987. 9.	체험의 의장	『제주문학』 16집
1988. 6.	만해 시에 나타난 꿈의 성격과 전개 양상	『문학과 비평』 6집
1988. 10.	제주인의 삶 또는 비극적 정서 －김용길론	시집 『서귀포 산조』
1988. 8.	서정과 자유－가영심론	시집 『모래산을 허문다』
1989. 3.	노래하는 시의 서정적 자아 －한기팔론	『심상』 186호
1989. 3.	황석우론	『김장호선생화갑기념논문집』
1989. 6.	꽃의 현실과 삶	『심상』 189호
1989. 10.	문학과 사회	『구인환박사화갑기념논문집』

1990. 3.	4 · 3소설의 유형과 전개	『국문학보』 10집, 제주대 국어국문학회
1990. 6.	박인환론	『김홍식선생화갑기념논문집』
1990. 10.	지역문학의 존재방식과 전망	『제주문학』 19집
1990. 12.	윤동주 시의 의식과 그 의미	『한국문학연구』 13집, 동국대 한국문학연구소
1991. 6.	현대문학이론의 발생과 성격	『제주도』 통권 9호
1991. 11.	이용악 시의 서사와 서정	『김영배선생화갑기념논총』
1992. 9.	한국 낭만주의의 배경과 성격	『양중해박사정년기념 국어국문학기념논총』
1993. 9.	프롤레타리아 문학의 이론	『우리문학』 20호
1993. 10.	백석 시의 특질에 관한 고찰	최원규박사 회갑 기념 『어문연구』 24집
1993. 11.	이상화 시의 의시과 그 의미	『양순필박사화갑기념어문학논총』
1993. 12.	세월 · 문명 · 현실의 삼중주 −강통원론	『제주문학』 24집
1993. 12.	정지용의 '백록담'에 대하여	김영돈박사 회갑 기념 『제주문화연구』
1993. 12.	시간과 공간	『우리문학』 21호
1994. 12.	일상 · 자연의 존재방식과 극복 −김영홍론	시집 『부재증명』
1994. 12.	이육사 시의 의식과 그 의미	『제주대학교논문집』 39집
1995. 8.	한국 현대시론의 세 측면	『국문학보』 제13집, 제주대 국어국문학회
1995. 12.	제주문학의 현황과 과제	『제주문학』 28집
1996. 12.	김기림의 시론고	『인문학연구』 2집, 제주대 인문과학연구소

1997. 12.	수필의 문체·구성·미학에 대하여	『귤림문학』6호
1997. 12.	욕망과 무욕의 사이−김용길의 시세계	『제주문학』30집
1997. 12.	박용철의 시론攷	『인문학연구』제3집, 제주대인문과학연구소
1998. 3.	역사적 진실과 시적 진실	4·3시 선집『바람처럼 까마귀처럼』
1998. 8.	한국 현대시론의 서구 수용	『한국 현대시론의 탐색과 비평』
1998. 12.	문학의 특수성과 보편성	『제주작가』창간호
1998. 12.	임화의 시론攷	『인문학연구』제4집, 제주대 인문과학연구소
1999. 3.	불화의 시각−김석교론	시집『넋 달래려다 그대는 넋놓고』
1999. 8.	김수영 시론	『한국 현대시론의 탐색과 비평』
1999. 8.	일상의 꿈-문충성론	『한국 현대시론의 탐색과 비평』
1999. 8.	제주시인들의 시 세계(1)	『한국 현대시론의 탐색과 비평』
1999. 8.	제주시인들의 시 세계(2)	『한국 현대시론의 탐색과 비평』
1999. 8.	자연·현실·역사의 삼중주 −홍성운론	『한국 현대시론의 탐색과 비평』
1999. 8.	자연의 시적 변용−양영길론	『한국 현대시론의 탐색과 비평』
1999. 12.	꽃과 기억−김순남론	시집『남몰래 피는 꽃』
1999. 12.	역사와 현실의 변주−문무병론	시집『엉겅퀴꽃』
1999. 12.	성찰의 방식과 사유의 방식 −김광렬론	시집『희미한 등불만 있으면 좋으리』
2000. 12.	자연·일상의 순환적 인식 −나기철론	시집『남양여인숙』

2001. 2.	무의미시론의 성격론	『영주어문』제3집
2001. 6.	영향과 번역, 비교문학에서의 한국 현대시	『제주작가』제6호
2000. 2.	박용철 시론	『영주어문』제2집
2002. 2.	「폭풍의 바다」에 나타난 인물들의 갈등과 해소	『영주어문』제4집
2002. 2.	지역문학의 현실과 미래	『영주어문』제4집
2002. 6.	근대성 담론과 제주문학의 근대성	『제주작가』제8호
2003. 2.	김지원 시의 두 지향	『영주어문』제5집
2003. 8.	임화 시의 현실의식	『영주어문』제6집
2003. 6.	이육사 시 또는 저항의식의 변용	『제주작가』제10호
2003. 10.	체험적 은유와 현실적 상상력 －김문택론	시집『세상으로 보내는 공중전화』
2004. 2.	문예사조에서의 반발이론에 대한 연역적 논증	『영주어문』제7집
2004. 8.	시론에서의 반발 방식과 새로운 시론의 전개 양상	『영주어문』제8집
2004. 9.	지역문학 연구의 성찰과 구체적 방법의 모색	『문예연구』42호
2005. 2.	지역문학사의 서술 대상론	『영주어문』제9집
2004. 12.	그림의 공간과 시의 공간	『제주작가』제13호
2006. 7.	글의 운명을 넘어서는 수필쓰기의 전략	『수필, 그 영원한 문학』
2006. 8.	삶에 대한 두 가지의 인식 －김광수론	시집『울타리 안팎 풍경』

2006. 8.	한국 현대시에 나타난 그림의 수용	『영주어문』12집
2007. 8.	시의 음악 수용	『영주어문』14집
2008. 2.	시의 건축 공간 수용	『영주어문』15집
2008. 8.	시의 무용 수용	『영주어문』16집
2009. 2.	시의 영화 기법 수용	『영주어문』17집
2012. 7.	일제강점기의 제주문학	『식민지문화 연구』제11호, 식민지문화학회(일본)
2013. 12.	읽기와 쓰기의 거래이론(번역)	『제주작가』제43호
2014. 7.	일제강점기 친일문인의 내면 풍경	『시의 타자 수용과 비평』(새미)
2014. 7.	이공·삼공 본풀이의 의식시간과 의식공간	『시의 타자 수용과 비평』(새미)
2014. 7.	시의 연극 수용	『시의 타자 수용과 비평』(새미)
2014. 7.	시의 사진 수용	『시의 타자 수용과 비평』(새미)
2014. 7.	시의 역사 수용	『시의 타자 수용과 비평』(새미)
2014. 7.	시의 정치 수용	『시의 타자 수용과 비평』(새미)
2014. 7.	시의 종교 수용	『시의 타자 수용과 비평』(새미)
2014. 7.	시의 철학 수용	『시의 타자 수용과 비평』(새미)

제2부

삶과의 대화

현대시론과 지역문학을 향한 여정

양 영 길 / 시인, 문학평론가

12월인데도 개나리가 피어 있는 제주대학교 인문대학에 있는 김병택 선생님의 연구실을 찾았다. 오늘도 원고 쓰기에 여념 없는 가운데 반겨주는 목소리가 한결 높은 것 같았다. 최근 들어 2~3년 동안 자주 찾아뵙지 못하긴 했지만 선생님의 열정은 변함이 없는 듯했다.

최근 들어 '지역문학'의 개념이 연성 개념에서 벗어나 학제적 접근이 확대되고 있다. 그 저변에는 제주의 몇몇 연구자들이 핵심적 역할을 하고 있다. 그 연구자들의 중심에는 선생님이 자리하고 있기도 하다. 선생님은 1990년대 후반부터 제주 지역문학과 문학사에 대한 개념이나 범주 등에 대한 기초를 차근차근 다져나가면서, 제주 지역문학의 독자성과 특수성을 밝히려고 노력하고 있다.

그것들은 역사와 시대, 그리고 우리가 처해 있는 현실을 어떻게 인식할 것인가의 문제이기도 했다.

학자로서, 그리고 문학평론가로서 나름의 세계를 끊임없이 개척하고 계신 김병택 선생님과 몇 마디 나누었다.

양영길 : 선생님 안녕하십니까? 진작 찾아뵙고 싶었습니다.『제주작가』
가 벌써 13호를 준비할 만큼 연륜이 쌓였습니다. 이번 호 <작가를 찾아
서>의 대담에 기꺼이 응해 주셔서 너무 고맙습니다. 요즘 어떻게 지내시
는지요?

김병택 : 의외로 들리실지 모르지만, 미술관계 서적을 읽고 있습니다.
최근에「그림의 공간과 문학의 공간」이라는 글을 하나 썼는데, 시간이 없
어서 다 읽지 못한 책들이 있었습니다. 그 글을 쓰면서 미술에 관한 공부
를 더 많이 해야겠다는 생각이 들었습니다. 그런데 정작 저의 관심은 미
술이란 무엇인가를 밝히는 쪽이 아닌, 예술장르로서의 미술과 문학이 어
떠한 공통점을 지니고 있는가를 밝히는 쪽에 있습니다. 다음에는 문학과
미술의 본질을 해명하는 글을 쓰고 싶은 생각도 듭니다. 국제비교문학회
(International Comparative Literature Association)에서 규정한 열 가지 비
교문학의 영역 중에는 장르 연구도 들어 있습니다. 군이 제가 지니고 있
는 관심의 성격을 규정한다면 비교문학적인 관심이라고 할 수 있겠지요.

양영길 : 예, 정말 의외입니다. 그만큼 여유가 있다는 말씀으로 들어도
될 것 같습니다. 예전에 선생님께서 문학을 이해하는데 있어 문학이론으
로만 적용하려고 하지 말고 다른 이론들을 원용할 줄 알아야 한다고 말씀
해 주신 것이 생각납니다. 다양한 이론적 바탕이 선생님 평론의 원천인
것 같습니다.

김병택 : 그렇지요, 문학이론은 이해하는 정도에 따라 적용하는 방향이 달
라지지요. 문학이론을 피상적이고 표면적으로만 이해하는 경우가 적지 않습
니다. 글을 읽어보면 대체로 이론적 깊이와 넓이를 짐작할 수 있습니다.

양영길 : 예, 후배들에게 열심히 하라는 채찍처럼 들리는군요. 선생님
께서는 1970년대에 등단하셨지요? 문학에 입문하게 된 특별한 계기가 있
었는지요.

김병택 : 정확하게 말하면 고등학교에 다닐 때부터 시를 썼지요. 정치

외교학이나 사학, 아니면 신문방송학을 공부하고 싶은 생각도 있었지만, 우여곡절을 거친 끝에 국문과로 진학하게 된 것은 본격적으로 시를 써보자는 생각이 상대적으로 더 강했기 때문입니다. 그런데 막상 국문학과에 진학해서 강의를 들을 때—나중에는 그러한 강의 내용이야말로 글을 쓰는 데에 직접적으로 관련되는 것들이라는 걸 깨달았습니다만—강의 내용의 대부분이 글쓰기와는 직접 관련이 없는 것들임을 알았습니다. 그런데도, 제 나름대로는 공부를 열심히 했던 것 같습니다. 작품도 많이 읽었지요. 그 당시 제 계획은, 무모하게도 거창해서, 분야를 가리지 않고, 대학도서관에 있는 책들을 모두 읽는 것이었습니다. 물론 계획대로 되지는 않았지만, 그런 계획 덕분에 책을 많이 읽은 것 또한 사실이었죠.

양영길 : 아니, 그 많은 책을 다 읽으려고 하셨다고요. 욕심이 너무 많은 거 아닙니까?

모 두 : (웃음) 하하하.

양영길 : 그런데 문학의 여러 장르 가운데 평론을 하게 된 특별한 배경이나 계기라도 있으신지요?

김병택 : 비평 쪽에 관심을 가지게 된 것은 대학을 다닐 때에 문학작품과 함께 이론서를 꽤 많이 읽은 데다가 대학원에 입학해서 조연현 선생님의 논문지도를 받게 되면서부터입니다. 서울 정릉에 사실 때, 댁으로 찾아가 뵈면 선생님께서는 이런저런 문학 이야기를 많이 해주셨습니다. 한 번은 석사논문 초고를 선생님께 보여드렸는데, 정작 논문에 대한 말씀보다는 평론 쓰기를 적극 권유하시는 말씀이 더 많았던 것으로 기억합니다. 그 말씀을 들은 걸 계기로 평론을 쓰게 되었고, 『현대문학』지에서 추천을 받았죠. 초회 추천은 1978년 5월호, 완료 추천은 1978년 7월호였습니다. 그 후부터 본격적으로 평론을 쓰기 시작한 겁니다.

양영길 : 예, 선생님께서 평론을 쓰게 된 배경에는 『한국현대문학사』를 서술하고 또 『현대문학』을 맡아 운영하셨던 조연현 선생님이 계셨군요.

그런데 선생님께서는 문학청년 시절의 추억이 많다고 들었습니다만…….

김병택 : 대학 때에 문학에 대한 열병을 앓았던 것은 다른 문인들의 경우와 같습니다.『토요구락부』동인 시절은 평생 잊을 수 없는 추억입니다. 당시의 동인들 대부분은 오래 전에 문단에 데뷔하여 문인으로 활동하고 있습니다. 저는 서울에 있을 때에는『응시』동인으로 활동했고, 제주대학 전임으로 온 이후인 1984년부터는『경작지대』동인으로 활동했습니다. 당시 오경훈, 송상일, 김용길, 김병택, 고시홍, 장일홍, 문무병, 나기철, 김광렬, 김승립 등 열 사람의 동인 중 정식으로 데뷔한 사람은 세 사람뿐이었는데, 그 후 나머지 동인들도 모두 데뷔하여 현재까지 활발하게 작품 활동을 하고 있는 것은 다 아는 사실입니다.

양영길 : 예, 시를 쓰다가 평론을 하는 경우가 많지만 선생님께서는 대학시절에『국문학보』3집에 평론적인 글을 게재한 적이 있는 걸로 알고 있습니다. 아마 그때부터 평론에 대한 관심이 있지 않았나 생각합니다만.

참, 지금까지 많은 평론을 쓰시고『바벨탑의 언어』에서부터『현대시론의 새로운 이해』까지 무려 일곱 권의 책을 내셨습니다. 이 저서들을 살펴보면 문학에 대한 고민의 흔적이 역력하게 보입니다. 이 중에 가장 애착이 가는 저서는 어느 것인지요?

김병택 : 아무래도 작년에 발간된『한국 현대시인의 현실인식』을 꼽아야 할 것 같군요. 이 책을 낼 때는 다른 책을 낼 때와는 비교가 되지 않을 만큼 고생이 막대했습니다. 일부러 새로운 글들을 쓰고, 또 전에 쓴 글들을 수정하는, 다소 복잡한 작업에 투여한 시간이 엄청났던 걸로 기억합니다. 이 책에는, 제가 지니고 있는 문학관이 어느 정도 반영되어 있는 점도 이 책을 꼽는 이유 중의 하나입니다. 그 점에 대해서는 독자에 따라서 판단이 다를 수 있겠지만, 저는 그렇게 생각하고 있습니다.

양영길 : 예, 아무래도 고민을 많이 하고 시간을 많이 투자한 책에 더 애정이 가는 것 같습니다. 선생님의 글을 읽을 때마다 문학관이나 사관史觀

이 확고함을 엿볼 때가 많습니다.

그러시면 평소에 평론을 쓰시면서 특별히 어떤 점에 관심을 두시는지요? 나름대로의 원칙이 있다면 잠깐만 소개해 주십시오.

김병택 : 평론가로 갓 데뷔했을 때에는 공부를 하는 차원에서 미국의 뉴 크리티시즘에 관한 책들을 꽤 많이 읽었습니다. 그 때에 제가 발견한 것은, 책들을 무작정 읽는 것보다는 유사한 내용의 책들을 그룹으로 묶어서 읽으면 내용을 훨씬 잘 이해할 수 있다는 사실이었습니다. 예를 들면 랜섬, 워렌, 브룩스, 테이트 등의 저서를 한 그룹으로 묶어서 차례대로 읽어나가는 것입니다. 그런데 이런 방식으로 책을 읽다가 경험한 게 하나 있는데, 제가 지니고 있었던 문학관의 변화가 바로 그것입니다. 그 변화는 루카치, 골드만 등 리얼리즘 계열 이론가들의 책을 읽은 후에 더 뚜렷했던 것 같습니다. 질문의 핵심에 맞추어 한마디로 말씀을 드리면, 어떤 이론을 소개하는 평론은 예외겠지만, 시, 소설의 경우처럼 문학을 이야기하는 평론의 경우에도 쓰는 사람의 문학관은 항상 드러나야 한다고 생각합니다. 제가 글을 다 쓰고 나서 확인하는 것도 간접적 형식으로 글의 바탕에 놓여 있는 문학관입니다.

양영길 : 예, 신비평에서 출발하여 리얼리즘으로 이동한 과정을 말씀하고 계신데, 선생님의 글에서 이론적 바탕이 튼실함을 자주 봅니다만 차갑고 경직되게 이론을 적용하는 것이 아니라 따뜻하고 열려있게 원용하고 있음을 보면서 많이 배우고 있습니다.

그런데 최근 들어서 문학 분야에서도 지역화의 바람이 거세게 불고 있습니다. 물론 그 중심에는 이미 선행 연구자로서 선생님이 계시구요. 제주 지역문학의 발전을 위해서 평소 어떤 생각을 하고 계신지, 이 기회에 몇 말씀 부탁드립니다.

김병택 : 여러 가지가 문제가 있지만 문학 내부적인 문제 하나만 말씀드리지요. 지역문학이 발전하기 위해서는 지역문학의 개념을 명확하게

설정하는 것이 다른 것에 앞서 우선 필요하다고 봅니다. 지금까지 통용되던 지역문학의 개념에는, 지역문학이란 과연 무엇인가를 묻게 하는 애매한 요소들이 있었습니다. 그것의 예로, 지역 출신의 작가나 오랫동안 그 지역에 거주한 작가가 창작한 작품이면 지역 주민의 삶이나 정서와 무관한 문학작품도 지역문학에 포함하는 것을 들 수 있습니다. 이것은 장르 명칭과 그 장르의 작품 내용이 빈틈없이 일치해야 한다는 문학의 상식으로는 쉽게 수긍할 수 없는 일입니다.

따라서 지역문학의 개념은, 일단 지역의 정체성과 특수성을 드러내는 문학으로 설정하는 것이 바람직합니다. 그러나 정체성과 특수성을 드러내는 것만으로는 온전한 지역문학이라고 할 수 없는 측면이 있기 때문에, 지역의 작가에 의해 창작되는 지역문학은 지역의 정체성과 특수성을 유지하고자 하거나 유지하고자 했던 현실적, 역사적 경험을 다루어야 한다는 최소한의 당위적 조건을 갖출 필요가 있습니다. 지역의 정체성과 특수성을 드러낼 뿐만 아니라, 그러한 당위적 조건을 갖춘 지역문학은, 당연히 그 지역의 출신 작가나 그 지역에 오랫동안 거주한 작가에 의해서만 창작이 가능할 터이므로, 종래의 지역문학의 개념이 지니는 애매한 요소들을 일거에 해소시킴은 물론 서울문학과 지역문학의 서열 문제를 사라지게 하고, 민족문학과의 연결 고리도 마련해 줄 수 있을 것으로 생각합니다.

양영길 : 예, 제주 지역문학에 대한 문제는 김영화 선생님이나 선생님께서 어느 정도 그 개념이나 범주에 대한 논의가 이루어지고 있어 퍽 다행스럽게 생각하고 있습니다. 사실 지역문학의 독자성이나 특수성을 인식하게 된 것은 그리 오래되지 않았습니다.

그런데 선생님께서는 제주 지역문학사 서술을 준비하고 계신 걸로 알고 있습니다. 이에 대한 계획이 있으시면 말씀 부탁드리겠습니다.

김병택 : 누구에 의해 씌어지는 문학사이든, 앞으로 씌어지는 지역문학사는 작가의 생애만을 주로 다루거나 문단 활동만을 기록하는 문학사여

서는 안 된다고 생각합니다. 바람직한 모든 문학사가 그러하듯이, 지역문학사는 마땅히 작품 중심의 문학사여야 할 것입니다. 제가 계획하고 있는 제주문학사는 김지원, 김명식 등에서 시작되는 소위 근현대 제주문학사입니다. 이 작업은 이미 삼분의 일 가량 이루어져 있습니다. 그러나 언제 완성될지는 저 스스로도 예측하기 어렵습니다. 작품 중심의 문학사여서 많은 작품들을 정독하는 데에 오랜 시간이 걸릴 뿐만 아니라, 아직도 서술방법론과 관련해서 고민해야 할 부분이 적지 않기 때문입니다.

양영길 : 예, 제주 지역문학 연구는 구비문학에 있어서는 그런대로 많은 성과를 거두고 있습니다만 근현대 문학에 와서는 그동안 거의 방치되다시피 하다가 1990년대 후반에 와서야 다소 정리하기 시작하여 그 성과가 나타나고 있는 걸로 알고 있습니다. 이러한 시작이 큰 결실로 맺어지리라 기대하고 있습니다만…….

고민해야 할 부분이 많다는 이야기는 후배들을 꾸짖는 소리 이야기로 들립니다만…….

모 두 : (웃음) 하하하.

김병택 : 맞습니다. 후배들의 관심이 필요한 대목이지요. 제주 지역문학사 서술의 문제는 하루 이틀에 되는 문제가 아니기 때문입니다.

양영길 : 끝으로 평론이나 문학을 하는 후배들에게 한 말씀 부탁드리겠습니다.

김병택 : 화가는 무엇보다도 그림을 잘 그려야 하고, 성악가는 무엇보다도 노래를 잘 불러야 하며, 운동선수는 무엇보다도 운동을 잘 해야 합니다. 마찬가지로 글을 쓰는 문인은 무엇보다도 글을 잘 써야 합니다. 시인이 제대로 된 시 한 편을 쓰지 못하고 소설가가 제대로 된 소설 한 편을 쓰지 못할 때, 문인으로서의 역할은 끝난 걸로 보아야 할 것입니다. "문체는 사람이다"라는 뷔퐁의 말은 문체와 사람의 인격이 밀접하게 관련된다는 의미가 아니라, 작가의 이름을 후세까지 남게 하는 것은 바로 문체라

는 의미입니다. 문인은 글을 잘 쓰는 것이 무엇보다도 중요하다는 점을 강조하고 싶습니다.

양영길 : 예, 시간을 내 주셔서 너무 고맙습니다. 저에게는 많은 배움이 있었습니다. 오늘 말씀해 주신 선생님의 이야기들은 문학을 하는 후배들에게 좋은 가르침이 될 것이라 믿습니다.

저는 요즘 좀 산만하게 지내고 있는데, 개인적으로 더욱 정진하라는 채찍으로 받아드리고 있습니다. 앞으로 하고자 하는 일들이 좋은 성과를 맺혀지기를 빌겠습니다.

선생님! 고맙습니다.

김병택 : 감사합니다.

(『제주작가』 2004년 겨울호)

한결같은 열정과 치밀한 계획성의 결실

김 동 윤 / 문학평론가, 제주대학교 교수

　김병택 선생님은 나의 은사다. 84학번으로 제주대 국문과에 입학했을 때 선생님은 30대 중반의 젊은 교수였다. 선생님에 대한 첫 기억은 1984년 봄 학과 모꼬지 자리에서 조영남의 「제비」를 부르던 때가 아닌가 한다. 봄비가 조금 내린 그 날, 두 손 모은 채 풍부한 성량으로 노래하던 모습이 어제 일 같은데 벌써 30년이 흘렀다.

　강의실에서는 2학년 1학기 '작문' 시간에 처음 뵈었던 걸로 기억된다. 말씀이든 판서든 강의 진도든 철저히 계획한 바에 따라 수업을 진행하는 교수임을 느꼈다. 학부과정에서 가장 인상 깊었던 선생님의 수업은 4학년 때의 '현대문학특강'이었다. 당시 선생님은 에이브람즈의 「거울과 램프」를 자세하게 가르쳐주었는데, 나로서는 학문으로서의 문학에 대한 매력을 많이 느낀 수업이었다.

　선생님과의 인연은 대학원 석 · 박사 과정, 제주작가회의 활동 등을 거치면서 더욱 깊어졌다. 선생님은 학자로서의 길과 비평가로서의 길을 일러주었을 뿐만 아니라, 인생의 스승으로서도 때로는 준엄하고 때로는 자상하게 여러 가르침을 아끼지 않았다. 그런데 여러 가르침 중에서도 내가 도저히 따라갈 엄두조차 내지 못하는 면은 바로 '철저한 계획성'이다. 선생님은 독서와 집필 등을 모두 치밀한 계획 아래서 이행한다고 한다. 자료 분석, 서론 쓰기, 본론 쓰기, 결론 쓰기, 퇴고 등의 작업을 계획된 일정 속에서 진행한다는 것이다. 12권의 저서 출간은 그토록 철저한 계획성의 자연스러운 산물인 셈이다.

선생님은 생활 속에서도 계획을 강조한다. 심지어는 술자리에서까지 '계획음주'를 말씀하는 경우도 종종 있다. 몇 시까지 몇 병만 마시자, 라는 것이 바로 계획음주의 지침이다. 그런데 다른 것과는 달리 계획음주는 제대로 지켜지지 않을 때가 더러 있다. 계획된 시간과 양을 초과하는 경우가 심심치 않게 발생한다는 것이다. 나는 이렇게 계획음주만큼은 잘 지키지 못하는 선생님의 모습이 오히려 더 좋다고 생각한다. 선생님의 인간미를 느낄 수 있기 때문이다.

이렇듯 치밀하면서도 인간적인 선생님이 이제 인생의 큰 전환점 앞에 섰다. 2014년 8월 말로 선생님이 32년 동안 봉직한 제주대학교에서 정년을 맞게 되었다. 이 시점에서 선생님을 만나 뵙고서 이야기를 나눠본다면 매우 의미 있는 일이 되리라고 생각되었다. 살아온 날들에 대한 회고담, 요즘의 소회, 앞으로의 계획 등을 들어본다면 선생님의 학문과 문학을 더 깊이 이해할 수 있겠다 싶었다. 그래서 대담 계획을 미리 말씀 드리고 전자우편으로 질문지도 보내드렸다. 선생님은 확인이 필요한 일부 사항들에 대해서는 하나하나 메모해서 미리 보내주셨다. 7월 22일 오후 선생님이 자주 가는 제주시 서부두의 어느 횟집에서 만나 얘기를 나누었다.

이 책의 바로 앞에 수록된 글에서 보듯이, 선생님은 지난 2004년 12월에 양영길 시인과 대담을 한 적이 있다. 이제 그로부터 10년이 지난 시점에서, 당시에서 다루었던 내용은 가급적 배제하면서 대담을 진행코자 하였다.

정년퇴임의 소회와 보람

선생님은 퇴임 준비도 치밀하게 계획하신 것 같다. 올해 들어 연구실도 하나하나 정리하였다. 이제 일부 집기만 빼놓고는 거의 다 비워놓았다고 한다. 책들은, 앞으로 꼭 봐야 할 일부만 집으로 옮겨놓고는, 도서관과 학과에도 기증하고 지인들에게도 나누어주었다. 나도 『한국전후문학비평자료집』(전 20권) 등 좋은 자료들을 적잖이 받았다. 이번 대담의 첫 질문은 정년퇴임을 앞둔 소회에 대한 것이었다. 선생님은 최근 읽은 시를 인용하면서 이야기를 시작했다.

"얼마 전에, 철학자로도 유명한 박이문 시인의 「자서전」이라는 시를 읽고 크게 공감했던 적이 있습니다. "나는 헤매고 또 헤맸다 / 여기, 그리고 저기를 / 마치 저기 보이는 구름처럼 // 나는 헤매고 또 헤맸다 / 계속, 그리고 계속 / 마치 보이지 않는 별처럼"이라는 작품이었죠. 물론, 지금까지의 나의 삶이 무의미했다고 말할 수는 없어요. 그러나 지금까지의 나의 삶은 이 시의 화자처럼 무엇인가를 찾으려고 무던히도 애썼던 시간들의 집적이 아닐까 하는 생각을 해봅니다."

선생님은 1982년 4월부터 32년 5개월 동안 제주대학교에서 봉직하였다. 그동안 얼마나 일이 많았겠는가. 한 순간에 정리하여 회고하는 것 자체가 무리일지도 모른다. 그것을 모르지는 않으면서도 일단 보람으로 생각하는 것을 몇 가지만 꼽아 주십사고 부탁했다.

"대학교수의 임무를 교육·연구·봉사라고 말하지요. 이에 맞추어서 말해 보겠습니다.

맨 먼저 보람으로 생각하는 것은 큰 탈 없이 30여 년 동안 강의할 수 있었다는 점입니다. 알다시피, 강의는 정신과 신체의 변증법적 형식으로 이루어지기 때문에, 교수처럼 항상 강의를 해야 하는 사람에게는 부담으로 작용하게 마련이지요. 그래서 큰 탈 없이 30여 년 동안 강의할 수 있었다는 점은 어떻게 보면 나에게 주어진 '행운'처럼 여겨지기도 합니다.

또 나름대로의 연구 성과를 담은 책들을 간행할 수 있었다는 점도 꼽고 싶습니다. 교수로 재직하는 동안 『바벨탑의 언어』에서부터 『시의 타자 수용과 비평』까지 모두 12권의 저서를 냈습니다. 이런 저작들은 그런대로 그동안의 공부가 정리된 것이라고 생각합니다.

문인단체나 문예재단의 대표로 봉사할 수 있었다는 점도 보람이었다고 할 수 있겠습니다. 1990년대 초반에 제주문인협회 회장, 2000년대 초반에 제주작가회의 회장을 맡아 일한 데 이어, 2005년부터는 제주문화예술재단 이사장으로 봉사할 수 있는 기회를 가졌습니다. 나로서는 참으로 의미 있는 봉사 기회였습니다."

보람으로 정리하는 부분들을 보면 정말이지 선생님의 반듯한 면모가 확인된다. 그렇지만 사람이 살아가면서 어찌 아쉬운 점이 없겠는가. 한두 가지만 꼽는다면 어떤 것들이 있겠는지 여쭈었다.

"예술·역사·철학·종교·심리학 등에 대한 책들을 더 많이 읽거나 더 깊게 공부하지 못한 게 아쉽습니다. 시의 타자 수용에 대한 글을 쓸 때마다 그런 분야들에 대해 더 많이 읽거나 더 깊게 공부하는 것이 절실한 과제였음을 기억합니다."

선생님의 독서력은 타의 추종을 불허한다. 그러면서도 이런 말씀을 하는 것은 근래의 연구 주제와 관련되는 것이 아닌가 한다. 선생님은 2000년대 들어서 시와 인접예술과의 관련성에 주목하는 비교문학적 연구에 집중하였다. 그러한 근래의 연구 과정에서 직면했을 약간의 문제가 위와 같은 아쉬움으로 표출된 것으로 보인다.

열두 권의 저서들과 그 주변

선생님은 1986년에 첫 저서 『바벨탑의 언어』를 낸 이후 꾸준히 평론집과 연구서를 간행했다. 정년에 임박한 최근에도 『시의 타자 수용과 비평』

을 내어 모두 12권의 단독 저서를 펴냈다. 이러한 성과를 이룬 학자나 평론가는 국문학계를 통틀어도 쉽게 만날 수가 없다.

여러 저작들 중에서도 2005년에 간행한 『제주 현대문학사』에 대한 질문부터 던졌다. 제4회 제주학학술상을 수상한 이 저서는 제주도는 물론이요 우리나라에 간행된 최초의 본격적인 지역문학사라는 데 의미가 있다. 선생님은 이 저서의 준비 단계와 집필 과정부터 얘기를 꺼냈다.

"『제주 현대문학사』의 바탕을 이루는 원고는 원래 오현고등학교와 오현고등학교 총동창회가 발간하는 『오현고 50년사』에 수록하기 위해 쓴 것이었습니다. 그런데 이상한 것이, 청탁 받은 원고를 다 써서 발송하고 난 후의 느낌은 해방감이 아니라 오히려 그 이유를 설명할 수 없는 구속감이었다는 점입니다. 촘촘히 생각해 본 결과, 그것의 근원은 언젠가 쓰게 될 『제주 현대문학사』를 염두에 두고 오랫동안 수많은 자료를 모으기 위해 애를 썼던 '나'의 잠재의식이었습니다.

그래서 이제는 『제주 현대문학사』를 써야 하겠다는 마음을 굳힌 후 조금씩 준비하기 시작한 것입니다. 준비한 것들 중에는, 내용의 정확성을 기하기 위해 문인들에게 인적 사항을 비롯한 등단 연도, 등단 방식, 저서 이름 등을 묻는 설문지를 보내고 이메일이나 서신으로 답변 내용을 받았던 일이 생각납니다. 또 『제주 현대문학사』의 목차를 좀 더 정교하게 구성하고 서술의 방법론을 체계화하기도 했고요. 어느 정도 준비를 끝낸 후에도 집필을 곧바로 시작하지는 못했습니다. 정말 중요한 일이 기다리고 있었기 때문입니다. '정말 중요한 일'이란 다름 아닌 논의 대상으로 삼아야 할 문인들이 늘어남에 따라 그에 비례해서 늘어난 많은 작품을 메모하면서 정독하는 작업이었습니다.

『제주 현대문학사』는 작품을 무엇보다도 중시하는 문학사이므로 나로서는 작품을 정독하는 작업이 매우 중요한 일이었다고 할 수 있습니다. 지금 생각해 보면 쉬운 일은 결코 아니었지만 불가능한 일도 아니었습니다."

문학 연구자들은 누구나 문학사 집필을 꿈꾼다. 하지만 그 작업이 지난한 것이기에 아무나 함부로 덤벼들지 못한다. 『제주 현대문학사』도 선생님의 치밀한 계획성이 아니고서는 결코 탄생할 수 없었을 것이다. 그렇다면 저자로서 이 저서의 의의에 대해서는 어떻게 생각하고 있을까?

"『제주 현대문학사』에서 적용한 방법적 전제는 세 가지였습니다. 그세 가지를 말해 보면, 첫째는, 문학작품은 문학적 사실보다 더 중시되어야 한다는 점입니다. 그것은 문학적 사실이 중시되지 말아야 한다는 뜻이아니라 문학적 사실이 문학작품보다 더 중시되어서는 안 된다는 뜻입니다. 동시대의 사람뿐만 아니라 후세의 수많은 사람을 감동시키는 것이 문학작품임을 생각한다면, 그 뜻은 쉽게 이해될 수 있지 않을까요. 『제주 현대문학사』에서 서술을, 문학적 사실보다는 문학작품 쪽으로 치중한 이유도 여기에 있습니다. 둘째는, 문학작품과 문학적 사실은 그 내용 · 연대기 · 원전 등을 통해 측정된 영향 관계와 면밀하게 조사된 문법적 · 문체적인 사항들을 토대로 서술되어야 한다는 점입니다. 이 경우, 그 서술 내용의 최종적 결론은 역사적 사실과 일치하는 것이어야 합니다. 셋째는, 문학작품과 문학적 사실은 객관적으로 서술되어야 한다는 점입니다. 여기에서, '객관적으로 서술되어야 한다'는 말에는 두 가지 의미가 담겨 있습니다. 그것의 하나는, 문학적 사실과 문학작품이 있는 그대로 서술되어야 한다는 의미이고, 다른 하나는, 문학적 사실과 문학작품에 대한 긍정적 · 부정적 평가가 모두 서술되어야 한다는 의미입니다. 이런 전제들은 문학사다운 문학사를 가능하게 하는 데에 필요한 전제들이면서, 동시에 『제주 현대문학사』를 다른 문학사와 구별하게 하는 데에 필요한 전제들이기도 합니다.

그러나 한 치의 오차도 없이 여러 전제가 지시하는 당위를 이행하는 것은 정말 어려운 일이었습니다. 나는 그것을 이 책을 쓰는 과정에서 수시로 느끼고 확인한 바 있습니다. 조심스럽지만, 나는 『제주 현대문학사』의

의의를, 지역문학사도 이제는 엄연한 문학사의 한 형식으로 존재하면서 한국문학사의 중요한 영역을 차지해야 한다는 점을 보여 주었다는 데에서 찾을 수 있다고 생각합니다. 한편으로는 지역에서의 개인적 삶을 중시하면서도 다른 한편으로는 지역문학을 경시하는 이중적 사고방식은 하루빨리 사라져야 할 것입니다."

사실 제주문학에 관심을 가져온 나로서도 꽤 오래전부터 『20세기 제주 문학사』를 써보겠다는 구상을 갖고 있다. 하지만 그런 구상을 한 지 10년이 넘도록 진전이 별로 없어서 그야말로 부지하세월이다. 앞으로 10년 내로는 가능할까, 정년 전에는 할 수 있을까, 선생님의 답변을 듣는 도중에 이런 생각이 계속 내 머릿속을 맴돌았다. 정신을 수습하여, 다른 질문으로 옮아갔다. 최종 교정을 마치고 인쇄에 들어갔다는 『시의 타자 수용과 비평』이 어떤 책인지 궁금했다.

"『시의 타자 수용과 비평』의 제1부는 내가 10년 전부터 지속적으로 관심을 가지고 수행해온 비교문학적인 내용의 글들로 구성되어 있습니다. 비교문학적인 내용이란 시에 수용된 타자에 대한 내용을 일컫는바, 나는 그런 내용을 탐색하는 작업이야말로 궁극적으로 시의 넓이와 깊이를 확보하는 길이라는 믿음을 가지고 있습니다. 여기에 수록된 글들은 「리얼리즘 시의 연극적 요소」, 「시의 사진 수용」, 「시의 철학 수용」, 「시의 역사 수용」, 「시의 정치 수용」, 「시의 종교 수용」 등 6편입니다.

제2부는 내가 기회 있을 때마다 지역문학의 중요성을 강조해 왔고 지금도 그런 글쓰기를 일종의 문학적 사명으로 생각하고 있는 점과 밀접하게 관련됩니다. 여기에서 논의의 대상으로 삼은 시집들은 각기 심오한 사유의 시들, 강렬한 아름다움을 지닌 시들, 풍부한 상상력을 발휘한 시들, 일상의 서정을 섬세하게 드러낸 시들 중 어느 하나의 시들을 집중적으로 보여 준다고 해도 좋을 정도의 다양성을 지니고 있습니다. 논의의 대상이 된 시인들은 김성주·김종태·문영종·양전형·오영호 등 5명입니다.

제3부는 내가 비교적 최근에 쓴 세 편의 글을 담고 있습니다. 세 편 글 중의 하나인「이공·삼공본풀이의 의식시간과 의식공간」은 제주도 신화인 이공·삼공본풀이를 철학적 관점에서 다룬 글이고,「일제강점기 친일문인의 내면 풍경」은 최남선·이광수·김동인 등 친일문학인들의 주장을 정신분석학적으로 조명한 글이며,「양창보론」은 관념의 모방과 상징적 상상력을 중심으로 동양화가인 양창보의 그림을 살펴 본 글입니다."

폭넓으면서도 깊이 있는, 그러면서도 일관성을 지닌 선생님의 학문적·문학적 관심이 이번 저서에서도 고스란히 확인된다는 느낌이 들었다. 그렇다면 선생님이 생각하는 자신의 대표 저작은 무엇일까? 선생님은 2004년 7권의 저서를 내신 시점에서 양영길 시인과 대담할 때는 가장 애착이 가는 저서로『한국 현대시인의 현실인식』을 꼽으신 바 있다. 그 이후『제주현대문학사』에서 최근의『시의 타자 수용과 비평』까지 5권의 저서가 더 나왔는데, 총 12권의 저서를 놓고 생각할 때는 어떨까?『한국 현대시인의 현실인식』외에 2~3권 정도의 대표저서를 더 꼽아 달라는 약간 짓궂은 질문을 던져 보았다.

"아무래도『현대시의 예술 수용』과 7월 하순에 발간될 예정인『시의 타자 수용과 비평』을 꼽고 싶습니다. 우선 전자의 제1부에는「시의 그림 수용」,「그림의 공간과 시의 공간」,「시의 무용 수용」,「시의 영화 기법 수용」,「시의 음악 수용」,「시의 건축 공간 수용」등 내가 중시하는 현대시의 예술 수용에 대한 내용이, 그리고 제2부에도 내가 중시하는 반발이론(Reaction Theory)을 체계화한「문예사조에서의 반발이론에 대한 연역적 논증」과 그 반발이론을 도구로 삼고 1920년대의 한국 시론과 서구 문예사조의 발생·소멸을 해명하는「시론에서의 반발 양식과 새로운 시론의 전개 양상」이 수록되었기 때문입니다.

또한『시의 타자 수용과 비평』도 현대시의 예술 수용에 대한 글을 6편이나 수록하고 있어서 나로서는 이 점을 중시하지 않을 수 없습니다. 이 책에 대해서는 방금 전에 소개한 바 있습니다."

정년을 맞는다고 선생님의 연구와 저술 작업이 멈춰질까? 물론 교수 재직 시절과는 다소 다를 수는 있겠지만, 학자와 비평가로서의 작업은 오래 지속되리라고 짐작되었다. 그래서 향후 집필 계획은 어떻게 세우셨는지 여쭈었다. 그랬더니 선생님은 다음과 같은 짤막한 답변으로 정리하였다.

"조금 전에 예술·역사·철학·종교·심리학 등에 대한 책들을 더 많이 읽거나 더 깊게 공부하지 못한 게 아쉽다고 말한 바 있습니다. 향후 집필 계획을 굳이 밝힌다면, 앞으로 이런 분야의 책들을 더 많이 읽고 더 공부해서 문학과 타자의 긴밀한 관계를 구명하는 글을 쓰고 싶습니다."

돌아본 학창시절

화제를 좀 달리 해서, 선생님의 살아온 길을 더듬어 보기로 했다. 어린 시절의 기억은 「유년의 기억과 문학의 궤적」(이 책에는 「유년의 기억」으로 실렸음)에서 회고한 바 있으므로, 고교 시절에 대한 궁금증부터 여쭙기 시작하였다. 예전에 선생님이 고등학교 다닐 때 시를 썼다는 언급을 접한 바 있어서, 그 얘기를 먼저 듣고 싶었다.

"1964년도부터 1967년도까지 오현고등학교를 다녔는데 저 개인적으로는 매우 힘든 시기였습니다. 고1 때 어린 나이에도 불구하고, 전혀 예상하지 못한 고혈압 진단을 받았기 때문이죠. 수시로 얼굴이 달아오르고 심한 두통이 밀려오곤 했습니다. 군 복무 기간에는 고혈압 증상을 특별히 의식하지 못하고 지냈는데, 웬걸, 제대 후에는 이전의 증상이 다시 나타났고, 시기마다 그 증상의 정도와 횟수에 차이가 있기는 하지만 고혈압 증상은 지금까지도 계속되고 있습니다."

열일곱 살에 고혈압이라니? 정말 금시초문이요, 뜻밖의 말이었다. 그런데 선생님은 그것을 문체와 결부지어 말씀하였다.

"개인의 질병이 개인의 문체를 성립시킨다는 의미에서 나는 고혈압을 문체와 결부시켜 생각해 본 적도 있습니다. 예를 들어, 천식의 문체, 졸도의 문체, 폐결핵의 문체, 맹인의 문체 등이 있듯이 고혈압의 문체가 얼마든지 있을 수 있다는 식으로 말이죠.

대부분의 인문계 고등학교가 그러했을 터이지만, 당시 오현고등학교를 지배했던 분위기는 열심히 공부하는 것을 최선의 가치로 삼았던 데에서 찾을 수 있습니다. 그로 인해, 나는 개인적으로 '의지'와 약물작용 사이에서 벌어지는 격심한 충돌을 겪어야 했습니다. 그 충돌이란 공부를 해야 한다는 의지와, 신경안정제 성분의 고혈압 약이 유도하는 '수면' 사이의 충돌을 말합니다.

고혈압 증상을 완화시키기 위해서 약을 복용하고 약을 복용하면 바로 수면 상태에 빠지는 상황은 3년 동안 간헐적으로 나타났습니다. 신경은 안정되는 반면에 결국에는 수면에 이르게 되었던 것이죠. 나의 의지와는 무관하게 잠을 많이 자야 했고, 할 일은 제대로 못하는 경우가 그래서 발생하게 되었죠.

고등학교 재학 때 시를 쓰게 된 데에는 이런 사정이 크게 작용했음을 기억합니다. 그때를 돌아보는 지금, 당시의 고재환 선생님이 국어 시간에 당신의 자작시를 낭독해 주시던 장면과 더불어, 철판(가리방) 위에서 철필로 쓴 원지를 등사한 교내 신문(지금으로 치면 프린트판 뉴스레터)의 한구석을 차지했던 「毁破의 章」이라는 제목의 시가 뚜렷이 떠오르는군요. 내가 쓴 시 「훼파의 장」은 제목의 '훼파'라는 낱말에서 짐작할 수 있듯이 다분히 감상적인 내용의 시였습니다."

시 제목이 「훼파의 장」이라? '훼파'의 뜻을 나중에 찾아보았더니 '헐어서 깨뜨림'이라는 뜻이었다. 10대에 뜻밖의 고혈압으로 고생하게 되면서 나이에 걸맞지 않은 생각을 퍽 많이 했던 게 아닌가 하는 생각도 들었다.

선생님은 소설도 썼다. 대학생 시절에는 소설을 써서 대학신문사가 주최하는 문학상을 받았다. 수상작의 제목은 「혼란기」였다. 당선소감에서는 "이번 기회를 통해서 나의 소설이 어떤 형태의 기법을 취했다든가, 어떤 형태의 안목이 부족했는가를 비판받고 또 그것을 토대로 고쳐나가고 싶다. 국제성을 띠며 비상하기 위하여"라고 쓰고 있었다. '국제성을 띠며 비상하기 위하여'라는 대목은 매우 의미심장하다. 그런데 문학상 소설 당선을 회고하는 선생님의 말씀은 지나치게 겸손했다.

"응모한 것부터가 문학에 대한 열병의 구체적 발현이었다고 할 수 있겠지요. 하지만 당시 내가 문학상을 받은 것은 운이 좋았기 때문이 아니었을까 하는 생각을 지금도 합니다. 세상사에는 '운'이 작용했다고 믿는 경우가 분명히 있으니까요. 다시 말하면, 당시의 응모자가 현저하게 감소했거나, 아니면 응모자가 감소하지는 않았다 하더라도 작품의 경향과 심사위원의 취향이 일치했기 때문에 그런 결과가 나왔다고 추측하는 거지요."

선생님의 소설 창작은 일회적인 것이 아니었다. 문학상 당선 이후에 「인간 연구 서설」이라는 단편소설을 대학신문에 연재하기도 했었다. 대학생 때 사르트르의 「구토」에 심취했었다는 선생님의 회고담을 접했던 기억이 나서 혹시 그때 선생님이 창작한 소설의 분위기는 「구토」 비슷한 것은 아니었는지 여쭈었다.

"분위기는 「구토」와 비슷하였다고 생각되어요. 주인공인 로캉탱이 사물과 부딪칠 때마다 일어나는 구토증의 원인을 밝히기 위해 쓴 일기 형식의 그 작품에 나는 크게 매료되었지요. 사르트르의 글들은 좀 많이 읽었던 것 같은데, 도서관에 『존재와 무』가 있어서 그걸 대출해서 열심히 읽곤 했어요. 사르트르의 앙가주망 이론 등에도 관심을 갖기도 했지요.

또한 당시에 콜린 윌슨의 『아웃사이더』라는 책을 읽었는데 그 내용이 굉장히 인상 깊었어요. 윌슨은 사르트르, 카뮈, 헤밍웨이, 헤세, 헨리 제임스, 톨스토이, 도스토예프스키, 니체 등의 저작을 언급하면서 아웃사이더의 전형을 발굴하고 새로운 비전에 도달하는 과정과 사로잡힘의 모습 등을 탐구하였는데, 그런 글쓰기 자세에 매료되었어요. 그런 분위기를 많이 간직하고 있어서 당시 내 글쓰기도 그런 분위기를 닮으려고 했던 것 같아요. 당시는 누구나 다 그러지 않았나 생각되어요."

당시 대학신문에서는 소설 두 편 외에도 선생님의 작품을 더 만날 수 있다. 대학 2학년이던 1968년 법문학부 문예 현상모집에서 「생활 속의 문제들」을 써서 수필부문에 당선된 것이었다. 『독서신문』에도 수필을 발표한 적이 있다고 한다. 대학신문에는 "저녁 버스 속 / 피로의 물결은 홍채 위에 넘치고 / 내가 / 한 줌의 힘을 운반하면 / 손잡이를 돌다가 떨어지는 / 낱말의 死體"로 시작되는 「저녁 시간」이란 선생님의 시도 수록되어 있었다. 1980년대에 '경작지대' 동인으로 활동할 때 『경작지대』에 시를 몇 편 발표했는데, 그 시들은 대부분 대학생 때 썼던 것이라고 했다. 소설, 수필, 시를 넘나들며 창작했다니, 선생님은 대단한 열정과 재능을 지닌 문학청년이었던 것 같다.

그렇다면 학문으로서의 문학에 대한 관심은 어떻게 펼쳐 나가게 되었을까? 학자의 길을 걷겠다는 생각은 언제 하게 되었는지 궁금했다.

"아버지가 나에 대해 바라는 것은 중등교원이 되는 거였죠. 시인이었던 증조부와 조부가 훈장을 지내셨기 때문에 나로서는 아버지의 바람을 충분히 이해했습니다. 그래서 중등교원 임용 순위고사를 보고 교원이 되는 방향으로 마음을 다스렸고 실제로 제주도에서 교사로 근무하기도 했지만, 다른 한편으로는 대학원 공부에 대한 열망을 가슴 한 구석에 늘 품고 있었죠. 거주지를 서울로 옮겨 교사로 근무한 것은 대학원 공부를 계속하기 위한 방편이기도 했습니다. 1982년 3월 제주대학교에 부임했을 때 나는 이미 박사과정을 수료한 상태였습니다. '연구하는 사람'으로서의 생활은 그렇게 시작되었다고 할 수 있습니다."

대학원 진학 혹은 학위논문 작성

화제는 자연스럽게 대학원 시절로 넘어갔다. 선생님은 동국대학교에서 석·박사 학위를 취득했다. 대학원 진학을 동국대로 하게 된 특별한 계기가 있었는지 여쭈었다.

"동국대 대학원으로 진학하게 된 데에는 김시태 교수님의 조언이 크게 작용했습니다. 당시의 동국대에는 양주동·이동림·서정주·조연현·이병주·김기동 등 유명 교수님들이 강의하고 문단에는 유독 동국대 출신의 문인들이 많아서 문단 데뷔를 꿈꾸고 있던 나에게는 안성맞춤의 학교처럼 보였습니다. 입학할 때 제주에 내린 폭설로 시험 날짜에 상경하지 못하는 바람에 시험 날짜를 넘겨 혼자 시험을 치렀던 에피소드는 「삶의 연대기」에서 약간 언급한 바 있습니다."

당시 제주대 국문과에 재직했던 김시태 교수는 동국대를 졸업하고 석·박사 과정도 모두 동국대 대학원에서 공부한 분이다. 그렇게 동국대 대학원에 진학한 선생님은 일단 휴학하여 순위교사를 치르고 교사가 되었다. 군 복무를 마친 후 대학원에 복학하면부터는 '직장을 가진 대학원생'으로서 분주한 시절을 보내게 되었다. 당시 『응시』 동인이었던 강성천 평론가를 비롯해서 김갑기·김선학·신상성·윤광봉·문성숙·오출세·김영동·최순열 교수 등이 석사, 박사 과정에서 함께 공부한 분들이라고 한다.

선생님은 석사논문으로 「'날개'의 이미저리 연구」를 썼고, 박사논문으로는 「한국 초기 근대시론 연구」를 썼다. 그런 주제를 정한 이유가 궁금했다. 석사논문은 소설 분야였는데, 박사논문은 시 분야로 논문을 쓴 사연도 듣고 싶었다.

"두 학위논문의 주제는 다 당시에 내가 힘들게 읽었던 책과 밀접한 관계에 있습니다. 나는 이미 조연현 선생님께 이상李箱 작품을 분석하는 내용으로 석사 학위 논문 쓰고 싶다는 말씀을 드린 적이 있었고 그에 대한 선생님의 말씀도 긍정적이었습니다. 이상의 시와 이상의 소설 중 어느 한 분야를 논문의 분석 대상으로 선택해야 하는 문제에 직면했을 때 나는 망설이지 않고 이상의 소설을 택했습니다. 어렵게 구해서 읽은 스퍼전의 『셰익스피어 희곡의 이미저리와 그 의미』로부터 받은 영향 탓인지 스퍼전의 분석 방법을 원용하면 이상 소설을 분석하는 논문을 쓸 수 있으리라고 판단했던 거지요.

소설, 특히 이상 소설의 이미저리를 분석하는 글은 「'날개'의 이미저리 연구」가 처음이 아닌가 합니다. '이미저리'란 이미지군群을 의미하는데, 당시 이미저리를 분석한 글들은 십상팔구 시의 이미저리를 분석한 글이었습니다.

박사학위 논문 쓸 때도 정황은 비슷합니다. 이론 공부를 할 요량으로 에이브람즈의『거울과 등불』을 읽은 바 있었는데, 논문 주제를 정해야 했을 때 나의 뇌리에는 에이브람즈가 제시한 모방론 · 효용론 · 표현론 · 객관론 등 네 가지의 관점이 가장 먼저 떠오르더군요. 그리고 당시의 나에게는 네 가지 관점을 원용하여 분석할 수 있는 대상으로는 1920년대의 한국 시론이 가장 적절해 보였습니다.

요즈음은 고등학교 문학 교과서에도 에이브람즈의 네 가지 관점을 설명한다고 들었습니다. 그러나 1980년대 초에 한국에서 네 가지 관점에 대해 논의를 전개한 학자는 연세대의 이상섭 교수, 서강대의 박철희 교수 등 극소수였던 것으로 기억합니다. 중국은 한국보다 약간 앞섭니다. 미국 스탠포드 대학의 유약우劉若遇 교수는 1975년에 이미 에이브람즈의 이론을 원용하여 중국의 문학이론을 체계화한『중국의 문학이론』을 영문으로 발간한 바 있습니다."

앞서 언급했듯이, 선생님은 석사에 이어 박사과정도 동국대에서 공부하였다. 그런데 특이한 점은 박사과정의 지도교수가 동국대 교수가 아니라 한양대의 김시태 교수였다는 것이다. 어떤 사정이 있었는지 궁금했다.

"박사과정에는 신광여고에서 국어를 가르치던 중에 진학하게 되었는데, 그 즈음 조연현 교수님이 동국대에서 한양대로 대학을 옮기셨어요. 나는 그 사실을 나중에 알았습니다. 얼마 없어 박사과정 지도교수를 새로 모셔야 할 상황이 도래했고, 그래서 부랴부랴 규정을 살펴보니, 거기에는 강의를 나오는 분이라면 다른 대학의 교수도 지도교수로 모실 수 있도록 되어 있는 거여요. 당시에 조연현 교수님은 한양대에서만 강의를 하셨고, 김시태 교수님은 한양대뿐만 아니라 동국대에서도 강의를 하셨어요. 그래서 김시태 교수님을 지도교수로 모시게 되었던 것입니다."

문학단체 활동의 회고

선생님의 동인 활동 중 '토요구락부'나 '경작지대' 활동에 비해 『응시』 활동은 잘 알려져 있지 않다. '직장을 가진 대학원생' 시절이던 서울에서의 동인 활동이었다. 가입 동기와 활동 내용 등을 들어보았다.

"1980년에 창립된 『응시』 동인에 가입하게 된 데는 대학원 동기였던 비평가 강성천 씨의 권유가 있었습니다. 이런저런 이유로 만난 문인들은 대개 술을 마셨고, 그런 자리에서는 보통 다른 동인회 동인들 이야기가 나왔으며, 최종적으로는 대부분 그들에 대한 평가가 있게 마련이었죠. 물론 그런 평가는 심하게 과장되거나 축소된 경우가 대부분이었습니다. 그때 나는 문단 데뷔 2년의 말석에 있었기 때문에 아무리 술자리라 하더라도 누구누구에 대해 이러쿵저러쿵 말할 위치에 있지 않았습니다. 그래서 나는 주로 듣는 입장을 취하곤 했는데, 이야기가 이리저리 한참 돌고 돌아 다시 『응시』 동인의 테두리에 머물렀을 때는 자연스럽게 나도 『응시』 동인이 되어 있었음을 기억합니다.

온화한 품성의 소유자인 김윤성 시인이 항상 상석에 있었고 작고한 이영걸 시인, 홍해리 시인, 우리 대학에 재직했던 윤석산 시인 등이 이 순간 머리에 떠오릅니다. 나는 「타프니스 시론」이라는 글을 동인지에 발표했는데, 그 글을 읽은 여러 사람으로부터 제목이 말해 주는 대로 꽤 '타프'했다는 농담을 듣기도 했지요. 웅시 동인으로서의 활동은 1982년에 제주대학교에 부임하면서 중단됩니다. 그래서 내가 작품을 수록한 동인지는 『웅시』 제1집과 제2집에 국한됩니다."

선생님은 창립 초기에만 활동했던 동인이었던 셈이다(그 후 동인지 『웅시』는 제20집(2010)까지 나왔다고 한다). 혹시 『웅시』에 시도 발표했는지 여쭤보았다. 대학생 때 시를 썼고 귀향 후 『경작지대』에 시를 발표키도 했다는 사실이 떠올랐기 때문이다.

"아뇨, 비평만 발표했어요. 저는 이미 『현대문학』을 통해 비평가로 등단한 뒤였어요. 그래서 동인들은 내가 당연히 비평을 쓰는 걸로 생각했어요. 당시 문인 중에는 나의 『현대문학』 추천완료 소감을 무슨 선언문처럼 읽었다는 분들도 더러 있었어요."

선생님은 1982년 제주대 교수 임용을 계기로 귀향하면서 자연스럽게 제주문인협회의 회원이 되었다. 1989년 제주도문화상(예술부문)을 수상한 직후 선생님은 제주문인협회 회장을 맡았다. 1990년부터 1992년까지였다. 당시 활동 상황을 몇 가지 회고해 주십사고 부탁했다.

"당시에 최현식 소설가, 강통원 시인 등의 추천에 따라 회장직을 맡게 되었는데 부회장직을 맡았던 경험은 있었지만 다소 난감했었습니다. 해야 할 일들이 적지 않은데다 제주문인협회가 오래 전부터 침체 상태에 빠져 있었기 때문입니다. 그래서 늘 마음속에는 두 가지 과제가 떠나지 않았습니다. '두 가지 과제'란, 하나는 『제주문학』 발간비를 제주도의 공공예산으로부터 지원 받는 것이었고, 다른 하나는 제주문인협회를 활성화하는 것이었습니다.

당시의 『제주문학』이 문인들의 작품을 발표하는 '발표의 장'으로서의 역할을 충실히 수행했다는 데에 이의를 제기하는 사람은 아마 없을 것입니다. 그러나 『제주문학』을 발간하는 데는 적지 않은 발간비가 필요했고,

발간비를 마련하기 위해서는 여러 재력가로부터 도움을 얻는 방법 밖에 없었습니다. 그것마저 안 되면 책을 발간하지 못할 수도 있기 때문에 책임을 맡은 회장은 발간비 때문에 전전긍긍하는 경우가 많았지요. 내가 도지사를 면담하고 예산 지원의 필요성을 강조하게 된 데는 이런 배경이 있었습니다. 결국, 제주문인협회에는 『제주문학』 연 2회 발간비가 공공예상에서 지원되기 시작했고 그것은 지금까지 계속되고 있는 걸로 압니다. 1992년도에 첫 지원 예산으로 발간된 『제주문학』은 21호와 22호였습니다."

『제주문학』 21호와 22호에서는 각각 '양중해의 신작 특집'과 '제주민속문학의 현대문학적 변용'을 특집으로 다루었으며, 특히 22호는 470쪽에 달하는 두꺼운 책이었다. 『제주문학』은 지금도 반년간으로 간행되고 있고, 최근에 제60호를 간행했다.

그 이후, 1998년 제주작가회의(민족문학작가회의(현재의 한국작가회의) 제주도지회)가 창립되었다. 선생님은 초대 부회장에 이어 2000년부터 2년 동안은 제2대 제주작가회의 회장으로 활동하였다. 제주작가회의 창립에 동참한 동기는 무엇이었는지 이번 기회에 확실히 밝히는 게 어떠냐고 여쭈었다.

"제주작가회의 창립에 동참한 것에 대해선 '문학관의 변모'에 따른 행동으로 해명하고자 합니다. 구체적으로 말하면, 그것은 문학에 대한 관점의 변화이며 글을 쓰는 새로운 방법의 모색이기도 합니다. 다른 말로는, '모더니즘의 옹호'에서 '리얼리즘의 옹호'로의 이동인데, 나는 이것을 문학적 전향으로 치부하고 있습니다.

한국근대문학사에서는 이런 문학적 전향을 감행한 문인들을 어렵지 않게 발견할 수 있습니다. 관심을 '소년과 바다 중심의 지리적 관심'에서 '태백산 중심의 역사적 관심'으로 옮긴 최남선을 필두로, '서구시 중시'에서 '민요시·시조 중시'로 경향을 바꾼 주요한, 자유시 창작에서 격조시 창작으로 새로운 시작 방법을 구사한 김억, 그리고 박영희·권환·서정주·조지훈·박목월 등이 모두 그런 예에 해당합니다."

이제 선생님의 제주작가회의 창립 참여는 '문학관의 변모'에 따른 '문학적 전향'으로 명쾌하게 정리되었다. 사실 선생님의 행보에 대해 그동안 문협 측에서 이러저러한 말들이 있었다는데, 이번 대담으로 그런 논란이 확실히 불식되기를 바란다.

2000년에 선생님이 제주작가회의 회장에 취임하면서 나는 사무차장에 지명되었다. 나는 마침 학위도 취득한 후여서 즐거운 마음으로 선생님을 도와 일할 수 있었다. 당시 선생님은 제주작가회의의 위상 정립을 위해 회장으로서 매우 열정적으로 활동하였음을 나는 누구보다도 잘 안다. 당시의 여러 일들 가운데 몇 가지만 꼽아서 회고해 주기를 부탁했다.

"제2대 제주작가회의 회장을 맡아 서기 2000년의 시대적 요구에 맞추어 '찾아가는 문학 활동'을 벌였다든지 제주작가상을 마련하여 신진 작가를 발굴했다든지 하는 것도 기억에 남아 있지만, 무엇보다도 뚜렷하게 기억에 남아 있는 것은 『제주작가』의 발간비를 제주도의 공공예산에서 지원받을 수 있도록 나름대로 노력했던 점입니다. 물론, 이미 제주문인협회는 예산 지원을 받고 있어서 제주작가회의에 대한 예산 지원의 당위성이 있기는 했지만 말입니다."

선생님이 회장을 맡을 때 기관문예지인 『제주작가』가 확실한 반년간지로 정착되었다. 『제주작가』는 이후 2008년 제20호 간행과 제주작가회의 창립 10주년을 계기로 계간으로 전환되어 이제 제45호까지 간행되는 상황에 이르게 되었다. 선생님이 생각하는 『제주작가』 방향성은 어떤 것일까?

"알다시피, 『제주작가』를 판매해서 얻는 수입은 그리 많지 않습니다. 기본적으로 『제주작가』는 회원들이 내는 회비와 공공예산지원금, 광고 수입 등으로 간행되는 문예지입니다. 앞으로도 이런 상황은 크게 변하지 않으리라고 봐요. 그렇다고 이런 상황이 무조건 부정적인 건 아닙니다. 독자에 영합한다거나 독자의 인기를 크게 의식할 필요가 없다는 점에서 긍정적인 측면도 있지요. 따라서 제주작가회의가 추구하는 이념과 철학에 걸맞은 지향점을 정하는 게 가장 중요하다고 하겠습니다. 계간이기 때문에 시의성 있는 특집과 기획을 마련하는 등 좋은 원고를 많이 수록할 수 있도록 노력해야 하겠지요. 대강 만들었다는 느낌을 독자에게 주어선 안 될 것입니다. 의미 있는 기획도 없이 원고를 적당히 모아서 만드는 문예지를, 나는 가장 나쁜 문예지라고 생각합니다. 그런 문예지라면 굳이 만들 필요가 있을까요? 물론 『제주작가』에 대해서는, 지금까지는 사람들이 대체로 긍정적인 평가를 내리고 있다고 봅니다. 전국적으로 주목받는 계간지임도 알고 있고요. 기대에 어긋나지 않도록 편집진들이 더욱 노력했으면 합니다.”

『제주작가』 계간 전환 시기에 편집주간을 맡았던 나는 올해부터 4년 만에 다시 그 일을 맡고 있다. 선생님이 짚어준 방향성을 깊이 새겨들어 더 나은 계간지를 만들기 위해 가일층 노력해야겠다고 다짐해 본다.

제주문화예술재단 이사장으로 일하다

선생님은 2005년 7월부터 2007년 6월까지 제주문화예술재단 이사장으로 일하였다. 2년 동안 파견 근무 형식으로 제3대 이사장직을 수행한 것이다. 선생님이 이사장 직무를 수행하게 된 배경과 더불어 제주문화의 바람직한 발전 방향에 대한 소신도 듣고 싶었다.

“나는 국립대학 교수의 공공 기관 파견 근무가 가능하다는 점을 알게 된 후부터, 더 늦기 전에 제주 문화예술의 발전을 위해 일할 수 있는 기회를 적극적으로 찾아야겠다고 생각했고, 이것이 ‘제주 문화예술재단 이사장 공개모집’에 응모했던 배경입니다. 물론 그렇게 생각하게 된 데에는 평소 제주 문화예술에 대한 관심과 제주문화예술재단의 발기인으로 참여한 후 곧장 제1기, 제2기의 이사로 활동하면서 제주향토문화예술발전

중 · 장기 계획 수립의 책임 연구원으로 일했던 경험이 작용했음을 부인할 수 없습니다. 제주 문화예술에 대한 나의 관심은 졸저『한국문학과 풍토』제1부「지역문학의 현실과 미래」에 수록된 일곱 편의 글, 제2부「역사와 현실의 변주」에 수록된 네 편의 글, 제4부「주체적 문화를 위하여」에 수록된 열두 편의 글과 졸저『한국 현대시론의 탐색과 비평』제Ⅱ부「비평」에 수록된 열편의 글에서 문학적인 논리를 중심으로 구체화된 바 있습니다.

말할 필요도 없이, 바람직한 문화는 우리의 삶을 바르게 인도하는 역할을 수행합니다. 내가 생각하는 바람직한 제주문화는 첫째, 고유문화로서의 제주문화입니다. 제주문화의 정체성은 제주의 고유문화를 통해서 드러납니다. 그런데 이 경우, '굴절과 교류의 형식을 통해 서서히 형성'된 문화는 고유문화의 범주를 더 넓게 설정한 다음 고유문화로서의 제주문화에 포함시켜야 마땅할 것입니다. 둘째는 자주문화로서의 제주문화입니다. 자주문화란 지배 · 종속의 상태를 거부하는 문화를 말합니다. 우리나라의 지배문화는 서울문화입니다. 따라서 지역문화는 자칫 서울문화의 종속문화가 되기 쉽습니다. 이것은 제주문화가 힘을 소유해야 하는 이유가 되기도 하지요. 자주문화의 존립을 가능하게 하는 것으로는 오로지 문화적 힘이 있을 뿐이지요. 셋째는 민간문화로서의 제주문화입니다. 관官 주도 문화에서는 관의 의도가 민民의 의도보다 우세하게 작용할 수밖에 없습니다. 관의 의도가 아무리 의도가 순수하다 하더라도, 관의 의도가 민의 의도보다 우세하게 작용하는 것은 결코 바람직하지 않습니다.

제주문화는 제주인의 모든 생활방식 또는 정신적 가치를 의미하므로, 제주문화의 수준이 '제주인의 생활'의 수준과 밀접하게 관련되는 것은 너무도 당연한 이치입니다. 높은 수준의 제주문화는 높은 수준의 '제주인의 생활'을 가능하게 하지만, 낮은 수준의 제주문화는 낮은 수준의 '제주인의 생활'을 초래합니다.

높은 수준의 제주문화가 되기 위해서는 우선 제주문화에 의미를 부여하고 제주문화에 내재된 신성하고 소중한 가치를 찾아낼 수 있어야 한다고 생각합니다. 서구문화, 서울문화만을 의미 있고 가치 있는 문화로 생각하고 제주문화를 하찮은 것으로 비하하는 것은 제주문화를 소멸의 길로 인도하는 것과 다를 바가 없습니다.

제주문화를 '제주인의 생활'의 중요한 구성 요소로 자리 잡게 하는 일도 중요하다고 봅니다. 제주문화가 '제주인의 생활'의 중요한 구성 요소로 자리 잡을 때, 높은 수준의 '제주인의 생활'을 영위하고자 하는 사람들은 끊임없이 높은 수준의 제주문화를 요구하게 될 터이고, 그것은 결국 높은 수준의 '제주인의 생활'을 영위하는 데에 기여하는 결과로 이어지게 될 것입니다."

바람직한 제주문화에 대한 선생님의 소신을 들으면서 짤막한 강의 같다는 느낌이 들었다. 선생님은 철저히 그런 소신을 바탕으로 2년 동안 제주문화예술재단을 운영했을 것이다. 직무와 관련하여 기억되는 성과들은 어떤 것인지, 아쉬웠던 점은 없었는지 듣고 싶었다.

"기억되는 성과로는 첫째, 『삶과 문화』, 『제주문화예술연감』, 『제주문화예술정책 연구집』, 『제주문화재 연구』 등을 정기적으로 간행한 점을 꼽고 싶습니다. 둘째로는 창작활동, 무대공연예술활동, 찾아가는 문화활동 등을 대상으로 제주문예진흥기금을 지원하는 사업을 전개한 점을 들 수 있겠고요, 셋째로는 '제주사랑티켓' 사업을 전개한 점, 넷째로는 각종 유형 문화재를 발굴한 점 등을 나름의 성과로 말할 수 있다고 봅니다. 그리고 직무 수행 계획에는 포함되어 있었지만 여러 이유로 추진하지 못해 아쉬웠던 사업으로는 첫째, 기업 메세나 운동의 활성화, 둘째, 문화예술의 자원화 방안 마련, 셋째, 문화전문 인력의 양상 방안 모색 등을 들 수 있겠습니다."

제주문화예술재단 이사장으로 재직하는 기간은 제주도 당국에서 내세우는 문화예술 정책이나 그에 따른 예산에 대해서도 많이 고민해 보는 계기가 되었을 것이다. 그에 대한 선생님의 생각은 어떤 것일까?

"제주도 당국에서 내세우는 제주문화예술 정책이나 그에 따른 예산 편성이 타당성을 지니고 있다면 얼마나 좋을까요. 문제는 늘 제주문화예술 정책이나 그에 따른 예산 편성이 타당성을 지니지 못하기 때문에 발생하곤 하지요. 나는, 이런 문제를, 문화예술단체들로 구성된 연합회 조직을 통해 해결해야 한다고 생각합니다. 자세히 말하면, 상위조직으로 문화예술단체 연합회를 구성하고, 하위조직으로 문화정책위원회를 설치하여 모든 문제를 다루도록 하는 것입니다.

나는, 문화예술정책위원회로 하여금 그런 문제점을 지적하고 비판하며 대안을 제시하는 역할을 수행하게 하는 것은 제주 문화예술의 발전을 위해 꼭 필요하다고 봅니다. 예를 들어, 역할 수행에 충실한 문화예술정책위원회라면, 제주문학관을 건립해야 한다는, 오랜 기간에 걸친 문학인들의 주장을 왜 초지일관 무시하는지를 밝힌 후, 제주문학관 건립의 필요성을 거듭 주장하면서 대안을 제시할 수 있겠지요."

선생님의 말씀은 제주예술단체들이 자발적으로 조직한 위원회를 의미하는 것이었다. 나는 또 다른 대안으로 제주문화예술재단이 정책 기능을 강화하는 것은 어떠냐고 여쭈었다.

"재단 이사장으로 근무할 때는, 정책 방향을 먼저 정하고 가급적이면 그런 방향으로 나아가도록 여러 사업들을 추진했습니다. 하지만 그걸 좀 더 조직적이고 단계적으로 추진했으면 좋았을 것이라는 아쉬움은 있습니다. 일단 재단이 조직적 역량을 갖추어야 합니다. 다음에는, 전문가들과 토론을 거쳐 올바른 정책을 마련한 후 그걸 추진해 나가는 것이 최선의 길이라고 할 수 있겠습니다.

그런데 이사장을 맡았던 경험으로 미루어 말한다면, 그게 현실적으로 매우 어려워요. 일단 재단 구성원에는 관련 전문가가 부족한 실정입니다.

좋은 정책이 마련된다 하더라도 예산이 뒷받침되지 않으면 아무 소용이 없습니다. 자치단체가 당초 약속한 출연금을 모두 출연하지 않았던 것만으로도 전후좌우의 상황을 대략 짐작할 수 있을 겁니다. 한마디로, 도지사의 인식이 바뀌어야 합니다. 지원은 하되 간섭은 하지 않는 쪽으로 말이죠."

문화예술재단 이사장으로 재직하는 기간을 전후하여 선생님은 시의 다른 예술 수용 문제라든가, 제주예술사 전반에 대한쪽으로 관심 영역을 확장하였다. 비교문학적인 연구라고 하겠는바, 그에 대한 말씀을 듣고 싶다고 했다.

"비교문학을 새롭게 강의하기 위해서는, 준비하는 데에 최소한 한 학기 정도의 기간이 필요했는데, 강의를 준비하면서 나는 내가 과거에 공부했던 내용이 이제는 참으로 낡은 것에 속한다는 사실을 알고 한편으로는 당혹스럽고 다른 한편으로는 다행스러웠습니다. 비교문학에 대한 공부가 쉽지 않을 것이라는 생각과 비교문학적인 글을 쓰는 계기가 될 수도 있다는 생각이 교차했던 거지요.

문화예술재단 이사장으로 재직한 경험이 『제주예술의 사회사(상), (하)』를 쓰는 데에 심리적 계기로 작용했던 것은 사실입니다. 실제로도, 이 책에서 인용된 자료들 중 일부는 제주 문화예술재단으로부터 제공 받은 것입니다.

프랑스학파의 비교문학론에서는, 문학의 비교 대상을 한나라의 문학과 다른 나라의 문학으로 한정하지만 레마크는 비교문학에서의 비교 대상을 확대하고 있습니다. 그는 비교문학을, "한편으로는 문학 상호간의 관계에 대한 연구이고, 다른 한편으로는 문학과 예술 · 철학 · 역사 · 사회과학 · 과학 · 종교 등 지식과 신념이 다른 여러 분야의 관계에 대한 연구"로 정의합니다. 비교문학을 특정한 국가의 경계를 넘어서는 문학의 연구로 보는 거지요.

단도직입적으로 말하면, 예를 들어, 시에 그림이 어떻게 수용되었는지를 살펴보는 것은 더 이상 생소한 작업이 아닙니다. 1997년 8월에 네덜란드의 라이던 대학교에서 열렸던 제15차 국제비교문학회의 제8분과 주제가 '문학과 그림의 비교 연구'였음은 그것을 증명합니다."

가족에 대한 조그만 이야기

대담 시간이 많이 흘렀다. 노을 빛 바다가 아름다웠다. 회를 안주로 소주를 주고받기 시작했다. 자연스럽게 덜 무거운 이야기로 넘어갔다.

선생님은 1979년 1월에 가정을 이루었으니 결혼 35주년을 넘어섰다. 연애 시절 이야기도 듣고 싶었으나 너털웃음을 터뜨리더니 그런 건 안 쓰는 게 좋겠다고 하셨다(사실, 예전에 간간이 들어온 연애담은 있지만, 생략키로 한다). 그렇다면, 이번 기회에 사모님과 자녀분에 대한 간단한 소개라도 해 주십사고 부탁드렸다.

"아내인 손영주 교수는 1975년부터 현재까지 제주한라대학교 간호학과에서만 35년 넘게 근무하고 있는 중입니다. 결혼으로 인해 3년 반은 쉬었기 때문에 아직 40년이 안 되었지요. 경희대학교에서 간호학 박사를 받았고 강의 과목은 정신간호학입니다. 제주도간호사회 회장을 역임했으며 현재 제주한라대학교 간호학부장과 PBL교육연구원 원장 등의 보직을 맡고 있습니다. 공저로『정신간호 총론』(수문사),『최신 정신건강 간호학 개론 각론』(정담 미디어),『지역사회 정신건강 간호학』(정담 미디어),『정신건강 간호학 (상), (하)』(현문사) 등이 있습니다.

슬하에 1남 1녀를 두었습니다. 딸(김민숙)은 결혼해서 서울에 가정을 두어 살고 있고, 미혼인 아들(김홍범)은 현재 호주에서 미래를 설계하고 있습니다."

선생님은 아버님에 대해서는 이러저러한 지면에서 말씀하곤 했다. 하지만 어머님에 대해서는 특별히 언급한 적이 없는 것 같았다. 107세까지

장수하다가 작년에 별세하신 어머님에 대한 말씀을 듣고 싶었다.

"정미년(1907) 9월, 제주시 삼양동 남쪽에 위치한 면촌 마을에서 태어난 어머니(변인영)는 가정에 고난이 닥칠 때마다 그것을 유연하게 극복하는 여느 제주의 어머니들과 조금도 다르지 않은 분이었습니다. 작년 5월에, 107세를 일기로 운명하셔서 천수 이상의 삶을 누리긴 했지만, 전체적으로 판단할 때, 아무래도, 어머니의 생애를 표상하는 것은 '고단한 삶'이라고 해야 할 것 같습니다.

어떤 문제에 직면했을 때, 어머니는 때로 아버지의 강력한 권위주의와 원칙주의를 거부하기도 했는데, 대부분의 경우에는 아버지의 거센 논리에 넌더리를 치면서도 결국에는 당신의 의견을 아버지에게 양보하곤 했죠. 이 때, 어머니가 아버지의 논리에 '순응'하지 않고 '양보'한 점은, 나중에 자식들로 하여금 어머니의 부드러움을, 오래 기억하게 하는 계기로 작용했습니다. 그것 또한 제주의 다른 어머니들을 닮은 점이라고 할 수 있지 않을까 합니다."

들려주고 싶은 말

낮이 긴 여름철인데도 바깥은 어느덧 꽤 많이 어두워졌다. 이제 대담을 정리할 때가 되었다. 퇴임을 앞둔 선생님이 제자와 후학들에게, 또는 문학을 꿈꾸는 이들에게 들려주고 싶은 말씀은 어떤 것일까?

"내가 평소 생각해 오던 바를 말하겠습니다. 우선 두 가지의 깨달음이 필요합니다. 그것의 하나는, 계획을 세우고 실천하는 것이 목표를 달성하기 위한 가장 현명한 방법이라는 점에 대한 깨달음이고, 다른 하나는 언제 어디서든 일상생활의 물리적인 시간과 공간을 적절하게 통제하는 것이 건강한 삶을 영위하기 위한 가장 좋은 방법이라는 점에 대한 깨달음입니다.

다음으로는, 이 두 가지 깨달음을 행동화하는 노력이 꼭 필요합니다.

노력 없이 성취할 수 있는 것은 이 세상에 존재하지 않습니다. '노력'하기 위해서는 그에 앞서 반드시 갖추어야 할 게 있는데, 강한 '의지'가 바로 그것입니다. 강한 '의지'가 노력의 원리임은 말할 나위도 없습니다. 성공과 실패는 강한 '의지'로 두 가지 깨달음을 끊임없이 행동화하는 노력의 여부에 따라 결정되는 것임을 명심하기 바랍니다."

오는 9월이면 선생님은 좀 더 자유로워질 것이다. 시간적 여유도 많아질 것이다. 앞에서 집필 계획에 대해서 일부 듣긴 했지만, 그밖에 삶의 계획들을 알고 싶었다. 선생님은 요즘 이러저러한 퇴임 인사를 받으면서도 아직은 그것이 그다지 실감이 나지 않는다면서, 일단 퇴임 후 계획을 이렇게 전했다.

"일단 글을 계속해서 쓸 작정입니다. 조심스럽기는 하지만, 비평적인 글에 대한 번역 작업도 해보고 싶어요. 지난번에『제주작가』2013년 겨울호에 루이스 미셸 로젠블랫의 「읽기와 쓰기의 거래이론」을 일부 번역하여 옮긴 적이 있는데요. 그런 방식으로 저가 공부했던 외국이론을 번역해서 출간하면 어떨까 하는 생각을 갖고 있습니다만, 잘 될지는 모르겠습니다. 지금은 계획을 세우기에 앞서 망설이고 있는 단계입니다.

다음으로는 여행을 많이 다니고 싶습니다. 일단 조금이라도 젊을 때 긴 해외여행을 다녀오고, 나중에는 국내여행을 다니려고 합니다. 위대한 문인들이나 예술가들의 삶의 흔적이 있는 곳들을 둘러보자는 게 내 생각이죠. 현장을 찬찬히 둘러보고 예술기행 같은 것을 쓸 수 있다면 금상첨화일 것입니다. 아내와 함께 다니는 게 가장 좋겠다는 생각에서 일단 3년 남은 아내의 정년을 기다리고 있죠."

사모님이 대학에 근무하니 방학기간을 이용하면 긴 해외여행을 다녀올 수 있지 않겠느냐고 했더니, 사립대학에서 보직을 맡으면 그게 용이한 일이 아니더라는 말씀도 덧붙였다. 노부부의 여행은 상상만으로도 절로 미소 짓게 되는 일이다. 넉넉한 마음으로 배우자와 여행하는 모습이야말로 이 세상에 더없는 아름다움이라고 생각한다. 70세가 되던 해에 과감하게 집과 세간을 정리하고 세계를 집으로 삼아 여행을 떠난 노부부의 이야기를 담은 『즐겁지 않으면 인생이 아니다』가 최근 번역 출간되었다고 하여, 나도 미래를 생각하며 주문하려던 참이었는데, 선생님의 계획을 들으면서 내가 마치 그 계획의 주인공이나 되는 듯이 잠시 꿈결인양 행복감에 젖는 착각에 빠졌다.

시간이 많이 흘러서 술병이 꽤 많이 비워졌다. 다소 딱딱한 대담對談으로 시작했는데, 시나브로 사제 간의 정담情談으로 이어지더니, 나중에는 취중 방담放談이 되는 것 같았다. 물론 이번에는 '계획음주'가 아니었다. 중간에 "한 병만 더하자"라는 정도의 말씀은 있었지만 사전에 협의하거나 예고한 계획음주는 아니었음이 분명했다. 설사 계획음주였던들 무슨 상관이랴. 선생님의 치밀한 계획들 중에서 계획음주만은 예외였던 것을.

선생님의 학문과 문학 그리고 삶을 정리한다는 취지로 마련된 이번 대담은 내 삶을 반추해 볼 수 있는 좋은 기회이기도 했다. 제2의 인생을 시작하는 선생님의 건승을 축원한다.

유년의 기억

김 병 택

유년의 기억을 색으로 표현하는 경우, 모든 사람이 겪은 유년의 기억에는 예외 없이 단일한 색만으로는 결코 표현할 수 없는 다양한 내용이 들어 있게 마련이다. 유년의 기억을 종합적으로 표현하는 데는 그러므로 여러 가지 색을 동원하지 않을 수 없다. 그러나 그렇다 하더라도, 단일한 색으로 표현할 수 있는 유년의 기억만을 말하는 것은 어려운 일이 아니다. 이 글에서 나는 초록색으로 표현할 수 있는, 내가 겪은 유년의 기억만을 말할 작정이다.

대숲의 바람소리

대숲에 대한 나의 관심은 지금까지도 각별하다. 나에게는 대숲의 가치가 다른 숲의 가치보다 훨씬 중요하기 때문이다. 나에게 있어서, 대숲의 바람소리는 나로 하여금 문학의 길을 걷게 한 정신적 배경과도 같은 존재이다. 일반적으로 말하면, 대숲은 다른 숲에 비해 울창하다고 할 수 없다.

그러나 바람과 결합한 대숲은 어느 숲보다도 울창하다. 여기에서의 울창함이란 시각적 대상의 울창함이 아닌, 의미적 대상의 울창함을 의미한다.

유년시절, 아침마다 대숲의 바람소리는 모든 소리들 중에서 가장 먼저 나의 귀에 다가왔다. 그것은 단순한 바람소리가 아닌, 댓잎들이 서로 부딪치는 소리를 동반한 바람소리였다. 바람이 아침에만 부는 것은 아니었는데도, 지금까지도 나의 뇌리에 각인된 바람소리는 아침에 부는 대숲의 바람소리뿐이다. 그 대숲의 바람소리 탓이었을까. 시골 농가 마루 바로 옆에 있는 작은 방에서 맞이하는 아침은 늘 고적했다.

대숲이 있는 곳은 50여 평 크기 우리 집 뒤뜰의 남쪽 계단이었다. 유년시절의 나에게, 그 숲속의 무성한 칡덩굴 위로 솟아오른 여름의 대나무들은 저마다 하늘을 향해 절규하듯 무엇인가를 외치고, 바람이 심하게 부는 겨울의 대나무들은 뒤뜰의 메마르고 앙상한 다른 나뭇가지를 향해 끊임없이 손짓하는 것처럼 보였다.

대와 관련된 신라시대의 竹筒美女 설화에는 죽통에 두 미녀를 넣고 다니는 나그네와 김유신이 서로 이야기하는 대목이 나온다. '죽통 속에 미녀를 넣고' 다녔다는 점에 주목하면, 대는 신령의 거처였을 뿐만 아니라 인간 생명의 거처이기도 했다는 해석이 가능하다. 이러한 맥락의 해석을 가능하게 하는 설화는 삼국유사에도 있다. 신라 유리왕 때의 일이다. 伊西國이 금성을 침입했다. 싸움이 신라군만으로 감당할 수 없는 지경에 이르게 되자, 귀에 댓잎을 꽂은 군사들은 신라군을 도와 적을 물리친다. 적이 물러간 후, 미추왕릉 앞에서 쌓인 댓잎이 발견되었고, 그 때부터 미추왕의 능호도 竹現陵으로 명명된다.

무속신화인 帝釋神 본풀이에서는, 부모상을 당한 상주들이 대를 지팡막대로 사용하는 이유가 해명된다. 당금애기가 승려와 사통하여 아들 3형제를 낳는다. 성장한 3형제는 아버지를 찾았고, 당황한 당금애기는 건너편 대밭에 오줌을 누어 3형제가 태어났다고 둘러댄다. 그 말을 들은 3

형제는 대밭으로 가서 아버지의 행방을 묻는다. 그 때, 대들은 "우리는 아버지가 아니다. 너희 진짜 아버지가 죽은 뒤 우리를 베어다 상주 막대로 삼으면 3년 동안은 아버지가 되어 주마"고 말한다. 이것이 부모상을 당한 상주들이 대를 지팡막대로 사용하게 된 내력이다.

마을 사람들은 우리 집 대숲의 대나무를 그들의 필요에 따라 이용했다. 가령, 부모상을 당한 상주의 집에서는 일부러 사람을 보내 대를 몇 개씩이나 잘라갔다. 대나무의 사용처를 아버지로부터 들어 알고 있었으므로, 사람들이 대를 잘라가게 해달라고 부탁할 때마다 나는 상실감 때문에 넌더리를 냈지만, 아버지는 늘 무덤덤하게 사람들의 그런 부탁을 주저함 없이 들어주곤 했다.

바람 부는 가을의 일요일 저녁, 우리 집 남동쪽에 위치한 교회의 종소리는 우리 집 대나무의 굵고 곧은 줄기와 무수한 잎들에 부딪친 후 나의 방까지 들렸다. 종소리는 천상의 속삭임처럼 은은하고 달콤했다. 종소리 속에는 우리 집 대나무의 굵고 곧은 줄기와 무수한 댓잎에 부딪친 흔적이 있었을 것이다. 그래서 종소리는 나에게 지상의 어떤 소리보다도 한층 더 엄숙한 느낌을 주었다.

푸르디푸른 바다

바다는 위대한 생명과 번영의 힘을 상징하고, 인간의 동경과 모험심을 불러일으키게 하는 원천이라고 한다. 그러나 나의 주변 대부분 사람에게 그렇게 기억되듯이 유년시절의 나에게도 바다는 동경의 대상인 동시에 알 수 없는 세계였던 것으로 기억된다.

여름 방학 때 바다를 바라보는 일은 나의 아주 중요한 일과 중의 하나였다. 어떤 때는 밀물과 썰물을 다 바라보기도 했다. 밀물 때는 부듯한 행복감이 차올랐지만, 썰물 때는 차올랐던 행복감이 어느새 다 빠져나가곤

했다. 그때마다 나는 허무한 심사를 추스르며 집으로 향하기 일쑤였다. 밀물과 썰물은 이렇게 나에게 두 개의 상반된 마음을 안겨 주었다.

　바다를 바라보고 있을 때 내가 궁금해 한 것은 수평선 너머에 있는 세계였다. 유년시절의 나는 수평선 너머에 다른 세계가 있으리라는 믿음을 가졌던 것 같다. 낮에 바다를 바라볼 때와는 달리, 밤바다를 바라볼 때는 수평선 너머에 있는 세계를 영영 모르고 아버지처럼 농부로 살다 생애를 마감하는 게 아닌가 하는 불안감마저 들곤 했다. 나는 밤바다에 외롭게 떠있는 고깃배들을 바라보기만 했을 뿐, 바닷고기들과 힘겹게 투쟁하는 어부들의 삶에 대해서는 전혀 생각하지 못했다. 마침내 책을 통해서 알게 된 수평선 너머의 세계는 무한히 넓고 컸지만, 그 세계는 나의 틈입을 좀처럼 허용하지 않을 것처럼 보였다. 그러한 생각은 나중에 그 세계를 동경하는 쪽으로 바뀌게 된다.

　그때의 바닷가는 우리 집 대문을 통과하는 30여 미터의 좁은 골목이 끝난 곳에서부터 시작되었다. 골목 한쪽에는 허름한 마구간이 있었는데, 아버지는 마구간에 있는 한 마리 소에게 먹이를 대느라 일 년 내내 신경을 써야 했다. 그런데 나에게는, 내가 직접 소 먹이를 주었던 기억이 전혀 없다. 아마 나이가 너무 어려 그런 일을 시키지 않은 때문이었을 것이다. 그 일이야 어떻든 내가 골목 밖으로 나가고 골목 안으로 들어올 때 필연적으로 대면해야 했던 것은 바다였다. 대숲의 모습이 계절마다 달랐듯이, 바다의 모습도 계절마다 다르게 변했다. 화창한 봄날의 바다는 은빛으로, 태양의 열기가 가득한 여름의 바다는 회색빛으로, 퇴락한 가을의 바다는 하늘빛으로, 눈 오는 겨울의 바다는 검정빛으로 출렁거렸다. 그런 여러 가지 바다 빛들의 바탕에는 공통적으로 바다의 푸르디푸른 색이 있었다.

온종일 독서했던 아버지

초가 두 채인 우리 집은 조천 초등학교 5백 미터 동쪽 바닷가에 자리잡고 있었다. 바닷가의 속칭 솔박물과 고도물에는 항상 차고 맑은 물이 가득했다. 사람들은 고도물에서 빨래하고, 솔박물에서는 목을 축였다. 그 고도물과 솔박물 바로 남쪽 건너편의 우리 집 뒤뜰 대숲 아래의, 증조부가 심어 놓은 감나무, 배나무, 복숭아나무, 귤나무의 열매들은 한결같이 풍성했다. 마당의 화단에는 꽃들이 많았다. 장미, 매화, 백합, 맨드라미, 채송화 수선화, 봉숭아꽃 등 작고 예쁜 꽃들이 사시장철 향기를 내뿜었고, 화단 한가운데는 3미터 크기의 종려나무 한 그루가 우뚝 서 있었다. 아버지는 화단을 가꾸는 것 말고도 여러 개의 화분도 가꾸었다. 아버지는 이처럼 꽃을 가꾸는 데에 열심이었다. 눈에 거슬리게 아무렇게나 뻗은 나뭇가지를 자르거나 꽃에 물을 주는 것은 모두 아버지의 몫이었다.

그러나 뭐니 뭐니 해도 아버지를 특징짓는 것은 독서였다. 아버지는 농사일을 하거나 꽃을 가꾸는 시간 외에는 항상 책을 읽었다. 온종일 책을 읽는 날도 부지기수로 많았다. 아버지가 읽는 책들은 나로서는 이해할 수 없는 아주 어려운 책이었다. 내가 초등학교 3학년 때에 이미 아버지는 50세를 넘은 초로기의 나이였다. 그런데도 아버지가 특별한 일이 없는 날에 온종일 책을 읽었던 것은 아버지 나름대로의 중요한 목적 때문이었음이 분명하다. 지금 생각해 보면, 아버지는 사서삼경 같은 책을 통해 당시의 현실 세계를 해석했던 것 같다.

아버지의 말대로, 우리 집안은 대대로 훈장의 전통을 지니고 있었다. 게다가 나의 증조부는 문장을 잘 했는데, 훈장의 역할을 수행하는 데에 그치지 않고, 세 권의 시집까지 남길 정도였다(그 시집은 지금도 내가 보관하고 있다). 나는 증조부의 시를 이해할 수 없었으므로, 아버지가 증조부의 훌륭함을 자주 강조해도, 그것을 쉽게 받아들이지 못했다. 그러나 이제는 증조부의 훌륭함을, 그리고 증조부가 남긴 정신적 유산의 소중함을 잘 알고 있다. 나의 조부도 훈장이었고 한문에 능했다. 신식교육을 받기는 했지만, 아버지의 지식과 교양의 원천은 역시 한문 서적이었다.

내가 방구석에 놓인 작은 밥상 앞에 앉아 오랫동안 책을 읽게 된 것, 또 그것이 습관으로까지 이어지게 된 것은 틀림없이 아버지의 영향이었을 것이다. 아버지가 나에게 그렇게 하도록 강요하지 않았으므로, '아버지의 영향'을 간과하면 그 점을 해명할 수 있는 다른 방법은 찾을 수 없다. 불행하게도 당시에 조천 마을에는 도서관이 한 군데도 없었다. 그러나 내가 읽을 책을 확보하는 데는 별 어려움이 없었다. 두 누나가 이런저런 방법으로 빌려온 책들이 꽤 많이 있었기 때문이다. 이것이 바로 그 때에 누나들이 읽은 책과 내가 읽은 책이 동일한 이유이다. 헤세의 「수레바퀴 밑」, 모리악의 「사랑의 사막」, 톨스토이의 「부활」, 도스토예프스키의 「죄와 벌」, 이광수의 「무정」 등이 그 때 내가 읽은 작품들이다. 물론 나는 그 작품들의 내용을 제대로 이해하지 못했을 것이다. 그러나 어렴풋하게나마 이해할 수는 있지 않았을까. 이러한 나의 독서 실태를 알게 된, 나와 무려 열여섯 살이나 차이가 나는 형은 동화책과 위인전을 읽어야 한다고 나를 압박하곤 했지만, 그런 방식의 독서는 조천중학교를 거쳐 오현고등학교에 입학할 때까지도 계속되었다.

전교 글짓기 대회에서의 수상

대부분의 일은 여러 계기들의 구성에 따라 시작된다. 그래서 어떤 일을 하나의 계기만으로 해명하려는 시도는 위험하다. 그러나 여러 계기들 중의 최초의 계기, 또는 어떤 일을 시작되는 데에 영향을 끼친 계기는 주목되어도 좋을 것이다. 그런 계기를 무시하고 어떤 일을 잘 해명할 수는 없기 때문이다.

그런 방식으로 독서하며 조천초등학교 5학년이 되었을 때, 나에게는 하나의 중요한 사건이 있었다. 전교 글짓기 대회에서 상을 받게 된 것이다. 운동장 조회가 있는 날에—그것도 내가 직접 글을 낭독한 후에—상을 받는다는 소문이 삽시간에 학생들 사이에 퍼졌고, 나는 그것을 자랑스러워하기보다는 되레 안절부절못했다. 그러나 다행스럽게도 무슨 연유에서인지, 주번 선생님이 내가 쓴 글의 일부를 낭독한 후, 교장 선생님이 주는 상을 내가 받는 순서로 운동장 조회는 진행되었다. 소문과는 딴판으로 아주 싱겁기 짝이 없는 조회였지만, 나는 지금도 그 사건을 좀처럼 잊을 수 없다. 그 사건은 나로 하여금 문학의 길을 걷게 한 최초의 계기가 되는 사건이었기 때문이다. 그 때 상을 받게 해준 글의 제재는 가난이었는데, 그 내용은 체험적인 것과는 다소 동떨어진, 내가 읽은 책의 내용과 유사한 것이었다.

어떤 사람이 간직하고 있는 유년시절의 기억은 그 사람이 쓴 작품을 판단하는 데에 도움이 될 수 있다. 이런 점과 관계없이 말한다면, 지금까지 쓴, 내가 겪은 유년시절의 기억은 모두 사실에 바탕을 둔 것이다. 그러나 누가 나에게, 유년시절의 기억이 내가 쓴 작품과 어떻게 관련되는가를 묻는다면, 나는 그 물음에 대해 금방 대답할 수가 없다. 그러한 대답은 그러한 물음과 관련된 모든 것을 체계적으로 살펴본 후에라야 가능할 것이다.

(『제주작가』 2004년 하반기)

다시 겪고 싶은 질풍노도

김 병 택

방황과 모색

쓸데없는 자유가 있듯이, 쓸데없는 방황도 얼마든지 있을 수 있다. 나에게 그 '쓸데없는 방황'이 전혀 없었다고 단언할 수는 없다. 그러나 나의 방황 중에서 쓸데없는 방황은 전체의 한 부분을 차지하는 것일 뿐, 대체로 나의 방황은 노력하는 과정의 방황이었다고 생각한다. 모든 인간은 노력하는 한 방황한다는 괴테의 말을, 나는 전적으로 옳다고 믿는다.

누구나 다 경험하듯이, 목표를 세우기는 쉽지만 그 목표를 이루기 위해 끊임없이 노력하는 일은 쉽지 않다. 내가 등단을 목표로 세운 것은 꽤 오래 전이었지만 그 목표를 이루기 위한 실천은 지지부진했다. 때론 방장의 혈기가 그것을 약화시키기도 했고 현실적인 어려움이 그것을 가로막기도 했다. 혹여 나에게 선천적 능력이 부족한 것은 아닐까 하고 절망할 때도 있었다. 그럴수록 요구되는 것은 명백하게 '노력'이었을 터이지만, 20대 초반의 나에게 그러한 자각의 순간은 순조롭게 다가오지 않았다. '노력'은 잘 되지 않았고 나는 번번이 방황하는 나 자신을 발견하기 일쑤였다.

내가 대학에 입학한 1967년에는 대통령 선거와 국회의원 선거가 시행되었다. 5월 3일의 대통령 선거는 공화당 후보 박정희가 그 해 2월에 발족한 통합야당인 신민당 후보 윤보선보다 116만여 표를 더 얻는 것으로 나타났다. 뒤이어 시행된 6·8총선은 명백한 부정선거였다. 박정희는 3선개헌을 염두에 두고 선거법시행령을 고치면서까지 적극적으로 선거운동에 나섰고 마침내 개헌 선을 넘는데 성공한다.

젊은이들은 이렇게 어수선하고 불의가 판치는 국내정세에 대해 모두 분노하고 개탄했지만 시위를 벌이는 것 이상으로 그들이 할 수 있는 일은 별로 없어 보였다. 토요구락부는 이러한 사회적 배경에서 조직된, 무엇인가 문학 속에서 현실을 극복하는 방법을 찾고자 했던 청년들의 모임이다.

토요구락부[1] 동인회는 나로 하여금 나의 방황을 종식시키는 계기로 작용할 수 있을 것이라는 기대를 갖게 했고, 실제로 그 기대는 토요구락부 동인회 활동에 적극적으로 참여하여 동인들과 나누었던 많은 대화를 통해 어느 정도 충족되었다. 토요구락부에 대한 정보는 당시의 일간지 제주신문의 기획 「제주문학 20년」의 한 부분을 차지했던 다음 글에 거의 다나와 있다.

> 문학은 혼자 하는 것이지 모여서 하는 것이 아니라는 말을 자주 듣는다. 그렇다. 분명히 문학은 모여서 하는 것 아니다. 그러나 모여서 문학에 대해 이야기할 수는 있다. 문학에 대해 이야기한다는 것은 (……) 사람의 의식세계를 공허하게 하지 않는다는 점에서 매우 중요하다. 이 이야기를 통해서 우리는 개성의 붕괴, 인간관계의 희박을 해결하고 현금유대만이 강요되는 오늘의 긴장을 승화시킨다.

---

1) 토요구락부의 존속 기간은 1969년부터 1973년까지이다. 토요구락부의 '토요'는 항상 매주 토요일에 모인다는 의미에서 붙여졌고, '구락부'는 당시에 '단체'의 뜻으로 쓰였던 '클럽'의 음역어이다.

어떻게 생각하면, 이러한 이야기는 무질서할 수밖에 없지 않으냐고 반문할 사람이 있을 것이다. 물론 무질서한 때가 있긴 있었다. 그러나 우리는 이 무질서가 (……) 곧 깊게 질서를 추구하는 마음으로 변하게 한다는 것을 잘 안다. (……) 자연스러운 질서의 첫째는 매주 토요일 일곱 시에 모인다는 것이다. 모여서 한 사람의 주제발표를 듣고 곧 토론으로 들어간다. 이렇게 토론한 횟수는 오십 회에 가까워 오고 있다. 1969년 4월 11일에 4명이 처음 모임을 가진 이래 한 번도 거른 적이 없다.

언어를 소재로 하는 문학예술이 로고스적인 면에서도 학문의 역할을 다해야 하는 야누스적인 사명을 가지고 있다면 토요구락부는 어느 하나의 사명도 소홀히 하지 않는 데서 출발한다. 때문에 동인들은 항상 연구하고 많은 것을 생각하지 않을 수 없게 된다. 이것의 결과인 치열한 인식작업은 관계 인사를 모시고 토론을 벌이는 단계까지 이르게 한다.

우리는 전위라는 것에 대해서 많은 관심을 가지고 있지만 무작정 추종하지는 않는다. 베케트의 패러독스, 카뮈의 인식, 사르트르의 논리, 뷔토르의 광학적 엄밀성, 유키오의 군국주의, 클레지오의 난해, 주네의 악덕은 모두 토요구락부에 의해서 한 번씩 비판되었다.

토요구락부에서 이야기되는 내용은 시, 소설, 평론, 희곡 등 다양하다. 저마다 하나의 분야를 붙잡고 씨름하는 게 아니라 이야기할 때는 모두가 열기를 갖고 참여한다. 이것은 당연한 태도이기도 할 것이다. 솔제니친이 어떻게 해서 노벨문학상을 받게 되었는가 하는 것쯤은 누구나 알고 있다. 그러나 솔제니친의 작품세계를 알려면 어떤 의식적인 노력이 없으면 안 될 줄로 안다. 우리는 이 의식적인 노력을 해보자는 모임인 것이다.

구랍 때 나온『타임』誌는 솔제니친이 소련 비밀경찰에 의해 적지 않은 수난을 겪고 있다고 보도한 적이 있다. 우리는 이 소식을 읽고 소련문학의 전통을 헤쳐 볼 줄 아는 시선도 가지고 있다.[2]

---

2) 김병택, 「토요구락부」, 『제주문학 20년』, 『제주신문』 1971. 1. 28. 당시의 동인은 강영회 강재수 고시홍 김관후 김병택 김진자 문무병 문성숙 장영태 장일홍 정복희 정순희 홍희선 홍희숙 등 14명이었다.

토요구락부 동인들이 문학에 대해 지니고 있던 열정은 대단한 것이었다. 만나서 대화할 때마다 그 열정은 샘물처럼 철철 흘러 넘쳤다. 대화방식은 주로 토론이었고, 그에 앞서 한 사람은 반드시 주제 발표를 했다. 우리는 아무런 주저함도 없이 수많은 문인들을, 그리고 그들의 작품을 비판했고 그것은 우리에게 부여된 특권인 것처럼 생각했다.

토요구락부는 내가 구체적인 문학의 방향을 모색하는 데에 적지 않은 영향을 끼쳤다. 토요구락부 모임에서의 발표와 토론은 작품의 가치를 평가하는 것과 직접적으로 관련되었으므로, 알게 모르게 나의 관심은 비평쪽으로 쏠리게 되었던 것이다. 대학에 입학하면 본격적으로 시를 쓰겠다는 애초의 생각은 이처럼 눈에 띄게 변모해 있었다.

모험의 전후

군 입대로 휴학 중이던 나는 제대하고 나서도 한참 후인 1975년 2학기부터 대학원에 복학하여 본격적인 공부를 시작했다. 지금도 그러하지만 그 당시에도 지도교수는 입학 후 바로 정하는 것이 관례였다. 나는 조연현선생님을 지도교수로 정했고, 그 후부터 논문에 대한 체계적인 지도를 받았다. 그런데 선생님의 지도는 대부분 대학 연구실이 아닌 선생님의 댁에서 이루어졌다. 선생님 댁은 정릉에 있었고, 나는 보통 일요일 오전에 선생님 댁을 방문했다. 그 시간에 방문해야 선생님을 뵐 수 있었기 때문이다. 선생님의 말씀은 주로 앞으로 써야 할 논문에 대한 것이었다. 그 시기의 나는 관악구 본동에 위치한 동양중에서 영어를 가르치는, 이른바 '직장을 가진 대학원생'이어서 직장생활과 대학원 공부를 병행하는 것이 얼마나 지난한 일인가를 자주 절감할 때였다. 그러나, 일요일 오전에 선생님 댁을 방문하여 논문에 대한 자세한 말씀을 듣고 나면, 나의 가슴에는 어디서인지 근원을 알 수 없는 강한 의욕이 밀려 들어왔고, 마치 얽히

고설킨 복잡한 미로를 헤쳐 나가는 데에 필요한 지혜를 단박에 얻은 것 같은 기분이 들곤 했다.

어느 날, 선생님 댁을 방문해 석사학위 청구논문 초고를 보여드렸는데, 선생님은 정작 논문에 대한 말씀보다는 평론 쓰기를 적극 권유하셨다. 당신이 주간으로 있던 『현대문학』지의 평론 추천작 모집에 응모해 보라는 것이 말씀의 요지였다. 나의 석사학위 청구논문인 「'날개'의 이미저리에 관한 연구」로 미루어 보아 평론을 쓸 수 있는 능력도 충분히 갖추고 있다는 선생님의 말씀은 나를 크게 고무시켰다. 선생님은 그 후에도 두어 번 더 경상도 억양의 조용한 어조로 그러한 말씀을 하셨고, 1978년 12월 20일에 예정된 학교 방학만을 기다리고 있던 나는 방학이 시작되자마자 모든 일을 뒤로 미룬 채, 한 달 정도의 방학 기간 내내 본동의 하숙방에서 두문불출, 글을 쓰는 데에만 몰두했다.

마침내 나는 「의식의 방향」이라는 글을 연지동의 현대문학사로 직접 들고 가 응모작을 접수시켰고 이 글은 1978년 『현대문학』 5월호에서 초회 추천되었다. 그리고 1978년 『현대문학』 7월호에서는 「시인의 현실과 자유」가 완료 추천되었다.

1978년 6월에(당시의 월간 문학지들은 간기의 간행일보다 한 달 앞서 간행되었다). 나는 용산구 남영동에 있는 신광여고로 학교를 옮겨 국어를 가르치고 있었다. 의사 출신에다 보기 드문 휴머니스트였던 당시의 최명자 교장은 신광여고의 모든 교사들을 남영동 소재 파리제과 건너편에 있는 미도회관으로 모이게 한 뒤 대대적인 연회를 베풀면서 나의 평론 천료를 축하해 주었다. 상도동에 살던 나는 그날 축하주를 너무 마시는 바람에 연회가 끝난 후 귀가하는 도중에 길을 잘못 들어 여러 해프닝을 겪었는데, 그것은 지금도 즐거운 추억으로 남아 있다.

①김병택씨의 「意識의 向方」을 추천한다. (……) 새로운 문제를 제시한 것은 아니지만 문제에 대한 진지한 추구가 호감을 갖게 했다.[3]

②김병택의 「시인의 현실과 자유」. 김수영의 '현실'과 '자유'를 주제로 택한 이글은 그 '현실'과 '자유'가 구체적으로 어떤 성질의 것이었는냐 하는 데 대한 절실한 究明이 거의 거세되어 있어 관념적 공허를 느끼게 한다. 그러한 중요한 결함이 있기는 하지만 한 시인을 감상하는 능력의 가능성에 이 글은 여러 가지 기대를 갖게 한다. 이러한 능력이야말로 모든 비평의 선행조건이 아닐 수 없다.[4]

③나는 내가 알고자 했던 것을 하나도 모르고 있으며 내가 소년시절을 보낸 고향 집 앞의 바닷바람에 대한 것만을 알고 있을 뿐이다. 바닷바람은 무형의 것이다. 때문에, 그것은 서울의 건물들 사이에, 검게 빛나는 딴딴한 아스팔트 길 위에, 일몰 시각의 석양 주위에, 그리고 나의 육신을 눕히는 갑갑한 방의 천장구석에 존재한다.

나는 내 시야 앞에 세로로 서 있는 벽을 바라보고 있지만, 저 벽이 누구나 믿고 잇듯이 그렇게 견고하다고 단정할 수가 없다. 저것은 견고한 벽일는지도 모른다. 그러나 견고하다, 또는 견고하지 못하다는 단정은 건축상의 모든 지식을 가지고 정밀한 검사를 끝낸 다음에 내려져야 할 것이다. 그때 만일 견고하다는 결과가 나왔다면, 나는 서슴지 않고 저 벽은 견고하다고 할 수 있다.

문학작품에 대해서도 마찬가지이다. 부분적이고 단편적인 관찰에 의해서, 기발함과 약간의 시색에 의해서, 혼란스러운 암시와 마구잡이의 독단에 의해서 이루어진 판단은 독자의 정서와 의식을 불안하게 한다. 이것은 문학을 위해서 전적으로 유해하다. 너무 날카롭게 주의를 기울인 나머지 약간 과장하는 것은 언어에 대한 정열이란 점에서 그대로 수긍이 가는 터이지만, 나무만 보고 숲의 모양을 이야기하는 식의 발상은 고쳐져야 한다고 생각한다.[5]

---

3) 조연현, 「평론 초회 추천 후기」, 『현대문학』, 1978, 5월호.
4) 조연현, 「평론 완료 추천 후기」, 『현대문학』, 1978, 7월호.
5) 김병택, 「평론 추천 완료 소감―바닷바람」, 『현대문학』, 1978, 7월호.

①에서의 「의식의 향방」은 작품 속의 인간과 의식을 등식의 관계로 설정하고 그 속성을 고찰한 글이다. 나에게는 그것이 어떤 방법으로도 달성하지 못한 구체성을 가지게 되리라는 확신이 있었다. 내가 그러한 의도를 실천하기 위해 선택한 작품은 이상의 「날개」였다. 「날개」에는 자아와 존재의 문제가 극명히 노정되어 있어서 정신적인 구속과 모럴의 금제에서 탈출하려는 의지, 그리고 극한적이고 폐쇄적인 자아의 상징들로 가득 차 있다. 이 상징의 숲을 헤치면서 나는 「날개」에 나타난 의식의 양상을 살펴보았다. 「날개」의 '나'의 행동과 '아내'의 행동에 대한 언어를 따로 분리시켜 생각하면, 망측스럽고 천한 '아내'와 일상생활의 지리멸렬한 '나'의 형상만을 볼 수 있을 뿐이다. 그러나 그것을 그렇게 추상적 관념으로만 해석하는 것은 옳지 않다. 그것은 이상이 스스로의 의식을 '나'와 '아내'에게 분담시켜 새로운 의식인간을 창조하고자 한 결과로도 얼마든지 해석된다. '나'는 의식의 항로를 잃고 아내에 의해 쫓겨 다니며 생활의 일반논리에 기만당했다는 것을 깨닫고 최후의 탈출 방법으로 날개를 머리에 떠올린다. 일상적 현실로부터의 탈출을 시도하는 것이다. 이러한 탈출의 의지는 곧 「날개」 전체를 관류하는 중심사상이기도 하다. 결국, 나는 '날개'가, 탈출의 의지를 배경으로 한 인간의 욕망이 조그만 파편이 되기도 하고 또는 큰 덩어리가 되기도 하며 망망대해에 떠밀리는 선체처럼 우리에게 구원을 요청하는 절규의 상징으로 판단했다.

②에서의 「시인의 현실과 자유」에서 나는 리처즈가 말한 "시인의 경험의 재생"이 김수영의 시에 어떤 형태로, 어떤 방법으로 표상되어 있는가를 밝혀 보고자 했다. 그의 현실적 경험은 참으로 많지만 그것들은 유사한 경험들이기 때문에 나는 그 유사한 경험들을 '자유'라는 중심적 개념으로 묶었다. 시인은 자기의 경험을 독자에게 전달한다. 시가 없다면 다수의 사람들은 시인의 독특한 경험세계에 접할 기회를 가지지 못할 것이다. 따라서, 시는 시인의 마음속에 일어나는 경험을 독자에게 전달하는 수단

이라고 할 수 있다. 시인은 시를 통해 현실과 현실에 부수되는 온갖 현상의 미묘한 흐름을 판단하고 비판한다. 시는 시인에게 부여된 활동력의 근거이며, 마치 마지막 보루와도 같은 것이다. 첨예한 시론을 갖춘 그에게는 현실이 진실의 근저를 위협하는 괴물인 것처럼 보였다. 그런데 그 현실은 '죽음과 가난과 매명'을 촉진시키는 실체이다. 그의 시에는 현실의 경험이 부단히 강조되어 있을 뿐만 아니라 고뇌 속에 빠진 자신에 대한 위로와 살아있는 문화에의 의지가 부각되어 있다. 그러한 방식으로 관심을 가지는 태도, 그러한 방식으로 현실을 비판하는 태도는 시 자체에 공헌하는 결과를 가져 온다고 나는 보았다.

③은 나의 평론 추천 완료 소감이다. 이 완료 소감에 대해, 오만한 인상을 준다느니, '투쟁적 선언'을 읽은 것 같다느니 하고 말하는 사람이 더러 있었지만 나는 조금도 개의치 않았다. 어떻게 말하든, 그것은 그들의 느낌을 말한 것 이상의 의미를 지닐 수 없다고 생각했기 때문이다.

길을 찾아 '책 속으로'

등단 전후에, 나의 지적 욕구를 가장 많이 충족시켜 준 책은 알베레스의 『20세기 지적 모험』이다. 이 책에서의 그의 의도는 낙관적 휴머니즘이 만개한 19세기의 이상을 수용하지 않는 20세기에 '인간'을 정립하기 위해서는 작품에서 무엇을 드러내야 할 것인가를 암시하는 데에 있다. 그는, 피란델로 · 카뮈 · 헉슬리 · 그린 등 10명의 작가를 한꺼번에 다룬 이 책에서뿐만 아니라, 「지이드론」이나 「사르트르론」 등 개인을 다룬 책에서도, 늘 개인을 넘어서는 영역을 고찰하고 보편적 정신의 역사를 우리 앞에 펼쳐 놓는다. 이처럼, 이 책은 20세기 인간의 정신적 과정과 이루어 낸 것들, 그리고 고뇌하는 모습을 서구 전체의 공통적 특징으로 파악하고 있다. 이와 함께 이 책은 비교문학의 영역에서도 간과할 수 없는 성과를 보여준다.

사르트르의 『구토』는 나에게 가장 큰 영향을 준 작품이다. 그에 의하면 인간존재와 사물존재는 분명히 구별된다. 인간존재는 '무엇에 대한 의식'으로, 사물존재는 어떤 존재론적 목적을 가지고 각각 존재한다. 인간은 자체의 목적을 가지지 않는다. 의식의 모습으로만 존재할 뿐이다. 인간존재는 의식의 작용을 통해서만 자신의 존재론적 목적을 달성한다. 이것이 인간존재가 다른 사물존재와 구별되는 점이다. 의식을 가진 존재로서는 인간이 유일하다. 인간을 제외한 모든 존재는 의식을 가지고 있지 않다는 점에서 사물존재이다. 이 세상이 사물존재들로만 구성된다면 그 존재들에서는 아무런 질서도, 의미도, 가치도 찾을 수 없다. 그런데 인간의 의식은 그러한 존재들에 질서와 의미와 가치를 부여한다. 『구토』는 주인공인 로캉탱이 사물과 부딪칠 때마다 일어나는 '구토증'의 원인을 밝히기 위해 쓴, 1932년 1월 말부터 약 한 달 동안의 일기 형식을 취하고 있다.

리처즈의 『문학비평의 원리』는 내가 여러 번 읽었던 책이다. 내가 리처즈의 비평에서 공감하는 것은 무엇보다도 '정독'이었다. 1929년에 출간한 『실제비평』은 리처즈가 4년 동안의 강의를 토대로 한 독서이론을 체계화하고 그것을 비평에 적용한 책이다. 그는 시인을 밝히지 않은 시를 캠브리지 대학 60여 명의 학생들에게 나누어 주면서 일주일 후에 시를 읽은 횟수를 기입하고, 시 감상을 써오는 과제를 매번 부여한다. 그는 텍스트를 대하는 독자의 올바른 태도를, 불신을 스스로 중지하고 수용하는 마음으로 텍스트를 읽어 나가는 데에서 찾는다.

콜린 윌슨의 『아웃사이더』는 내가 기회 있을 때마다 감탄하면서 읽었던 책이다. 나는 이 책을 읽을 때마다 그의 박학다식이 부러웠고, 그것은 지금도 마찬가지이다. 나는 이 책을 아마 다섯 번 이상 읽었던 것 같다. 그는 이 책에서 지금까지 나타났던 위대한 사상가와 작가들, 특히 니체·톨스토이·도스토예프스키·헤르만 헤세·반 고흐·T. E 로렌스·니진스키·사르트르·T. S. 엘리엇·버나드 쇼·카프카 등의 작품 속 인물들의 인생관과 생활방식을 비교·분석한 후 아웃사이더적인 공통점을 찾으려 했는데, 이 책은 이러한 노력의 결정체이다.

다시 문학의 밭을 경작하다

4년간 재직했던 신광여고를 그만두고, 나는 1982년 3월부터 제주대학교에서 강의를 시작했다. 고향 제주로 내려 왔을 때, 나는 토요구락부 동인들의 근황에 대해 아는 것이 조금도 없었다. 그러나 1971년 12월에 입대한 후부터 연락이 끊긴 토요구락부 동인들의 활동이 매우 궁금해 하던 터였으므로, 나는 일부 동인과 만나 과거의 토요구락부 동인 시절에 대해 서로 이야기했고, 그 이야기 속에서 새로운 동인회의 가능성을 발견했다. 1973년까지 활동했던 토요구락부 동인들 중 고시홍·김병택·무무병· 장일홍 등과 새로운 인물들이 참여한 『경작지대』는 이러한 배경에서 조직된 동인회였다. 다음은 『경작지대』 창간호의 발간사이다.

우리가 『경작지대』에 모이게 된 것은 오로지 문학에 대한 열정 때문이다. 따라서 우리는 문학적 지방주의와 관련이 없다. 오히려 우리는 한 구석에서만 뜨거워지다가 금방 식어버리고마는 문학의 열기를 경계한다. 문학에서의 공감은 시간과 장소를 뛰어 넘은 단계에서 이루어지는 것이 바람직하므로 우리는 이 상태에 도달할 수 있기를 희망한다.

우리의 의도는 우리를 둘러싸고 있는 이 시대에 문학의 빛을 던지며 살아가는 데 있다. 문학이념을 내세우는 것이 얼마나 부질없는 일인가를 알고 있는 우리는 시대에 대한 인식을 투철히 함으로써 얻어지는 공통분모만을 견고히 지켜 나갈 것이다.

그러므로 우리는 문학적 시류에 영합하려 하지 않는다. 그렇다고 우리가 또 다른 획일적 경향에 묶여 있는 것은 아니다. 어떤 개인이 하나의 경향을 지니고 있다 해도 그것은 그 개인이 자유롭게 선택한 경향일 뿐이며 보편성을 상실하고 있지 않은 한 우리는 그것을 다양성 중의 하나로 이해할 것이다.

문학은 마침내 여러 장르로 나뉘어져 전개되는 것이지만 우리는 우리가 소유하고 있는 『경작지대』를 우리의 방법으로 가꾸고자 한다. 즉 모든 장르를 종합하는 형식을 취하는 것이 그것이다.

우리는 무엇보다도 『경작지대』를 순수한 문학작품의 발표장인 동시에 문학에 대해 열정을 지닌 사람들이 함께 연출하는 치열한 무대가 될 것으로 생각한다.[6]

『경작지대』 1집의 동인은 오경훈 · 송상일 · 김병택 · 고시홍 · 장일홍 · 문무병 · 나기철 · 김광렬 · 김승립 등이었고 3집부터는 김용길도 함께 활동했다. 이들이 모두 지금까지 활발하게 작품 활동을 하고 있는 것은 다 알고 있는 사실이다. 네 권(1집(1984. 10), 2집(1986. 3), 3집(1987. 9), 4집(1989. 5))의 동인지를 발간한 후 『경작지대』는 다수 동인들의 뜻에 따라 공식적 활동을 종료하기에 이른다.

시인 전재수 형에 대한 기억

등단 직후 만나 대화를 나누고 술을 마셨던 문인들은 김선학 · 신상성 · 강성천 · 최순열 · 유재엽 · 채수영 · 황명 등 내 나이 또래의, 대학원 공부를 하면서 알게 된 문인들이거나 문단 선배들이다. 이와는 별도로, 자주 만나 술을 마시고 문학과 인생에 대해 방자한 담론을 펼친 대표적인 문인으로는 아무래도 시인 전재수 형을 꼽아야 할 듯하다.

전재수 형은 나로 하여금 혈연 이상의 느낌을 가지게 했을 정도로 친했던 사람이다. 나보다 여덟살 위였던 그는 역동적인 지성인이었고, 매사에

---

6) 「『경작지대』 제1집을 펴내면서」, 『경작지대』 창간호, 1984. 10.

적극적이고 낙천적이었으며, 재기 넘치는 화술의 소유자였다. 나는 그의 이러한 점들을 매우 좋아했고, 그래서 그를 자주 만났던 것 같다. 나는 지금까지도 그보다 더 삶에 대해 열정적인 사람을 만난 적이 없다.

전재수 형의 출신 지역인 대구의 어떤 문인이 들려준 이야기에 의하면, 공군 장교였던 그는 사랑하는 여인 때문에 허공을 향해 권총을 발사하는 해프닝을 벌인 일이 있었다고 한다. 그러한 이야기를 들었을 때, 나는 그 해프닝조차도 좋은 방향으로 해석하고 싶었다. 그의 내면에 언제나 가득한 '순수'의 질량을 나는 잘 알고 있었기 때문이다. 이런저런 일에 투여한 그의 에네르기가 막대한 탓이었을까. 애석하게도 그는 40대를 넘기지 못했다.

마무리하면서

'질풍노도'는 얼핏 독일의 젊은 세대가 겪었던 질풍노도를 연상하게 하지만, 반드시 그러한 방향으로만 사용해야 하는 말은 아니다. '몹시 빠르게 부는 바람(질풍)'과 '무섭게 소용돌이치는 물결(노도)'의 뜻을 담은 '질풍노도'야말로 등단 전후의 나의 문학활동을 비유적으로 표현하는 매우 적절한 언사임에 틀림없다.

질풍노도의 경험은 나의 문학적 토대를 형성하는 데 중요한 요소로 작용했음이 분명하다. 나는 가끔 그 질풍노도를 다시 겪고 싶다는 생각을 하곤 한다.

(『제주작가』 2010년 겨울호)

삶의 연대기

1949. 8. 26.

김해김씨 시조 51세손 萬希公派 德彦系 22세손이다 아버지 鎭河, 어머니 邊
仁쑈의 2남 3녀 중 차남으로 제주도 북군 조천면 조천리 2376번지에서 태어
났다. 아버지는 증조부 밑에서 한학을 공부한 후에 조천공립보통학교를 졸
업했으며, 일본으로 건너가 日本電療專門學院에서 전기물리학 · 전기생리
학 · 전기치료학 등에 따른 치료기술을 습득한 기술인이었다. 그러나 고향
에서는 4 · 19 직전까지 조천면사무소 산업계장으로 근무했다.

1955. 2~1961. 2.

조천초등학교에 입학하고 졸업했다. 나보다 여덟 살 위인 둘째 누나는 책읽
기를 무척 좋아하여 부잣집 친구들에게서 소설 책과 수필집을 자주 빌려 오
곤 했는데, 나는 5학년 때부터 누나가 빌려온 책들을 많이 읽었다. 물론 남
독이었고 내용을 잘 이해할 수 없었을 터이지만 그때 읽은 책들 중에서 헤
르만 헤세의 「수레바퀴 밑」, 모리악의 「사랑의 사막」, 이광수의 「무정」, 김
동인의 「운현궁의 봄」, 유달영 · 최신해 선생의 여러 수필집 등은 지금까지
도 기억에 남아 있다. 그런 방식의 독서는 고등학교 때까지 계속되었다.

1961. 2~1964. 2.

조천중학교를 입학하고 졸업했다.

1964. 3~1967. 2.

오현고등학교 시절 삼 년 내내 본태성 고혈압(의사의 진단) 때문에 고생이 무진했다. 얼굴에 열이 오르고 두통이 심한 날이면, 수업이 끝나자마자 병원으로 가서 혈압을 재고 약 처방을 받곤 했다. 다른 문인들에게 '졸도적 문체,' '천식의 문체,' '맹인적 문체'가 있다면, 나에게는 '고혈압의 문체'가 있다고 생각할 정도로, 고혈압은 오랫동안 커다란 부담으로 작용해 왔고 지금도 마찬가지이다.

1967. 3~1971. 2.

제주대학교를 국문과 수석으로 입학하고 전체 수석으로 졸업했다. 대학 도서관은 건축가 김중업 선생이 설계한 대학 본관 건물 1층에 있었다. 나는 입학하자마자 대학 4년 동안에 대학 도서관의 책들을 분야별로 독파하기 위한 세부 계획을 세웠는데, 실제로 그 계획은 어느 정도 실천되기도 했다.

1969. 5~1973. 8.

『토요구락부』 동인으로 활동했다.

1971. 3.

동국대대학원 석사과정에 입학한 후 곧바로 휴학했다. 지금도, 나는 가끔 폭설로 인해 서울행 비대 강의실에서 혼자 시험을 치렀던 시간을 돌이키곤 한다.

1971. 4~1971. 12.

중등교원 순위고사를 거쳐 서귀여중에서 영어를 가르쳤다. 국어 과목 응시자들 중에서는 가장 높은 점수를 받았다는 말을 들었지만, 정작 국어 교사로 발령되지는 않았다. 국어 교사 자리가 없다는 것이 물음에 대한 답변의 내용이었다. 결국, 나는 순위고사에서 치른 부전공 시험도 발령 근거가 될 수 있도록 한 당시의 규정에 힘입어 4월 1일자로 발령을 받을 수 있었다.

1971. 12~1974. 10.

육군 행정병으로 복무했고 병장으로 만기 제대했다.

1975. 5~1980. 2.

서울로 거주지를 옮겨 동작구 흑석동에 위치한 동양중학교에서 영어를 가르쳤다. 영어를 가르치게 된 것은, 그나마 제주도에서 쌓은 14개월 정도의 교사 경력 과목이 영어였고, 실제로 재단으로부터 받은 발령장에 기록된 과목도 영어였기 때문이다.

1975. 9.

동국대대학원에 복학했다.

1977. 8.

동국대대학원에서 석사 학위를 받았다. 석사학위 논문인「'날개'의 이미저리 연구」는 조연현 교수의 지도로 스퍼전의 이미저리 분석 방법을 원용하여 李箱의「날개」에 나타난 이미저리를 분석한 논문이다.

1977.

동악어문학회 회원, 한국 국어교육학회 회원으로 활동했다.

1978. 3~1982. 2.

서울시 용산구 청파동에 위치한 신광여자고등학교에서 국어를 가르쳤다. 또한 이 기간에는 응시 동인으로 활동했다.

1978. 5.

『현대문학』 5월호에서「意識의 向方」으로 평론 초회 추천을 받았다. 추천자는 조연현 교수이다.

1978. 7.

『현대문학』 7월호에서 조연현 교수에 의해 평론 추천이 완료되면서 문학평론가로 데뷔했다. 당시의 천료 평론 제목은「詩人의 現實과 自由」이다.

1979. 1. 23.

孫寧珠(현재 한라대학교 교수)와 결혼했다.

1980. 3. 2.

동국대대학원 박사과정에 입학했다.

1980. 2.

딸 珉㼃이 출생했다.

1982. 4~2014. 8.

제주대학교에서 교수로 재직한 기간은 32년 5개월이다. 최근 3, 4년 동안에 담당했던 강의 과목으로는 '한국 현대시인론,' '현대시론의 새로운 이해,' '문학비평의 이론과 실제,' '현대문학사,' '문예사조사의 새로운 이해,' '비교문학 연구,' '현대문학 연구 방법론,' '현대 한국 문학사상사 연구,' '현대 한국시사 연구' 등이 있다.

1982. 5~

국어국문학회 회원으로 활동했고, 2000년대에는 제주 지역이사를 역임한 바도 있다.

1982. 7.

아들 洪範이 출생했다.

1984. 4~1987. 10.

경작지대 대표를 맡아『경작지대』1, 2, 3, 4집을 발간했다.

1986. 8.

『바벨탑의 언어』(문학예술사)를 간행했다. 이 책은 나의 첫 번째 저서였다. 전공 분야에 대한 노력을 처음으로 세상에 드러낸 셈이었다.

1987. 2.

동국대대학원에서 박사 학위를 받았다. 박사 학위 논문인「한국 초기 근대시론 연구－1920년대를 중심으로－」는 김시태 교수의 지도에 따라 에이브람즈의 삼각모형 이론을 적용하여 한국의 1920년대 시론을 체계적으로 분석한 논문이다.

1988. 2.

『한국 근대시론 연구』(민지사)를 간행했다. 이 책에는 나의 학위논문과 다른 논문들이 함께 수록되어 있다. 그것은 인쇄된 논문과는 별도로 학위논문을 단독 저서로 간행하는 당시의 관례에 따른 것이다.

1989. 12.

제주도문화상(예술 부문)을 수상했다.

1990~1992.

제주문인협회(한국문인협회 제주도지부) 회장을 역임했다.

1995. 2.

『한국 현대시인론』(국학자료원)을 간행했다. 내가 담당하는 과목 중의 현대시인론과 이 책은 불가분의 관계에 있다. 원고를 작성할 때에도 나는 그런 점을 의식하지 않을 수 없었다.

1996. 6. 16(음).

아버지가 노환으로 별세했다. 향년 90세였다.

1999. 1. 1~2000. 12. 31.

귤림문학회 회장을 역임했다.

1999. 8.

『한국 현대 시론의 탐색과 비평』(제주대학교 출판부)를 간행했다. 당시에 내가 주로 관심을 기울였던 분야는 시론과 비평 쪽이다. 이 책은 그에 대한 노력의 일차적 결실이었다.

2000. 1. 1~2001. 12. 31.

제주작가회의(한국작가회의 제주도지회) 회장으로 활동하면서 『제주작가』 4, 5, 6, 7호를 발간했다.

2000. 4. 6~2002. 4. 5.

제주도 문화재위원회 위원을 역임했다.

2001. 9. 17~2003. 9. 16.

제주도 문화예술진흥위원회 위원을 역임했다.

2001. 12.

지역문학론과 관련된 논리를 개발하기 시작했다.

2002. 1. 1~2003. 12. 31.

(사)민족문학작가회의 이사를 역임했다.

2002. 10.

『한국문학과 풍토』(새미)를 간행했다. 이 책에서 나는 지역문학의 중요성을
여러 가지 방식으로 강조했다.

2002. 11. 27~2004. 11. 26.

영주어문학회 제2대 회장을 역임했다.

2003. 1. 20~2005. 1. 19.

제주문화예술재단 제2기 선임직 이사로 활동했다.

2003. 7.

증조부 水隱 金熙敦 선생의 시들을 모은 『수은 시집』이 제주대학교 탐라문
화연구소에서 간행되었다. 『수은 시집』에는 원문과 吳文福 선생의 번역이
함께 수록되어 있다.

2003. 8.

『한국 현대시인의 현실인식』(새미)을 간행했다. 『한국 현대시인론』이 절판
된 것을 계기로, 당시의 나는 이 책을 통해 시인인과 시론의 불가분리성을
직접적으로 강조하고자 했음을 기억한다.

2003. 10.

모든 문화 현상과 예술 사조의 발생에 적용할 수 있는 '반발의 이론'을 체계화하기 시작했다.

2003. 12.

평론집『한국문학과 풍토』로 귤림문학회가 제정한 제3회 오현문학상을 수상했다.

2004. 8.

『현대 시론의 새로운 이해』(새미)를 간행했다. 이 책은 시를 공부하고자 하는 사람들을 위해 간행한 일종의 편저서이다. 「시란 무엇인가」와 문예사조에서의 '반발의 이론'에 대한 나의 주장을 담은 「문예사조에서의 반발이론에 대한 연역적 증명」 등 나의 글 두 편도 수록했다.

2004. 10.

시의 예술(또는 타 분야) 수용에 대해 논의하는 비교문학적 연구를 시작했는데, 가장 먼저 염두에 두었던 것은 '시의 그림 수용'이다.

2005. 2.

증조부인 水隱 金熙敦 선생의 산문들을 모은『수은 문집』이 오문복 선생의 번역으로 제주대학교 탐라문화연구소에서 간행되었다.

2005. 7. 1~2007. 6. 30.

평통자문회의 위원을 역임했다.

2005. 7. 1~2007. 6. 30.

제주문화예술재단 이사회에서 제3대 이사장으로 선출되었다. 이에 따라, 교육부 승인을 거친 뒤 파견 형식으로 근무하면서 이사장직을 수행했다.

2005. 10.

『제주 현대문학사』(제주대 출판부)를 간행했다. 제주 현대문학사를 쓰는 것은 나의 오랜 소망이었다. 거창한 소망이긴 했지만, 나는 그 소망을 꼭 이룰 수 있다는 생각으로 계획을 세우고 하나하나 실천해 나갔다. 내가 이 책을

쓰면서 무엇보다도 명심한 것은 기존의 문학사와는 구별되는 작품 중심의
지역문학사를 써야 한다는 점이었다.

2006. 11. 24.

제주일보사와 사단법인 제주학회가 공동 제정한 제4회 제주학학술상을 수
상했다. 수상 저서는『제주 현대문학사』(제주대학교 출판부 2005)였는데,
"자료수집의 충실성과 분석의 치밀성으로 지역문학사 연구의 지평을 높였
다"는 것이 수상 이유였다.

2009. 10.

『현대시의 예술 수용』(새미)를 간행했다. 시의 예술 수용 쪽에 관심을 가지
게 된 것은 시와 예술은 시의 수용이라는 형식으로 공존할 수 있다는 나의
판단 때문이었다. 나는 이런 유의 글들을 이 저서뿐만 아니라 이후에 발간
한 다른 저서에도 수록했는데, 논의의 대상으로 삼은 예술 분야들은 그림 ·
무용 · 영화 · 음악 · 건축 등이다.

2010. 3.

『제주예술의 사회사(상)』(제주대학교 탐라문화연구소)를 간행했다. 나는
『제주 현대문학사』를 간행한 후에 '제주예술의 사회사'를 구상하면서 자료
들을 체계화하기 시작했다. 방대한 분량을 한꺼번에 쓸 수 없었기 때문에,
나는 처음부터『제주작가』에 연재하는 형식을 취했다.『제주 현대문학사』
를 쓸 때처럼, 이 책을 쓰면서 염두에 두었던 것도 기존의 예술사와는 다른
방법으로 예술사를 써야 한다는 점이다.

2010~2014.

Marquis Who's Who in the world에 연속 등재되었다.

2011. 1~2012. 12. 31.

영주어문학회 제6대 회장을 역임했다.

2011. 3.

『제주예술의 사회사(하)』(제주대학교 탐라문화연구소)를 간행했다.

2012. 7.

오무라 마쓰오 선생의 청탁을 받고 쓴 「일제강점기의 제주문학」이 일본 식민지문화학회 학회지 『식민지문화 연구』 제11호에 게재되었다. 이 글의 번역자도 오무라 마쓰오 선생이었다.

2012. 8.

아내와 함께 스페인, 포르투갈, 모로코 등지를 패키지로 여행했다. 나는 다양한 목적과 형식으로 일본, 중국, 대만 등 아시아 국가와 서유럽, 동유럽, 미국, 러시아 등지를 여행한 바 있는데 스페인 여행보다 강렬한 인상을 준여행은 없었다. 바르셀로나에 있는 가우디의 여러 건축물에 대해선 앞으로꼭 한 편의 글을 쓰고 싶은 마음을 지금도 가지고 있다.

2012. 9~2013. 8.

연구년이어서 집중적으로 책을 읽고 글을 썼다. 이 기간에 작성한 글들로는「일제강점기 친일문인의 내면 풍경」, 「이공 · 삼공 본풀이의 의식시간과 의식공간」, 「시의 사진 수용」, 「시의 연극 수용」, 「시의 역사 수용」 등이 있다.

2013. 4. 13.

딸 珉琡이 朴晟秀와 결혼했다.

2013. 5. 18.

연초부터 제주의료원에 입원했던 어머니가 향년 107세를 일기로 별세했다.

2013. 9~2014. 5.

이 기간에 작성한 글들로는 「시의 정치 수용」, 「시의 종교 수용」, 「시의 철학 수용」 등이 있다.

2013. 12.

Lousie M. Rosenblatt의 "The Transactional Theory of Reading and Writing"을번역한 「읽기와 쓰기의 거래이론」이 제주작가회의 기관지 『제주작가』 제43호(2013. 12)에 게재되었다. 원 논문의 분량이 200자 원고지 250매 정도인데도, 번역 논문 「읽기와 쓰기의 거래이론」의 분량이 원 논문의 약 삼분의 일에 불과한 것은 읽기와 쓰기의 거래이론을 소개하는 데에 번역의 주안점을 둔 데서 기인한다.

2014. 7.

『시의 타자 수용과 비평』(새미)을 간행했다. 이 책은 이전의, 시의 예술 수용에 관심과 시에 수용된 사진·연극·역사·정치·종교·철학 등에 대한 논의를 포괄한다. '타자'라는 말을 사용한 것은 그런 점과 관계가 깊다. 아울러 이 책에는 제주지역 시인들의 시에 대한 비평도 수록했다.

제3부

비평과 연구의 조명

실천적 문학사관의 구체적 실현

−김병택의 평론과 지역문학

양 영 길

I. '민족문학으로서의' 문학

문학연구의 궁극적인 목표는 문학사 서술이라 할 수 있다. 문학 연구에서 도출한 의미 있는 가치 체계를 통시적으로 정리한 것이 사적 서술이기도 하다. 그런데 문학사 서술을 두고 "<'문학'의 역사>인가, <문학의 '역사'>인가"라는 물음을 제기하기도 한다. '문학'과 '역사' 둘 다 중요하지만 어디에 비중을 두느냐에 따라 인식이 달라지고 서술의 지향점도 달라지기 때문이다.

김병택은『제주현대문학사』(2005),『제주예술의 사회사(상)』(2010), 제주예술의 사회사(하)』(2011)을 비롯하여 10여 권의 저술을 펴냈다. 그는 이들 저술에서 "문학을 바라보는 관점이나 그것의 바탕을 이루는 세계관"[1]인 문학관文學觀을 바탕으로 문학의 시대 사회적 가치와 그 가치 변

---

1) 김병택,『바벨탑의 언어』, 문예출판사, 1986, 5쪽.

화를 찾아 연구를 거듭하고 있다. 연구 논문이나 평론이 많은 학자들도 '문학사 서술'에까지 이르지는 못하는 경우가 많다. 김병택은 이론비평을 넘어 실천비평의 궁극적인 목표인 문학사와 예술사 서술을 실천에 옮긴 사람이다.

그는 『제주현대문학사』에서 일찍이 르네 웰렉이 제기했던 "문학이면서 동시에 역사가 될 만한 문학사를 쓰는 것은 가능한가"라는 물음에 "가능하지 않다"[2]라고 답하면서부터 문학사 서술을 시작하고 있다. 그러면서 궁극적으로는 '민족문학으로서의' 문학을 지향하고 있다. 그는 "'지역문학은 민족문학이다'라는 명제가 정합성을 획득하기 위해서는 지역문학의 개념과 민족문학의 개념이 지향하는 바가 동일해야 한다"[3]라고 하면서 '민족문학'에 대하여 다음과 같이 제시하고 있다.

> 민족문학의 개념에는 복잡한 양상이 존재한다. 1910년부터 1948년까지에 이르는 국가 상실기의 민족문학의 개념과, 해방 이후부터 분단 체제가 지속되고 있는 오늘에 이르기까지의 민족문학의 개념이 다르기 때문이다. 그러나 전자의 경우와 후자의 경우 사이에는 공통점도 분명히 있다. 어느 시대의 민족문학도 그 시대가 다루어야 할 현실적, 역사적 경험을 다루었다는 점이 그것인데 지역문학과 관련해서 논의되는 민족문학의 개념은, 이러한 공통점에 토대를 두어 설정하면 무리가 없을 것으로 생각한다.
>
> (……) 그래서 지역의 작가에 의해 창작되는 지역문학은 지역의 정체성과 특수성을 유지하고자 하거나 유지했던 현실적, 역사적 경험을 다루어야 한다는 최소한의 당위적 조건을 갖출 필요가 있다. 이러한 조건과 지역 구성원을 포함하는 민족의 외연이 결합될 때에 지역문학은 진정한 민족문학이 될 수 있을 것이다.[4]

---

2) 김병택, 『제주현대문학사』, 제주대학교 출판부, 2005, 19쪽.
3) 김병택, 『한국문학과 풍토』, 새미, 2002, 95쪽.
4) 위의 책, 95쪽.

지역문학에 대해서도 '민족문학으로서의' 문학을 강조하고 있다. 이러한 지향점은 '지역성'에 대한 정체성과 특수성을 어떻게 유지하고 있는가에 따라 '민족문학으로서의' 문학 여부를 묻고 있기도 하다.

지역문학이 '민족문학으로서의' 문학이 되기 위해서는 "역사 · 지리 · 언어 · 민속 · 가치관 · 공동체 의식 등을 통한, 지역의 이러한 정체성과 특수성을 드러내는 문학일 때"5) 비로소 그 가치를 획득할 수 있음을 강조하고 있다.

Ⅱ. 실천적 문학사관의 구체적 실현

김병택은 2005년 문학연구와 평론 활동을 집대성한『제주현대문학사』를, 그리고 2010년과 2011년에는『제주예술의 사회사(상), (하)』를 각각 펴냈다. 그는 이 저술에서 철학적 근간이 되는 문학사관을 분명히 하고 있다. 서술 방법적인 전제를 비롯하여 현대 기점, 시대구분, 그리고 시대 명명에 이르기까지 확고한 사관을 바탕으로 서술하고 있다.

그는 "아무리 사적 서술의 형식을 취하고 있다 하더라도, 방법적 전제가 없이 서술된 문학사는 제대로 서술된 문학사라고 할 수 없다"6)라고 하면서 서술 방법적인 전제 세 가지를 제시하고 있다.

첫째 "문학작품은 문학적 사실보다 더 중시되어야 한다는 점," 둘째 "문학작품과 문학적 사실은 그 내용 · 연대기 · 원전 등을 (……) 토대로 서술되어야 한다는 점," 셋째 "문학작품과 문학적 사실은 객관적으로 서술되어야 한다는 점"이 그것이다. "동시대의 사람뿐만 아니라 후세의 수많은 사람을 감동시키는 것이 문학작품"이기 때문에 "문학적 사실과 문학작품에 대한 긍정적 · 부정적 평가가 모두 서술되어야 한다"는 것이다.7)

---

5) 위의 책, 94쪽.
6)『제주현대문학사』, 앞의 책, 9쪽.

또 현대 기점 설정과 시대구분, 그리고 시대명명에서도 문학사관의 면면을 잘 보여주고 있다.

그는 제주의 '현대문학' 기점을 "6ㆍ25전쟁으로 인한 피난시기의 문학"에서 찾고 있다. 그러면서 '일제강점기의 제주문학'과 '해방공간의 제주문학'을 전사前史로 다루고 있다. 일제강점기 문인들은 제각기 서울 등 외지에서 활동하였지만 제주근대문학의 형성에 기여하였으며, 해방공간의 제주문학은『신생』이라는 잡지를 중심으로 제주문학의 모습이 나타나다가 4ㆍ3의 와중에 제대로 펼쳐나가지 못하였다. 그러나 6ㆍ25 전쟁기에는 제주로 피난온 문인들에 의해 "제주도 문학사의 흐름에서 볼 때 상당히 획기적인 일이어서, 제주도의 '문예부흥' 혹은 '문예진흥'을 가져"온 시기로 보고 제주현대문학의 기점을 '6ㆍ25전쟁으로 인한 피난시기'로 설정하고 있다.

이 시기에는 계용묵, 장수철, 장지영, 최현식, 옥파일, 김창렬 등의 문인들이 제주에 내려와 2~3년 동안 거주하면서 문학에 관심이 있는 제주 사람들과 다양한 활동이 있었다. 이 시기에는 종합교양지『신문화』(1952~1953), 제주의 최초 동인지『흑산호』(1953), 중고생 및 대학생 동인지『별무리』 등 문학 활동이 매우 활발하게 이루어진 시기라고 서술하고 있다.[8]

시대구분 방법과 그 명명은 '정체성'과 '특수성'에서 찾고 있다.

> 1) 제주와 제주인의 발견(I)(1950~1960에 이르는 시대) : 시에는 고향ㆍ사물ㆍ자연 등을, 소설에는 실향의 삶과 고향의 삶 등을 다룬 작품들이 많다.
> 2) 제주와 제주인의 발견(II)(1960~1970에 이르는 시대) : 시에서는 자연과 고향이, 소설에서는 고향의 상실과 4ㆍ3 수난이 주요 소재로 등장한다.

---

7) 위의 책, 9~10쪽.
8) 위의 책, 85~87쪽.

3) 제주와 제주인의 발견(Ⅲ)(1970~1980에 이르는 시대) : 자연과 고향을 소재로 한 시와, 4 · 3을 본격적으로 다룬 소설이 주류를 이룬다.

4) 다양한 자아와 4 · 3의 존재 방식(1980~1990에 이르는 시대) : 서정적 자아를 드러내는 시와, 4 · 3을 다룬 소설 · 희곡이 보편화되었음을 보여준다.

5) 생활의 중시와 역사의 중시(1990~2000에 이르는 시대) : 생활의 정서를 중시하는 시와, 4 · 3을 중시하는 시로 뚜렷이 구별된다.[9]

그 명명 방법면에서는 '발견,' '자아,' '존재,' '4 · 3과 역사' 등 정체성과 특수성을 반영하고 있다. 그리고 이에 대한 설명에서는 시의 경우, '고향, 사물, 자연', 그리고 '자아, 생활, 4 · 3'을 바탕으로, 또 소설의 경우, '삶, 실향, 4 · 3' 등을 바탕으로 구체화하고 있다. 또 그 구체화 과정 속에는 "향토성, 전통성, 민족성 등이 융합된 풍토성의 의미"[10]도 함께 담아내고 있다.

이러한 인식은 텐(Hipplyte Adolphe Taine, 1829~1893)이 『영문학사』(1963)에서 제기한 '인종 · 환경 · 시대'와도 맥을 같이하고 있다. 태어날 때부터 가지고 나온 기질인 인종(race), 한 인물을 변화시키는 사회적 환경(milieu), 내적 요인인 '인종'과 외적 요인인 '환경'이 이미 생산해 낸 작품이 또 다시 다음 작품을 생산해 내는데 기여하는 시대(moment)를 바탕으로 지역문학의 정체성과 특수성을 서술하고 있다.

또 서술 대상을 설정하면서 "그 지역의 특색은 다르게 말해서 지역의 정체성"임을 전제로 하고 있다. 첫째, "어느 지역이나 그 지역 나름대로의 정치적 · 경제적 조건, 환경 · 풍속 · 습관, 공동의 지역 심리와 언어가 있다," 둘째, "어느 지역이나 그 지역 특유의 전통이 있다," 셋째, "어느 지역이나 그 지역 나름의 고유한 지역정신(기질)이 있다"[11]는 것을 전제로 하고 있다. 다른 지역의 문학작품과 구별되는 지역적 특색인 "지역정신은

---

9) 위의 책, 10~11쪽.
10) 『한국문학과 풍토』, 앞의 책, 3쪽.
11) 김병택, 『제주예술의 사회사(상)』, 제주대학교 탐라문화연구소, 2010, 20~21쪽.

궁지·지역적 감정·지역 심리상태·지역의 문화 교양, 그리고 오랫동안에 걸쳐 보편적으로 존재하게 된 공통성"12)을 포괄하고 있다.

구체적 서술에 있어서, 시에서는 '수용'의 문제를, 소설에서는 '이데올로기' 문제를 중시하고 있다.

시에 대해서는 '자연'을 어떻게 수용하고 있는가에 남다른 관심을 가지고 서술하고 있다. "지역문학사가 서술 대상으로 삼아야 할 (……) 서정시에는 자연이 중요한 소재로 등장한다. 그 자연은 엄밀하게 말해서 그냥 그대로의 자연이 아니라, 역사적·심리적 환경에서 형성된 자연이다. 따라서 모든 지역의 자연은 지역의 나름대로 지니고 있는 역사적·심리적 환경에 따라 각각 다르게 수용"13)되고 있다고 서술하고 있다.

그리고 시가 궁극적으로 지향해야 할 것에 대하여 "시인의 관심 범위가 고작 내용, 기교, 유파에 머무른다면 진정으로 시에 필요한 것이 무엇인지를 알지 못한다. (……) 그러면 정작 시에 있어서 필요한 것은 무엇인가. 그것은 인간의 회복을 이룩할 수 있는 자유"14)라고 역설하고 있다. 여기서의 자유는 "시대의 현실과 그 현실을 살아가는," "사람들의 삶"의 반영15)이라 할 수 있다.

또 서사에 대해서는 "부분으로서의 서사가 아닌, 하나의 전체로서의 서사"를 강조하면서 '자기 규정'을 바탕으로 제시하고 있다. "지역문학의 대상으로 삼아야 할, 지역의 서사는 문학으로서의 서사, 즉 변형과 동시에 자기 규정(self-regulation)을 수반하는 구조적인 서사이어야 한다"16)는 것이다.

'4·3소설의 유형과 전개'에서는 '이데올로기' 문제를 서술하고 있다.

---

12) 위의 책, 21쪽.
13) 『제주현대문학사』, 앞의 책, 28쪽.
14) 김병택, 「시인의 현실과 자유」, 『현대문학』 24, 1978, 7, 295~296쪽.
15) 『한국문학과 풍토』, 앞의 책, 88쪽.
16) 『제주현대문학사』, 앞의 책, 31쪽.

이데올로기와 소설은 항상 밀접한 관계를 맺어 왔거니와 그 밀접한 관계의 터전 위에서 이데올로기는 소설이라는 틀 속에 용해되거나 때로는 포용되면서 소설의 주제를 고차원의 세계로 끌어올리는 역할을 해 왔다고 할 수 있다. 그런데 4 · 3소설의 경우는 엄밀하게 말해서 사회주의, 공산주의, 좌익, 우익 등의 용어들만 빈번하게 등장했을 뿐 소설과 이데올로기의 예술적 만남은 성공적으로 잘 이루어지지 않은 것 같다. 이렇게 된 이유는 작가들이 한결같이 4 · 3의 진상만을 가급적 드러내려 하거나 또는 고발하려는 태도를 견지하고 있기 때문이다. 그래서 4 · 3소설들에는 이데올로기가 인물의 행동이나 사건에 끼어들긴 하지만 주제의 전개 방향에 심각한 영향을 주는 일은 거의 없다. 4 · 3이 이질적인 이데올로기의 끊임없는 교체 과정에서 발생한 것임에도 불구하고 그 4 · 3을 소재로 한 4 · 3소설에서 이데올로기끼리의 갈등을 찾아 볼 수 없는 것은 무엇 때문일까? 역시 그 이유도 작가들의 그러한 태도에서 찾을 수 있을 것이다.17)

지역문학에서의 특수성을 이데올로기적 측면에서도 인식할 수 있어야 함을 강조하고 있다. 제주 지역 특수성으로서의 이데올로기는 4 · 3이라는 수난의 역사이면서 동시에 문화예술 정체성의 중심에 있기도 하다.

"제주문학의 특수성과 보편성"에 대하여 "지역적이고 부분적인 최소단위의 현실"을 반영한 문학이라면서 두 가지 방법을 제시하고 있다. 그것은 "시대의 현실과 그 현실을 살아가는 제주 사람들의 삶을 잘 반영할 수 있는 소재를 발굴하는 것"이고, 다른 하나는 "그러한 소재에다 현대적 의미를 부여하는 방법"18)을 제시하고 있다.

김병택은 『제주현대문학사』(2005)와 『제주예술의 사회사(상), (하)』(2010, 2011) 서술을 통해 '민족문학으로서의' 문학을 지향하면서 '정체성'과 '특수성'을 찾아내고, 그에 따라 현대 기점, 시대구분, 시대명명, 실천적 서술을 통해 지역문학사의 전형을 제시해 주고 있다.

---

17) 『한국문학과 풍토』, 앞의 책, 38쪽.
18) 위의 책, 88쪽.

Ⅲ. 결어를 대신하여

김병택은 2010년에 펴낸 『제주예술의 사회사(상)』에서 '예술의 활동 무대는 사회'라고 하면서 '사회변동에 관심'을 기울여야 한다고 주장하고 있다.

> 예술은 일종의 살아 있는 유기체이며, 그것의 활동 무대는 사회이다. 예술과 사회가 밀접한 관계를 맺고, 더 나아가 예술의 사회 반영을 운위할 수 있는 것도 이러한 점에 기인한다. 예술의 실상을 고찰하기 위해 무엇보다 먼저 사회변동의 내용에 관심을 기울이는 것은 그래서 자연스럽다.[19]

그러면서 "예술은 삶과의 관계에서 언제나 '그럼에도 불구하고(Trotzdem)'의 태도를 취한다. 그리고 형식을 창조하는 것은 생각할 수 있는 불협화음의 존재를 가장 깊이 확인하는 행위"[20]라는 루카치의 이야기를 원용하고 있다. 또 골드만이 "문학과 사회의 연관성을 하나의 패러다임으로 만들고자 했을 때 사용하는 개념"[21]인 상동성(homology)을 들어 문학과 현실의 연관성을 설명하고 있기도 하다.

그는 "문학과 사회는 일단 독립적으로 존재하면서도 마지막에는 유기적으로 결합"한다고 인식하고 있다. 그리고 "작가와 사회의 관계에는 문학과 사회의 관계에서보다 더 복잡하고 미묘한 문제들이 내포되어 있는 것 같다. 왜냐하면 문학은 하나의 결과인데 비해서 작가는 하나의 결과를 이루어내기 위해 방황하고 고심해야 하는 생산자"[22]라는 것이다.

그러면서 실험성과 그에 따르는 '작가적 고통'을 강조하고 있다. "우리가 어떠한 작품에 대해 실험적이라는 관형어를 붙일 수 있는 경우는 따로

---

19) 『제주예술의 사회사(상)』, 앞의 책, 3쪽.
20) 위의 책, 17쪽.
21) 위의 책, 18쪽.
22) 김병택, 『한국현대 시인론』, 국학자료원, 1995, 119쪽.

있다. 즉 실천할 만한 내용이나 형식의 방법적 모형이 없을 때 행해지는 창조적 노력의 결과에 붙여지는 표현"23)이라는 것이다.

작가적 고민과 방황, 즉 작품 활동 과정에서 시대 사회와의 관계 설정에 온갖 갈등과 고통이 뒤따라야 한다는 것이다. "문학을 통해 사회의 모순을 비판함으로써 사회의 질서나 체계를 바로잡으려는 시도"24)도 실험성과 그에 따른 고통의 하나라 할 것이다. 그 과정을 볼프강 보이턴의 이야기를 원용하여 다음과 같이 설명하고 있다.

> 문학의 발전과정을 문학사적으로 파악하는 출발점은 예술 특유의 미학적 성과와 사회적 역할을 발전하는 역사과정 속에서 밝히기 위해 예술사의 토대를 사회사적으로 설정하는 일이다. 이 경우, 사회사적 토대 설정이라는 말은 예술을 정치적 · 사회적 · 이데올로기적 '소여들' 속에 사회학적으로 매몰시키는 것이 아니라 문학적 과정들을 역사적 요인들로부터 도출해낸다는 뜻이다.25)

"문학적 발전과 사회적 변천이 상호작용적으로 관계맺음으로써 사회사적 현실과 원칙적으로 구분되는 문학의 미학적 질이 기술"26)될 수 있다는 것이다. 작가적 고민은 예술의 활동 무대인 사회의 변화를 쫓아가지 못하면 도태되고 만다는 이야기이기도 하다.

김병택은 문학사 서술을 실천에 옮기면서 문학과 사회와의 관계를 제대로 설정하고 작가들의 고민과 고통을 확인시켜 주고 있다. '민족문학으로서의' 문학적 인식도 작가의 이러한 사회와의 관계 속에서의 고민과 고통인 '작가적 양심'의 문제로 귀결될 수 있을 것 같다.

김병택은 문학사 서술을 실천에 옮기면서 작가적 고통을 함께 한 학자이기도 하다.

---

23) 『바벨탑의 언어』, 앞의 책, 258쪽.
24) 『제주예술의 사회사(상)』, 앞의 책, 13쪽.
25) 위의 책, 22~23쪽.
26) 위의 책, 23쪽.

김병택 시론에 대하여

김 지 연 / 시인, 제주대학교 강사

I. 시론의 두 가지 방법적 태도

밤하늘에 떠 있는 별들의 아름다움을 제대로 감상하려면 천문학과 미학에 대한 어느 정도의 지식이 필요하듯이, 한 편의 시를 제대로 감상하려면 시론에 대한 어느 정도의 지식이 필요하다. 그런데 시를 학문적인 연구의 대상으로 삼는 경우에는 시론의 실체를 적극적으로 구명하는 것이 불가결한 일이다.

－김병택,『한국 현대시론의 탐색과 비평』에서

김병택은『한국 현대시론의 탐색과 비평』의 서문에서 위와 같이 시론 연구의 당위성을 피력하고 있다. 여기서 그가 인식하는 시론의 당위성은 시론 자체가 아니라 시에서부터 비롯된다는 사실을 짐작하게 된다. 그는 이러한 인식을 기반으로 하여, 시론 자체만을 연구하거나 개인의 시론을 연구하는 시론들의 경우 시론과 시를 지나치게 변별함으로써 시론이 자칫 시와는 관련 없이 공허한 이론으로 빠져버릴 지도 모른다는 우려를[1] 표명한다. 나아가 그는 시론을 연구하는 데 기본적인 두 가지 방법적 태도를 제시한다. 하나는 시론을 가능한 한 세부적, 종합적으로 파악하려는 태도이고 다른 하나는 그것을 체계화하려는 태도이다.[2] 이 두 가지 태도야말로 그가 시론을 전개하는 데 있어서 중요하게 견지해온 자세라고 이해할 수 있다.

김병택은 「韓國初期近代詩論硏究」(동국대 박사 논문, 1986)를 비롯하여, 『바벨탑의 언어』(문예출판사, 1986), 『韓國近代詩論硏究』(민지사, 1988), 『한국현대시인론』(국학자료원, 1995), 『한국 현대시론의 탐색과 비평』(제주대출판부, 1999), 『한국문학과 풍토』(새미, 2002), 『한국 현대시인의 현실인식』(새미, 2003), 『현대시의 예술 수용』(새미, 2009) 등 논문과 여러 저서들을 통하여 끊임없이 시론을 전개하였다. 그의 시론은 전술한 연구물 외 여러 저술들에도 상당 부분 산재해 있다. 이러한 시론의 성과는 그의 학문 전반을 비춰보더라도 비중 있게 다뤄질 만큼 핵심적인 한 축을 담당하는 것이라고 볼 수 있다. 그런데 김병택 시론을 체계적으로 탐색하는 일은 결코 단순하지 않다. 그것은 그의 시관은 물론 그 기저가 된 폭넓은 세계인식까지 점검한 뒤라야 비로소 실마리를 찾을 수 있는 일이기 때문이다. 따라서 이글은 김병택 시론의 방대한 연구 전반에 대한 논의 대신, 일부 연구물을 소개하고 소박하게 정리하는 데 지나지 않음을 미리 밝혀둔다.

II. 시관과 시론 전개

김병택의 시론은 크게 세 가지 특성을 지니고 있다. 첫째, 그의 시론은

---

1) 김병택, 『한국 현대시론의 탐색과 비평』, 제주대출판부, 1999, 1~2쪽.
2) 위의 책, 1쪽.

확고한 시관을 바탕으로 하여 전개되고 있다. 이것은 모방론·효용론·표현론·존재론과 같은 전통적 문학관을 깊이 있게 탐색하는 데서부터 시작된다. 둘째, 그의 시론은 서구 시론의 소개나 적용에 머물기보다는 그것의 한국적 수용에 대해 지속적인 연구를 이어간다. 셋째, 그의 시론은 기존 논의들에서 상대적으로 소홀히 다뤄지거나 미처 주목받지 못했던 문제들에 관심을 기울이고 있다. 이러한 노력은 '시의 예술 수용'이나 '지역문학론' 등을 통해서도 선명하게 드러난다.

그런데 전술한 김병택 시론의 특성들은 근본적으로 그의 시관에서 비롯된다는 점을 부인하기 어렵다. 이런 맥락에서 볼 때 김병택 시론 전반에 드러나는 시관은 그 시론의 특성 중 하나에 그치는 것이 아니라, 그의 시론 전반을 아우르는 근본 성격이라고 판단해도 무방할 것이다. 그는 「시에 대한 몇 가지 물음」이라는 글에서 다음과 같이 밝히고 있다.

> 시에 대한 물음 중의 첫째는 '시는 무엇을 할 수 있는가'이다. 시가 할 수 있는 것을 찾으려 할 때의 가장 좋은 방법은 시의 기능과 관련시켜 생각해 보는 일일 것이다. 그 기능은 다름 아닌 자율적 기능과 타율적 기능이며, 이 두 가지 기능에 대해 생각해 보는 일은 시가 할 수 있는 것에 대해 생각해 보는 일과 거의 같다고 할 수 있다. …중략… 시가 불가능한 것을 가능하게 할 때 근본적인 힘으로 작용하는 것은 무엇인가. 그것은 한 마디로 해서 상상력이다. 상상력이 작용하여 불가능한 것을 가능하게 하는 것은 시를 시 이외의 다른 것과 관련시키지 않을 때 생각해볼 수 있는 시의 기능, 즉 자율적 기능이다. …중략… 시는 인간과 사물의 관계를 보여준다. 그런데 인간과 사물의 관계라고 할 때의 '사물'의 의미는 다양하다. 그 사물은 현실·시대·자연·삶 등을 포괄한다. 말하자면 시는 인간과 그러한 구체적 사물들의 관계를 보여주는 것이다.
>
> —김병택, 「시에 대한 몇 가지 물음」[3]에서

---

3) 김병택, 『한국문학과 풍토』, 새미, 2002, 149~157쪽.

김병택은 시를 가리켜 '불가능한 것을 가능하게 하는 것'이라고 전제한 뒤, 인간과 사물의 '관계'의 측면에서 시를 이해하고자 한다. 그는 전자의 것을 자율적 기능이라 말하고 후자의 것을 타율적 기능이라고 말하고 있다. 한 가지 주의 깊게 살펴볼 것은 '인간과 사물의 관계'에 있어서 그가 언급하는 '사물'의 정의이다. 그는 '현실,' '시대,' '자연,' '삶'을 통틀어 '사물'이라고 부르고 있다. 이렇게 '사물'로 명명된 네 가지 대상은 그가 늘 견지해온 탐색의 대상으로서 시론의 주요 소재가 된다.

그는 1920년대 시론에 나타난 모방론적 관점의 논의를 통해 모방의 대상은 크게 다섯 가지로 나눌 수 있으며, "그것은 시대, 인생의 진리나 심오한 면, 민족적 정서와 사상, 민중의 생활, 자연 등이다"[4]라고 재확인한다. 물론 이러한 시관은 단지 모방론적 관점에 국한되는 것이 아니다. 모방의 다섯 가지 대상은 그 스스로 언급하고 있듯이 표현론적 관점이나 효용론적 관점과도 관련 있다. 결국 이것은 앞에서 언급한 '시는 무엇을 할 수 있는가'라는 문제를 해명하는 데 적절히 소급되는 것이다.

그는 시란 시를 둘러 싼 '사물'을 반영하는 창조적 결과물이라고 인식하고 있다. 따라서 그의 시론은 시 자체 미학적 측면의 연구에 그치지 않고, 시를 둘러싼 관계들 속에서 시의 의미를 논의하고 그 의의를 탐색하는 데 초점이 맞춰진다. 그의 이러한 생각은 「1930年代 韓國모더니즘詩에 나타난 時代認識」에서도 잘 드러나 있다. 그의 견해에 따르면 "포괄적인 안목으로 문학을 파악한다는 것은 문학을 어떠한 고정관념의 카테고리에 종속시키지 않는 것을 의미한다. 이렇게 되면 문학작품 창작의 주체인 시인이나 작가는 그들이 살고 있는 시대 · 사회를 포기하지 않는 한 시대 · 사회 속의 존재로 규정될 수밖에 없고 따라서 문학에 대한 연구의 영역은 시대 · 사회와 관련된 문제들에까지 확대되지 않을 수 없는 것"[5]이

---

4) 『한국 현대시론의 탐색과 비평』, 앞의 책, 17쪽.
5) 김병택, 『韓國近代詩論硏究』, 민지사, 1988, 153~154쪽.

다. 그는 이 연구에서 金起林, 鄭芝溶의 작품 등 1930년대 문학에 나타난 시대인식을 규명하고, 이를 통해 이른바 순수문학에 대한 새로운 해석을 도출해낸다. 1930년대의 문학이 시인과 작가들의 시대인식을 기반으로 하여 전개되었다는 견해를 밝힌 것이다.

그런데 여기에 덧붙여서 그는 "순수한 내면세계의 정신적 움직임들에 대해서보다 역사, 현실과 같은 우리의 삶에 큰 영향을 끼치는 요소들에 주목하는 시들에서 경계해야 할 것 중 가장 대표적인 것은 '詩의 非詩化' 이다"[6]라고 지적한다. 외부의 시적 대상들에 치중한 나머지 그 외의 요소들은 도외시되거나 홀대되어도 무방한 것이 아니라는 점을 분명히 명시한 셈이다.

Ⅲ. 문학 이론의 주체적 수용

김병택은 서구이론을 단순히 소개하는 데 그치는 것을 지양한다. 그 대신 한국적 수용의 측면에서 그것을 설명하거나 해석하고 있다. 여기에는 이론 수용에 있어서 무엇보다 주체적 태도가 중요하다는 그의 믿음이 바탕에 깔려 있다. 새로운 이론을 날것 그대로 우리 문단에 옮겨오는 것은 바람직하지 않으며 그것을 온전히 우리 것으로 받아들이는 자세가 필요하다는 생각이다.

이런 맥락에서 그는 「한국 현대시론의 서구 수용」을 통해 한국 현대시론의 패러다임을 제시한 다음, 서구 시론의 수용 양상을 모방시론·효용시론·표현시론·객관시론 등의 범주에 따라 고찰하고 있다. 그는 이 연구의 계기에 대해, 기존의 한국 현대시론 연구물들이 대체로 각 시대의 문예사조론을 대상으로 하는 사조론적 방법을 취하고 있거나 아니면 시와 현실의 관련성 여부에 대한 논의를 대상으로 하는 내용론적 방법을 취

---

6)『한국문학과 풍토』, 앞의 책, 113쪽.

하고 있다고 전제한 뒤, 이러한 방법들은 한국의 현대시론을 어느 하나의 측면에서 세부적으로 밝혀주는 장점을 지니고 있기는 하지만 한국의 현대 시론을 체계화하는 데에는 한계가 있음을 지적한다. 따라서 그는 연구를 통하여 한국의 현대시론이 서구 시론을 어떠한 방향에서 수용했는지를 살펴보는 데 목적을 둔다고 서두에 적고 있다.[7] 그가 제시한 패러다임은 에이브람즈의 삼각모형에 의존한 것이다. 그러나 그는 그것을 한국의 현대시론에 적용함으로써 두 가지 의의를 발견하게 된다. 첫째, 우주라는 개념으로 대표되는 서구 모방론에 있어서의 모방의 대상과 한국의 현대시론에서 논의되는 모방의 대상은 서로 유사한 면모를 지니고 있다는 점이다. 이 모방의 대상은 전술한 바와 같이 시대 · 인생 · 민족적 정서 · 민중의 생활 · 자연 등이다. 둘째, 에이브람즈가 말하는 객관론은 한국의 현대시론에 일률적으로 적용하기 곤란하다는 점이다. 특히 1920년대 시론의 경우, 객관론의 입장에서 시를 논하려는 의도를 보여주는 글은 거의 없고, 형식이나 운율 등의 기교론적인 글들이 대부분이기 때문이다.[8] 이어 그는 1920년대 모방시론의 서구 수용은 체계성을 지니지 못했지만, 1960년대의 모방시론이라 할 수 있는 김수영 시론의 서구 수용에는 현실을 중시하는 경향이 드러난다는 점을 밝혀낸다. 또한 1920년대 김형원의 효용시론이 휘트먼의 민주주의 시론을 수용하였으며, 여기에 등장하는 '民主,' '民衆'의 개념을 기초로 한 『民主文藝小論』은 민중적 효용시론의 한 양상을 보여준다고 설명한다. 그는 1920년대 김억과 황석우 표현시론의 수용상 오류를 지적하고, 1930년대 박용철의 표현시론에 나타난 하우스먼의 수용은 변용 또는 생산적 수용에 가깝다고 본다. 특히 그는 1930년대 객관시론인 김기림의 과학적 시학은 자신의 문학적 신념과 I. A. 리차즈의 문학이론을 결합해서 당시의 비평 풍토를 개선하고자 하는 의욕

---

7) 『한국 현대시론의 탐색과 비평』, 앞의 책, 203~204쪽.
8) 위의 책, 204~206쪽.

이 실천된 결과라는 의견을 내놓는다.9)

　김병택이 견지한 시론 연구의 태도는 「한국 현대시론의 세 측면」에서
도 그대로 드러난다.10) 그는 「한국 현대시론의 세 측면」에서 한국 현대시
론을 정의론 · 기교론 · 가치론 등 세 측면으로 나누고 그것을 통시적으
로 논의하고 있다. 시의 정의론에는 정신 중시의 경향이 많이 담겨져 있
는데, 정신 중시의 경향이란 시의 다른 요소들보다 정신적인 속성을 중시
하는 경향을 의미한다는 것이다. 정의론에서는 그 정신적인 속성들이 찰
나의 생명 · 정서 · 개성 · 상상 등의 하위개념들과 노래 · 체험 · 엑스타
시 · 창조 등의 관련개념들로 구체화되고 있다고 본다. 기교론의 경우, 서
구시론으로부터 영향을 받고 이루어진 것임을 부인하지 않지만, 정지용 ·
김춘수의 기교론에 대해서는 그 독자성에 대해 주목한다. 그는 가치론에
대해 시의 두 가지 측면 즉, 심미적 측면과 기교적 측면에 대한 논의를 중
심으로 이루어지는 가치론, 시대적 측면과 현실적 측면에 대한 논의를 중
심으로 이루어지는 가치론이 있다고 설명한다. 그의 견해에 따르면 전자
에는 시의 독립적 가치, 음영의 가치, 내용과 형식, 카타르시스, 시의 방법
등에 대한 논의가, 후자에는 민족적 정서와 사상, 대중화, 시대, 생활의 현
실과 시의 관련성에 대한 논의가 각각 포함된다고 한다.

　이와 같이 김병택은 자칫 서구 이론의 소개나 단편적인 적용에 만족하
는 일부 기존 시론들의 한계에서 벗어나, 한국 현대시론의 주체적 수용의
측면에 대해 지속적으로 관심을 갖고 심층적인 연구를 진행해나간다. 이
러한 그의 노력은 한국문단에서 서구 이론을 종속적으로 수용하는 데 머
무른 채 아무런 문제의식조차 발견하지 못했던 풍토를 돌아보게 함으로
써 그 인식 전환의 기회로 삼을 수 있도록 기여했다고 볼 수 있다.

---

9) 위의 책, 221~222쪽.
10) 이하, 위의 책, 179~201쪽 참고.

Ⅳ. 시론의 새로운 모색

김병택 시론은 기존 논의에 안주하지 않고 늘 새로운 모색을 지향하고 있다. 더구나 그 기존 논의에는 자신의 선행연구까지 포함된다는 점에서 진취적인 태도를 엿볼 수 있게 한다. 그 한 예가 지역문학론이다. 그는 「邊方의 자연과 삶」서두에서 문학을 논의하는 방법론들 중 작가·작품·독자의 세 측면은 이론적으로 강조되고 존중되었으나 그 이외의 측면에 대한 조명은 간과되었다는 사실을 적시하고 있다. '작가가 태어나서 성장한 지역의 환경'은 '그 이외의 측면'들 중의 대표적인 예라는 것이다. 이것은 일면 그의 시론에서 강조되는 '시대'나 '현실,' '삶'의 측면과도 상통하는 것이라고도 말할 수 있다. 그러나 그는 보다 구체적인 논의의 범주로써 '특수한 환경적 측면'11)을 뜻하는 지역문학론을 상정하고 있다. 이에 대해 그는 다음과 같은 견해를 피력한다.

> 작가가 태어나서 성장한 지역의 환경을 놓고 이야기할 때, 특히 그 지역이 다른 곳이 아닌 제주라면 지역의 환경에 대한 조명의 필요성은 훨씬 더 많아질 것으로 생각된다. 왜냐하면 제주는 다른 어느 지역보다도 특수한 환경적 측면을 많이 지니고 있기 때문이다. 이 '특수한 환경적 측면'이 제주시인들의 작품에 주요한 소재로 등장하고 있거나 아니면 주제의 방향에 커다란 영향을 끼치고 있다는 사실은 이 글을 쓰는 가장 중요한 근거가 된다.
>
> ─「邊方의 自然과 삶」12)에서

김병택 시론의 새로운 모색은 지역문학론에 그치는 것이 아니다. 그는 또다른 새로운 시도로써 '현대시의 예술수용론'을 우리에게 선보이고 있다. 세부적으로 다루고 있는 내용은 '시의 그림 수용,' '시의 무용 수용,'

---

11) 김병택, 『한국현대시인론』, 국학자료원, 1995, 280쪽.
12) 위의 책, 280~281쪽.

'시의 영화 기법 수용,' '시의 음악 수용,' '시의 건축공간 수용' 등이다.

그는 '시의 그림 수용'에서 수용(Rezeption)의 의미에 대하여 특정한 그림의 수용 과정을 자기의 고유한 수단으로 다시 변화시키는 '생산적 수용'의 의미로 사용하고 있음을 밝힌 뒤, '기억의 매개를 통한 수용'과 '유사성의 매개를 통한 수용'이라는 두 범주를 통하여 논의를 전개해나간다. '시의 무용 수용'에서는 시와 무용의 관계에 대한 논의를 두 가지 방향으로 전개하고 있다. 하나는 무용의 시 수용이고, 다른 하나는 시의 무용 수용이다. 이것은 무용에서의 동작과 장면이 시에 어떻게 수용되는가를 살피는 데 초점이 놓인다. '시의 영화 기법 수용'은 시와 영화 두 장르의 기법에서 드러나는 유사성을 근거로 하여 시의 영화 기법 수용을 논의하고 있다. 세부적으로는 시가 영화의 편집 기법과 구성 기법을 어떻게 수용하고 있는지를 밝히는 데 목적을 둔다. '시의 음악 수용'은 비교문학적 관점에서 전개된 시의 음악 수용 양상에 대한 논의이다. 그는 이 글의 전제로서 문학과 음악의 관련성을 언급한 뒤 '시의 모티프로서의 음악 수용'과 '시의 배경 소재로서의 음악 수용'을 탐색하고 있다. 한편, '시의 건축공간 수용'은 현대시와 건축공간에 대한 비교문학적 관점의 논의이다. 그는 예술 지향적 존재이면서 효용적 · 물리적 존재인 건축공간은 의미적 공간의 성격을 강하게 지닌다고 보았다. 따라서 한 편의 시가 건축공간을 수용한 것은 곧 건축공간의 현실과 역사를 수용한 것과 다름없다는 전제하에, 한국 현대시가 그것을 어떻게 수용하고 있는가를 살펴보고 있다.

일련의 예술 수용에 관한 논의 중에서도 특히 '시의 영화 기법 수용'과 '시의 건축공간 수용'의 경우는 유사한 관점의 선행 연구가 거의 없어서 큰 관심을 불러일으킨다. 폐쇄적인 틀 속에서 한 가지 예술 장르만을 고집하지 않는 그의 연구는 진취적일뿐만 아니라 역동적이다. 예술 전반을 넘나들며 아우르는 이 역동성은 멈출 줄 모른 채 현재진행형으로 계속 이어지고 있다. 그런데 이러한 연구는 개인의 의지와 노력 또는 진취성이나 역동성만으로 섣불리 시도할 수 있는 성질의 것이 아니다. 연구자로 하여금 보다 근원적으로 예술에 대한 폭넓은 관심과 깊이 있는 이해를 요구하는 것이다. 이런 점에서 그의 새로운 시도는 예술의 혜안을 잘 담아낸 독보적인 결과물이라 상찬해도 부족함이 없으리라 본다.

그를 가리켜 누군가는 인격에 대해 이야기하고, 누군가는 그 따뜻한 품성에 대해 이야기한다. 그의 삶은 우리에게 제시된 하나의 증거였다. 그는 언제나 한결같은 모습으로 관념 속 은사의 상을 현실에서 직접 보여주었다. 이제 그의 성취는 깊고 푸르게 펼쳐져 있다. 미칠 일 하나로 온몸 던져 바다를 잇는 강줄기처럼…….

> 저것 봐, 저것 봐
> 네보담도 내보담도
> 그 기쁜 첫사랑 산골 물소리가 사라지고
> 그 다음 사랑 끝에 생긴 울음까지 녹아나고,
> 이제는 미칠 일 하나로 바다에 다와 가는,
> 소리죽은 가을江을 처음 보겠네.
>
> ―박재삼, 「울음이 타는 가을江」에서

제주의 문화예술 : 제주의 활력을 지닌 참다운 세계성

—김병택의 『제주 예술의 사회사』를 통해 본 지역 예술사 기술

고 명 철 / 문학평론가, 광운대학교 교수

Ⅰ. 지역의 활력에 기반한 제주의 문화예술사

제주의 문화예술사를 포괄적으로 조망할 수 있는 저술이 간행되었다. 제주대학교 탐라문화연구소가 두 권으로 간행한 김병택의 『제주 예술의 사회사(상)』(2010), 『제주 예술의 사회사(하)』(2011)가 그것이다. 상권에서는 일제강점기부터 1960년대까지를 대상으로 하고 있고, 하권에서는 1970년대부터 1990년대까지 대상으로 하고 있는 만큼 제주의 문화예술에 대한 통시적 접근을 보인다.

그동안 제주의 문화예술은 각 장르별 역사를 갖고 있었다. 문제는 개별 장르의 활동에 대한 기술에 국한된 채 서로 다른 장르의 활동들을 통합적으로 이해하지 못함으로써 제주의 문화예술이 지닌 예술사적 위상을 제대로 평가하고 있지 못하다. 여기에는 여러 이유가 있다. 무엇보다 다양한 예술 장르에 대한 통합적 이해를 하는 것이 좀처럼 쉬운 일이 아니기 때문이다. 개별 장르가 지닌 독특한 미의식에 대한 이해뿐만 아니라 장르들 사이의 예술사적 연관성을 세밀히 탐구하고, 그러한 것들이 지역의 현실과 삶에 어떠한 관련을 맺고 있는지 등에 대한 거시적 탐구를 동시에 병행하는 일이 말처럼 쉬운 일이 아니다. 어디 이뿐인가. 지역의 예술사가 특정 지역에 갇히지 않도록 그 지역 밖의 예술과 상호침투적 관계 속에서 해당 지역의 문화예술사를 이해하는 것도 그리 쉬운 일이 아니다.

이러한 어려움에도 불구하고 김병택의 두 권의 『제주 예술의 사회사』는 지금, 이곳의 제주의 문화예술이 직면해 있는 문제를 성찰하고 새로운 예술적 어젠더를 설정하기 위해 제주 문화예술에 대한 통시적 이해를 위한 시계視界를 확보하고 있다는 점에서 그 중요성을 아무리 강조해도 지나치지 않다. 무엇보다 김병택의 이 작업을 통해 제주의 근대예술사가 지닌 특질이 드러나는바, 이것은 제주가 지닌 근대, 즉 서울중심주의에 의해 제도화되고 있는 근대가 아니라 지역의 활력에 기반한 '또 다른 근대 (the other modernity)'를 탐구함으로써 서울중심주의에 의해 왜곡된 근대를 과감히 해체하고 극복하는 것과 무관하지 않다. 말하자면 김병택의 이 저술은 제주의 문화예술사에 대한 기록이되, 서울중심주의로 포착되는 근대를 넘어선 제주의 '또 다른 근대'를 모색하는 제주의 문화예술운동적 성격을 동시에 갖는다는 점에서 각별한 의미를 갖는다.

Ⅱ. 제주의 문화예술, 제주와 세계의 상호침투성

김병택의 『제주 예술의 사회사』에서 우선 주목되는 것은 저자가 제주 예술사를 어떠한 관점으로 정리하고 있는가 하는 점이다. 저자는 "제주예술은 약 10년을 주기로 변모해 왔다."(상권, 23쪽)고 하면서 '일제강점기-한국전쟁 시기-4·19 이후 1960년대-1970년대-1980년대의 민주화 운동 시기-1990년대'까지를 대상으로, 즉 "근현대 제주에서 벌어진 사회적·역사적·정치적 사건을 사회사 기점과 시기 구분의 기준으로 삼"(상권, 22쪽)고 있다. 더불어 문학, 미술, 서예, 연극, 사진, 음악, 건축 등 각 부문별 예술을 대상으로 하고 있다. 말하자면 해당 시기의 정치사회적 성격을 충분히 고려하면서 부문별 예술의 활동과 주요 성과가 정리되고 있다.

저자는 그동안 각 부문별로 축적된 장르별 예술사를 바탕으로 주요한 특질과 흐름을 꼼꼼히 기술한다. 문학평론가이자 문학연구자로서 문학에 대해서는 저자의 뚜렷한 비평적 시각을 드러내지만, 다른 장르의 사적 흐름을 주도면밀히 파악하는 일이 쉽지 않듯 저자는 문학을 제외한 다른 장르의 예술사에 대해서는 최대한 저자의 비평적 판단을 유보한 채 해당 장르의 기존 평가를 겸허히 수용하고 있다. 상권에서 각별히 눈에 띄는 것은 일제 강점기의 문학사를 기술하면서 이광수와 논쟁을 벌인 김명식에 관한 서술이다. 필자의 과문인지 모르나 지금까지 학계에 제출된 한국근대문학사 관련 저술에서 이광수와 김명식 사이에 벌어진 이른바 지도자 논쟁에 대해서는 이렇다할 기록이 없다. 부끄러운 일이지만, 비평사 중 논쟁사를 전공한 필자는 숱한 비평의 논쟁들 중 이광수와 김명식의 논쟁을 접해본 적이 없다. 그래서 저자의 이 논쟁에 대한 소개는 필자에게 신선한 충격이었다. 필자에게 김명식은 제주 출신의 사회주의 항일운동가로서 알고 있을 뿐이지, 이광수와 비평적 논쟁을 벌인 논객으로서는 전혀 알지 못했던 것이다. 김명식이 1930년대 초반 이광수와 벌인 지도자 논쟁은 김병택이 적확히 지적하고 있듯, "일제강점기 지식인들이 지녔던 시대 인식의 실상과 뿌리를 명료하게 파악할 수 있"(상권, 43쪽)는 비평사에서 간과할 수 없는 논쟁이다. 특히 김명식의 「전쟁과 문학」(『삼천리문학』, 1938. 4)은 각별히 주목해야 할 비평이다. 그 글의 발표 시기가 단적으로 말해주듯, 일제는 1937년 중일전쟁을 계기로 전시총동원체제로 접어들면서 파쇼적 군국주의를 노골화하기 시작한다. 이 엄혹한 시기에 김명식은 "진정한 의미에서의 전쟁문학은 전쟁의 어느 일면적 사실에 그치지 않고 그 전면적 사상을 구체적으로 표현한 것"(상권, 63쪽), 다시 말해 "전쟁

문제는 전쟁의 원인을 비롯해 의식·목적·방법 등의 전후 문제가 있을 뿐만 아니라, 전쟁 수행 중에 관련되는 것들 중에도 또한 여러 문제가 있으므로, 만가의식으로 전쟁문제를 취급하는 것은 절대로 금물이다"(상권, 64~65쪽)라는 뚜렷한 문제의식을 표방한다. 이것은 일제의 전시총동원 체제에 적극 협력하거나 순응하는 게 아니라 일제가 일으킨 전쟁에 대한 비판적 문제제기를 명확히 보여준 반전反戰 및 반反파시즘 비평이라 해도 손색이 없다.

바로 이와 같은 기록이야말로 지역 예술사의 존재 가치를 입증한다. 제주의 지식인 김명식은 사회주의 항일운동가로서만 의미를 갖는 게 아니라 이제 비평가로서 연구되어야 할 새로운 문학사적 위상을 확보한 셈이다.

이처럼 상권에는 문학 부문에서 김명식처럼 한국근대예술사에서 누락된 제주의 예술가와 그 활동에 대한 기술이 있다. 다른 지역보다 상대적으로 문화예술 환경이 열악한 제주에서는 음악, 사진, 연극, 건축 등과 같은 부문에서 왕성한 활동을 하지 못한 것은 사실이다. 하지만 저자가 공들여 기술하고 있듯, 이 부문에서도 제주의 문화예술은 강한 생명을 유지하고 있다. 특히, 상권에서 주목하고 있는 화가 변시지와 서예가 현중화를 통해 한 예술가가 대가에 이르는 삶의 전모를 보여준다. 서로 다른 예술 분야에서 최고의 경지에 이른 두 예술가의 삶 속에서 발견되는 공통점을 저자는 주목한다. 그들 모두 예술에 입문한 초창기에는 그들에게 큰 영향을 미친 다른 나라의 예술(가)로부터 자유롭지 못하였으나, 점차 한국적 예술을 추구하다가, 종국에는 그 어떠한 것으로부터 속박되지 않는 자신을 낳은 고향 제주의 풍정風情을 지반으로 한 미적 체험을 미술의 붓과 서예의 붓 끝에 담아낸다는 점이다. 물론, 제주의 많은 예술가들 중 변시지(미술)와 현중화(서예)만이 탁월한 예술적 성취를 거둔 것은 아니다. 하권에서 주목되고 있는 강요배(미술), 김석윤(건축), 김국배(민요) 등은 각자의 영역에서 독보적인 예술적 성취를 거두었다. 제주의 삶을 고스란히 반영하고 있는 전통 민요 「오돌또기」를 채록할 뿐만 아니라 더 나아가 그것의 "복잡한 리듬을 단순하게 바꾸어 아주 쉽게 부를 수 있는 제주민 요를 세상에 내 놓은"(하권, 156쪽) 김국배의 노력은 옛 것을 현대적 감각에 맞게 창조적으로 갱신한 말 그대로 '법고창신法鼓創新'의 모범이라 할 만하다. 그런가 하면 제주의 풍토성과 절묘히 조화를 이루는 김석윤의 건축은 제주의 "전통건축의 공간조직에서 시대적 가치를 가진 조직요소들을 전면에 부각시"(하권, 222쪽)키는 제주건축사의 좌표를 이룬다. 게다가 저자가 힘주어 강조하고 있는 강요배의 일련의 미술 작업을 통해 우리는 1980년대의 제주 예술의 민중지향성의 모습을 파악할 수 있다. 무엇보다 강요배의 「동백꽃 지다」에서 시도한 4·3서사 연작집 소재 그림들에 대한 이해를 통해 4·3과 미술의 대화적 상상력이 제주의 진보적 문화예술사에서 결코 소홀히 간주할 수 없다는 것이 부각된다.

이러한 김병택의 일련의 관심에서 눈여겨 보아야 할 것은 그들의 예술에는 제주와 세계의 상호침투적 관계 속에서 예술(가)의 존재 가치가 지닌 위의威儀를 드러내고 있다는 점이다. 제주의 토속적 풍속에 붙박히는 것도 아니고 세계의 선진성에 대한 어설픈 맹목에 사로잡히는 게 아니라 제주와 세계의 예술적 긴장을 통해 그들은 제주의 문화적 가치를 지반으로 한 참다운 세계성의 예술의 경지에 이른 것이다.

III. 제주의 문화예술사 기술에서 고려해야 할 점

김병택의 두 권의 『제주 예술의 사회사』가 제주의 문화 예술사를 정리할 뿐만 아니라 한국근대예술사의 미진한 부분을 보완한다는 점에서는 이견異見이 없을 것이다. 자신의 전공이 아닌 예술 부문의 영역을, 그것도 예술사적 측면을 고려한 통시적 기술은 필자와 같은 학문 후속세대에게 많은 공부거리를 주고 있다. 여기서 쉽게 간과할 수 없는 점이 있다. 이 같은 작업을 할 수 있게 된 데에는 저자가 문학을 연구하는 학자로서 그 역할을 국한시킨 게 아니라 문학비평가로서 비평에 대한 투철한 자기인식과 비평 특유의 어떤 경계에 구속되지 않고 경계를 자유롭게 넘나드는 비평을 수행하는 일과 무관하지 않다고 필자는 생각한다.

그런데 바로 그렇기 때문에 필자는 이 책을 통독하며 몇 가지 아쉬운 점을 생각해본다. 이것은 이후 필자를 포함한 저자의 후속세대들이 제주의 예술사를 통시적으로 접근하는 데 고려해야 할 점이다.

첫째, 문학비평가로서 문학비평 특유의 비평 감각을 통해 다른 장르의 예술사를 좀 더 새롭게 재구성하는 인식이 미흡하다. 저자는 책의 머리말에서 장르별 서술이 가능한 이유를 기존 저술을 기본 자료로 활용했다고 하는데, 물론 저자의 전공이 아닌 다른 부문의 예술사를 잘못 정리할 수 있는 위험을 충분히 이해한다. 하지만 이미 정리된 기존 예술사의 상당 부분을 있는 그대로 수용하는 것은 보기에 따라서는 장르별 예술에 대한 통합적 안목이 결여된 채 백과사전식으로 각 장르별 예술사를 나열한 듯한 인상이 짙다. 기왕 제주의 근대 예술사를 정치사회적 관점으로 기술하고자 한 의도를 분명히 했으므로, 문학비평가의 비평 감각을 최대한 끌어내어 다른 장르의 예술사를 새롭게 재구성했으면 하는 아쉬움이 남는다. 말하자면, 문학비평가가 인식하는 제주의 근대 예술사에 대한 새로운 해석이 두드러졌으면 한다. 여기에는 문학과 인접 예술 장르가 격렬히 부딪치는 과정이 반드시 수반되기 마련이다. 이 과정에서 문학비평은 특유의 비평적 활동을 적극적으로 수행해야 하며, 문학의 인접 장르들과 비판적 대화를 하는 데 인색해서는 곤란하다.

둘째, 저자는 이 저술의 서술 태도 중 중요한 하나로서 정치사회적 요인을 꼽고 있다. 그래서 '일제 강점기-한국전쟁-4 · 19와 5 · 16-민주화운동-IMF'와 같은 한국 근대사의 굵직한 역사적 사건에 대한 기술이 해당 시기의 예술사를 기술하는 앞머리에 반드시 서술돼 있다. 그러면서 저자는 그것과 관련한 제주의 지역사를 동시에 언급하고 있다. 이 같은 서술 태도는 매우 바람직하다. 한국 근대사와 제주의 지역사를 포개놓음으로써 제주의 예술사에 대한 이해를 정치사회적 측면과 연동시키고자 한 것이다. 그런데 문제는 바로 여기에 있다. 필자의 정밀한 책읽기가 이뤄지지 않아서인지 모르나, 저자의 이러한 집필 의도가 잘 읽히지 않는다. 아니, 문학을 제외한 분야에서는 이러한 의도가 제대로 관철되고 있지 못하다. 문학의 경우 해당 시기별 정치사회적 요소가 제주의 문학사에 어떠한 관련성을 맺고 있는지 저자의 예리한 문학비평 감각을 통해 충분히 해명되고 있으나, 다른 장르의 예술사를 정리하는 대목에서는 그러한 연관성이 잘 드러나 있지 않다. 대신 해당 시기의 제주의 장르별 활동에 대한 서술로 채워져 있다.

셋째, 제주의 근대 예술사가 한국의 근대 예술사에서 차지하는 위상에 대한 적극적 평가가 미흡하다. 물론 저자의 작업이 우선 그동안 방치 상태에 놓여 있던 제주의 근대 예술사에 대한 일차적 정리를 하는 데 비중을 둔 만큼 한국의 근대 예술사와의 비교는 또 다른 작업을 요구한다. 하지만 이 역시 문학에서는 제주의 문학사를 기술하는 과정에서 자연스레 한국근대문학사를 고려한 서술이 이뤄지고 있는 것을 볼 때, 문학을 제외한 인접 예술 장르에 대해서는 다소 불균등한 예술사 기술이 이뤄지고 있음을 알 수 있다. 저자의 이번 작업이 제주의 문학사만을 대상으로 한 게 아니라 제주의 근대 예술 전반을 대상으로 한 것이므로, 이와 같은 불균등한 예술사 기술은 보완될 필요가 있다.

넷째, 제주의 문학사에 대한 심층적 서술이 요구된다. 제주의 근대문학사에 대해서는 다른 장르보다 실증적이고 분석적인 서술이 돋보이는 것은 틀림없다. 하지만 여전히 아쉬움이 남는다. 가령, 1950년대의 제주 문학사에서 제주에서 펴낸 각종 매체를 단편적으로 나열하는 데 그치고 있는바, 각 매체에 대한 자세한 분석까지는 아니라도, 매체와 관련한 제도적 특징에 대해서는 언급이 필요하다. 무엇 때문에, 어떠한 주기로, 주요 편집인은 누구이며, 대체적 편집 방향은 어떠했고, 독자의 반응은 어떠했는지 등에 대한 서술이 필요하다. 이 같은 문제는 1960년대의 제주 문학사에서도 고스란히 적용된다. 1960년대에 간행한 『아열대』, 『人』과 같은 동인지와 기관지 『제주도』에 대한 제도적 특징이 서술돼 있지 않다. 필자가 이 부분에 대해 문제를 제기하는 것은 제주에서 발행한 매체에 관한 연구가 아직 본격화되고 있지 않은 터에 저자가 기왕 제주의 근대 예술사를 일차적으로 정리하고 있으므로, 학문 후속세대 연구자들을 위해 매체에 대한 주요한 제도적 특징을 미리 정리해줬으면 하는 바람이 간절하기 때문이다.

IV. 인류 예술의 새 지평을 전위적으로 모색할 제주의 문화예술

거듭 강조하건대, 김병택의 두 권의 『제주 예술의 사회사』는 제주의 문화예술사 전모를 일차적으로 정리하는 데 획기적 역할을 맡고 있다. 예술 분야에 있는 사람이라면 누구든지 이 원대한 작업이 얼마나 소중한지, 그리고 이 작업에 쏟은 저자의 열정과 노력에 감탄하지 않을 수 없다. 저자의 이 작업은 자신의 전문 분야가 아니기 때문에 더욱 소중하다. 어렵고 힘들더라도 누군가는 제주의 문화예술사에 대한 통시적 작업을 시도해야 한다. 비록 이번 저술이 제주의 문화예술사에 대한 첫 삽을 뜬 것인만큼 아쉬운 점이 없지 않으나, 누군가 첫 삽을 뜨는 게 어렵지, 첫 삽을 뜬 이상 이 원대한 작업을 지속적으로 하는 데 아낌없는 격려와 지지를 보내는 게 마땅하다.

우리는 저자의 이러한 작업을 보면서 종래 우리에게 낯익은 통시적 접근과 다른 시도를 하고 있는 데 주목할 필요가 있다. 하권을 예의주시해 보면, 구술 대담의 형식을 통해 기술하고 있는 점이 눈에 띈다. 작가 현기영의 소설 세계를 이루는 전모를 저자는 대담을 통해 접근한다. 그동안 현기영에 대한 작가론과 작품론이 축적된 만큼 기존 문헌 자료를 기반으로 현기영의 소설세계를 정리할 수 있음에도 불구하고 저자는 구술성의 효과를 극대화함으로써 "개인적인 것과 사회적인 것을 자기 속에 올바르게 통합"(하권, 140쪽)해온 현기영의 안팎을 세밀히 부조해낸다. 이러한 저자의 시도는 김국배의 삶에 대한 강문칠과의 구술, 극작가 장일홍과의 대담, 그리고 건축가 김석윤과의 대담 등에서 이뤄진다. 종래 예술사의 기술 방식이 예술사의 집필자의 목소리에 전적으로 기대고 있다면, 김병택의 시도는 제주 문화예술사와 직간접 관련한 당사자들의 목소리가 적극적으로 개입하게 함으로써 문화예술사의 기술 대상으로만 국한되는 것을 지양하고 있다. 이것이 바로 구술성을 적극 도입함으로써 얻어지는 예술사 기술의 또 다른 측면이다. 이것은 서울중심주의를 창조적으로 극복하는 지역의 문화예술사에 걸맞는 예술사 기술이란 점에서 그 의의를 힘주어 강조하고 싶다.

김병택의 이 작업은 현재 1990년대까지 이뤄졌다. 이 작업이 제주학을 구성하는 제주의 문화예술사에 대한 몫을 다할 뿐만 아니라 한국의 근대예술사에서 결락되었거나 미진한 부분을 채워넣고, 더 나아가 제주의 근대예술사가 추구하는 '또 다른 근대'를 발견할 수 있을 것으로 필자는 생각한다. 개별 부문의 성과들을 미시적으로 살펴보고 거시적으로 조망하는 비평적 시각을 갖는 한 제주의 문화예술사에 대한 작업은 한층 심화될 것이다. 김병택의 이 작업을 통해 제주의 근대예술사를 발본적으로 점검하고, 제주의 근대예술이 현재 직면하고 있는 문제를 창조적으로 돌파하는 예술적 지혜와 실천의 방향을 적극적으로 모색해야 할 것이다. 이 과정에서 서로 고립돼 있는 예술의 경계를 고착화시킬 게 아니라, 작게는 제주의 근대예술의 장에서, 넓게는 한국 근대예술의 장, 더 넓게는 지구적 예술의 장에서 생산적 대화를 통해 인류 예술의 새 지평을 전위적으로 추구할 수도 있으리라. 이를 위해 많은 노력이 뒤따라야 하는데, 무엇보다 "제주특별자치도와 제주예술 관련 기관의 책임자들은, 연구에 필요한 자료들을 영인본 또는 CD로 간행하거나 동영상으로 제작하는 등의 예술자료 보존사업을 추진하는 것도 마땅히 수행해야 할 중요한 책무 중의 하나임을 하루 빨리 인식하기 바란다"(하권, 484쪽)는 저자의 직언直言이 이명耳鳴으로 남는다.

평론 · 문학입문에 따른 하나의 안내자
─김병택의『바벨탑의 언어』서평

윤 석 산 / 시인, 제주대학교 명예교수

본 대학 국문학과 金炳澤 교수의『바벨탑의 言語』라는 평론집이 나왔다. '바벨탑'은 창세기 시절의 모든 사람들이 예지를 모아 쌓았다는 탑으로 서, 이탑이 붕괴될 때 하느님은 인간의 신성모독 행위를 막기 위하여 종 족마다 언어를 다르게 만들었다고 한다. 언어가 다르면 서로 의사를 교환 할 수 없고, 커뮤니케이션의 단절을 통하여 그런 탑을 쌓지 못하도록 하기 위해서였다. 따라서 '바벨의 言語'는 단절되기 이전의 언어라고 할 수 있다.

그런데, 이 평론집은 그 제목에 걸맞게 오늘날 비평문학에서의 단절된 커뮤니케이션의 복원을 시도하고 있다.

가령, 간결하면서도 정곡을 찌르는 문체만 해도 그렇다. 비평의 본래 목적이 작품의 구조와 자질(texture)을 분석하여 독자에게는 친절한 해설 자, 작가에게는 공정한 안내자가 되는 것임에도 불구하고, 바벨탑이 붕괴 된 이후의 언어처럼 자기만의 말로서 현학적으로 떠들어 대는 것이 오늘 날 비평문학의 양상이다. 그래서, 작품 해설이 오히려 작품보다 더 어려 워지고, 독자나 작가를 위한 것이 아니라, 비평가 자신의 것으로만 되어

버리고 말았다.

이와 같은 양상에서 그의 정확하면서도 친절한 안내는 비평문체의 새로운 전범이라고 할 수 있다.

더욱이, 김병택 교수의 『바벨탑의 言語』는 문체에서만 복원 작업을 시도하고 있는 것은 아니다. 작품 자체의 분석에 철저를 기하는 형식주의 방법을 기저로 하면서도 그 작품을 낳은 작가와 사회의 문제도 등한시 하지 않고 있다. 그것은 우리가 일반적으로 생각하는 작품이라는 것을 총체적으로 이해하게 만드는 구실을 한다.

그의 시각이 이토록 폭이 넓고 온당하다는 것은 이 책에 수록된 비평들의 대상을 살펴보아도 드러난다. 제1부 시인론에서는 한용운, 서정주, 김수영, 김윤성론을, 제2부 작가와 작품론에서는 최남선, 김동인, 이상, 이범선, 문충성, 현길언 등의 작품과 작가론을, 제3부 소설과 시에 대한 일반론에서는 낭만주의적 인생관, 작가의 시선 문제, 시간과 공간문제 등을 다루고 있다. 이와 같이 고전적인 작가에서부터 오늘의 신예 작가들까지 고루 바라볼 수 있음은 그의 비평적 안목이 그만큼 넓다는 것을 의미한다.

사실, 한 사람의 비평가가 이와 같은 다양한 대상을 다룰 수 있다는 것은 놀라운 일에 속한다. 필자도 간혹 비평류에 손을 대지만, 장르상으로는 시에 불과하며, 그 관점도 한두 가지에 국한되어 있다. 그것은 그만큼 폭넓은 관점을 지니기 어렵기 때문이다.

김병택 교수의 『바벨탑의 言語』는 문학 입문에 들어가는 학생들에게는 좋은 안내자로, 평론 공부를 하는 학생들에게는 하나의 전범이 될 줄 믿는다.

(『제대신문』 1986. 11. 29)

1920년대 한국시론의 전개를 분류 정리

−김병택의『한국근대시론 연구−1920년대를 중심으로』서평

박 인 기 / 단국대학교 명예교수

이 책은 3편의 논문, 1)「한국초기 근대시론 연구 : 1920년대를 중심으로」, 2)「상징주의시론의 수용과 전개」, 3)「1930년대 한국모더니즘시에 나타난 시대인식」으로 구성되어 있다. 논자가 '머리말'에서 밝힌 대로 2)와 3)은 1)에 대해 보완적 성격을 지니고 있어서 우리는 1)에 관심을 둔다.

「한국초기 근대시론 연구」는 한국근대시론의 기본적 방향을 정립했다고 관찰한 1920년대 시론의 양상을 포괄적으로 검토하고 그 특성을 논자가 설정한 기본틀에 맞춰 조명함으로써 1920년대 시론을 체계화하려는 의도에서 나온 글이다. 그 기본틀은 표현론, 모방론, 효용론, 기교론이란 시론의 유형론이다. 이 틀에 맞추어 논자는 1920년대 한국시론의 전개 양상을 분류 논의하고 있다.

이러한 논의의 토대는 M. H. 에이브람즈가 문학 논의 상의 다원주의를 주장한『거울과 램프』(1953)와 이를 바탕으로 劉若愚가 중국의 전통적인 문학이론을 분류 체계화한『중국의 문학이론』(1975)이다. 잘 알려진 바와 같이 에이브람즈는 문학작품의 총체적 상황 및 그 역사적 전개과정에

있어서 작품, 우주, 예술가, 청중이라는 4가지 구성요소를 축으로 하는 간단한 삼각도식을 설정하고 모방론, 효용론(실용론), 표현론, 객관론(존재론)이라는 문학이론의 유형론을 제안한 바 있다. 이들 유형은 그 구성요소들 중 하나나 둘에 보다 강조점을 두고 있는 것이다. 그 결과 고대 희랍 시대 이래의 모방론으로부터, 헬레니즘과 로마시대의 시학-수사학의 결합에서 비롯하여 18세기까지 계속된 효용론을 거쳐, 19세기에는 작가의 천재성을 강조하는 낭만주의적인 표현론에 이르렀고, 상징주의의 발흥과 더불어 작품 자체에 대해 기술하는 시대가 열렸다고 보고 있다. 그런데 이러한 유형은 도식적인 것이어서 문학이나 시론의 실제적인 전개에 불완전하게 대응되는 면이 있는 것도 사실이다. 말하자면 아리스토텔레스의 시론은 모방이론이자 객관론이라는 식이다. 따라서 이 유형론은 모방론-이데올로기론 / 형이상학론, 효용론-수사론, 표현론-傳記론, 객관론-기법론으로 확대될 수 있는 여지가 있다. 한편 유약우는 에이브람즈의 유형론을 일부 변형시켜서 우주와 독자를 중심으로 해서 양방향적으로 순환되는 원환 도식을 설정하고 중국의 전통적인 문학이론을 형이상학론, 표현론과 결정론, 기교론, 심리론, 효용론으로 분류해서 논의한 바 있다.

이같은 삼각 도식과 원환 도식을 바탕으로 하고, 논자는 현실을 출발축으로 해서 현실→작가→작품→독서→현실로 일방향적으로 순환되는 원환을 설정한 다음, 이를 중심으로 표현론, 모방론, 효용론, 기교론이란 유형으로 1920년대 한국시론을 분류 논의하고 있다. 그런데 1920년대 한국시론은 객관론보다는 기교론적인 논의가 훨씬 우세하다고 보아서, 또 객관론은 1930년대 주지적 시론으로 구체화된다고 보아서 객관론 대신 기교론을 설정한 것이다. 그러나 현실에서 시작해서 되돌아오는 일방향적으로만 순환되는 틀이라면 논의의 체제에 있어서 모방론에 대한 논의에서 시작하여 표현론 등으로 나아가는 것이 보다 적절할 것 같은데, 표현론에서 논의가 시작되고 있으며 그 이유도 확실치 않다. 또한 이 원환은 일방향적인 원환 도식이어서 자족적 통일체인 작품 자체에 대해 논의하는 객관론이 처음부터 제거될 수밖에 없는 것이다. 유약우는 양방향적으로 순환하는 원환을 설정함으로써 객관론 설정에 대한 문제를 벗어나고 있다. 또한 도식 설정에 있어 중립적 용어인 우주 대신에 이념적 용어인 현실 등으로 바꿔 놓음으로써 모방론 내지 효용론적 시각이 강화되어 드러날 수밖에 없었다고 보여진다.

이러한 점 등이 그의 입론에 있어 지적될 수도 있겠지만, 논자가 공들여 1920년대 한국시론의 전개를 분류 정리해서 앞으로의 서론 논의에 기여하려고 의도했던 결과는 다음과 같다. 개화기부터 1910년대 중기까지의 시 논의에는 시대정신을 중시하는 모방론적 관점이 우세하며, 1910년대 후기부터 1920년대 초기까지는 서구 경험에 따라 개인의 내면세계를 중시하는 표현론적 관점이 우세하고, 1920년대 중기에는 전통적인 것에 대한 자각과 더불어 집단의 현실에 주목하는 모방론적 관점이 다시 나타나는데 이는 민족의 내면세계를 중시하는 민족주의 문학론과 계급의 외면세계를 중시하는 계급주의 문학론으로 나뉘어 다시 전개된다는 것, 그러므로 1920년대 시론의 전개에 있어 민족과 계급을 중심으로 하는 모방론과 효용론이 주류를 이루고 있으며, 표현론과 기교론은 작은 흐름에 지나지 않는다는 것 등이다.

(『국어국문학』 제99호, 1988)

분류 · 체계화 방법 통해 복잡한 시세계 풀어
−김병택의『한국 현대 시인론』서평

김 승 립 / 시인

대학의 문학교수이자 중견평론가인 김병택이 두 번째 평론집을 펴냈다. 이름하여 '한국 현대 시인론.' 첫 평론집인『바벨탑의 언어』를 펴낸 지 8년 만의 일이다. 상당한 시간적 거리를 느끼겠지만 중간에 그가 학술연구서인『한국 근대시론 연구』를 저술한 것을 감안하면 김병택의 비평 활동은 꾸준한 편이라 할 수 있다.

김병택의 비평적 출발은 이상의 '날개'에 관한 논의에서였다. 그것은 '날개'의 이미저리를 꼼꼼히 분석한 것으로서 전형적 분석비평의 한 실례를 보여준 것이었다. 이처럼 소설론으로 출발한 김병택은 그러나 이후 소설보다는 현저히 시비평에 주력해 왔다. 첫 평론집에서도 여러 시인에 관한 논의가 있었지만 이번에는 아예 시인론에 관심의 대부분을 할애하고 있다.

『한국 현대 시인론』은 전체 3부 17편의 글로 엮어져 있다. 제1부는 '시인론'으로서 식민지 시대를 중심으로 한 한국 현대시의 총아 7명을 다루고 있는데, 이상화, 한용운, 황석우, 백석, 이용악, 윤동주, 박인환이 그 대상이다. 김병택은 스스로 책머리에서 '이전에 쓰여진 시인론에 비해 볼 때 시각이나 논의방법에 적지 않은 변화가 있음'을 시사했는데, 아닌 게 아니라 이번의 시인론은 이전의 그의 비평적 태도를 이으면서도 일정한 변화의 모습을 보여주고 있다. 그것은 우선 방법론적 차원에서 분석주의 비평에 역사주의 비평의 방법을 적절히 원용하고 있다는 점과, 시적 표현 요소보다는 시인의 식의 문제에 깊은 관심을 기울이고 있는 점에서 두드러진다. 동시에 1920년대로부터 1950년대에 이르기까지의 다양한 시인을 폭넓게 다루고 있는 데서 알 수 있듯이 문학사적 연계도 의식하고 있는 듯이 보인다.

제2부는 문학과 사회와의 관련성 아래 쓰여진 글들이다. 서로 다른 배경 아래 집필된 것이어서 통일성은 없지만 김병택의 관심의 폭과 문학적 태도의 일단을 엿볼 수 있다. 특히 이 부분은 강단 비평가로서의 김병택의 실증주의적 성실함이 돋보인다.

제3부는 '지역문학론'으로서 우리 지방의 문학과 시인들에 대한 나름대로의 '애정'을 바탕으로 쓰여진 글들이다. 이 책에서 유일한 현장비평의 성격을 띠고 있는 이 글들은 김병택이 강단비평에만 치우치지 않고 비평가로서의 적절한 균형감각을 유지하고 있음을 보여주는 것이다. 또한 비평적 논의가 적은 이 지역에서 지방문학에 대한 김병택의 애정과 지속적 관심이 도드라지게 보이는 곳이기도 하다.

김병택은 분류하고 체계를 세우는 데 능숙하다. 이 책에 실린 모든 글들이 일정한 체계성으로 한결같은 패턴을 갖고 있거니와, 특히 시인론에서 그의 그러한 진면목은 여실하다. 이상화의 시세계를 '낭만의식과 감상,' '저항의식과 현실대응,' '자연의식과 조국애'로 일목요연하게 분류하고 체계화시키는 것을 비롯하여 전체적 시세계를 살펴보는 여타의 시인론도 그렇지만, 만해시의 '꿈'의 성격을 논하는 국지적 차원에서도 그는 사랑 · 만남 · 근심의 꿈으로 만해시의 한 양상을 간명하게 정리하고 있다. 이러한 점은 실타래처럼 복잡한 시인의 세계를 확연히 안내해 준다는 점에서 일단 미덕이라 할 것이다.

김병택의 문학관은 심미적 가치에 중점을 두는 자율성에 기반을 두고 있으면서도, 문학의 사회적·공리적 기능을 인정함으로써 편협성을 벗어나고 있다. 그가 '문학과 사회론'을 별도의 항목으로 배열해 놓은 데서도 그러한 태도가 드러나지만, 한국 낭만주의의 배경과 성격을 시대적·사회적 측면과 연관시켜 논하거나, 프로문학에 대한 관심을 보이는 데서 잘 알 수 있다.

김병택의 비평적 관점은 온건한 편이다. 그는 가급적 비평대상을 있는 그대로 이해하고 수용한다. 흔히 실패한 모더니즘의 아류로 인식되어 왔던 박인환의 시세계를 우려하게 분석하여 한국 모더니즘 시와 박인환의 새로운 면모를 부각시키는 점도 그렇지만, 제주 시인들을 다루고 있는 '변방의 자연과 삶'에서 각각의 시인들의 개성과 특징을 긍정적으로 수용·평가하는 태도에서 비평대상에 대한 애정을 바탕으로 한 온건성이 나름대로의 미덕에 값함은 물론이다.

『한국 현대 시인론』은 김병택의 강단비평가로서의 성실함과 현장비평가로서의 성실함과 현장비평가로서의 지방 문학에 대한 애정을 두루 싸안고자 하는 노력의 결실이다. 상대적으로 비평적 담화가 활발하지 못한 이 지역에서 이러한 저서가 나옴으로써 새로운 활기를 불어넣어줄 수 있다는 점은 가히 고무적이라 할 것이다.

(『한라일보』1995. 3. 15)

문학사의 그늘 속에 있는 시인들의 재조명
―김병택의 『한국 현대 시인론』 서평

윤 석 산

　동일하거나 비슷한 분야를 전공하는 교수로부터 최근 논저를 받는 일
보다 흥미롭고 반가운 일은 드물다. 우선 그가 학문과 강의에서 어떤 요
소에 중점을 두는가를 짐작할 수 있어 흥미롭고, 자기 분야의 연구가 축
적되고 또한 도움을 받을 수 있지 않을까 하는 기대에서 반가울 수밖에
없다. 필자가 이번 우리대학 국문과의 김병택 교수로부터 국학자료원에
서 펴낸 『한국 현대 시인론』을 받았을 때도 마찬가지였다.

　그가 펴낸 『한국 현대 시인론』의 목차를 소개하면, 크게 '시인론'편, '문
학과 사회'편, '지역문학론'편으로 나눠져 있다. 이 가운데 가장 정력을 쏟
은 것은 제1부의 '시인론'편으로 보인다. 다루고 있는 시인은 이상화, 한용
운, 황석우, 백석, 이용악, 윤동주, 박인환 등으로서, 이상화 · 한용운 · 황
석우는 1920년대 낭만주의 시인들이고, 백석 · 이용악은 1930년대 시인
으로서 북한에서 태어나 활동했거나 월북한 시인들이고, 윤동주 · 박인환
은 주지하다시피 1940년대의 시인들이다.

　그런데 이들 시인은 크게 세 가지 특징으로 묶을 수 있다. 첫째는 대부

분이 낭만주의자나 신낭만주의들로 분류되는 시인들이며, 둘째는 첫째의 특징이 암시하듯 의미와 정서 중심의 시인들이고, 셋째는 한용운을 제외하고는 학계의 연구가 다소 부진한 시인들이라는 점이다. 따라서 이 책의 업적을 연구 대상면에서 말한다면, 문학사의 그늘 속에 가려진 시인들을 재조명했다는 점을 들 수 있다.

하지만 저자 입장에서 보면 이런 목적에서만 그들을 연구대상으로 삼은 게 아닌 듯 싶다. 그것은 그가 1986년에 펴낸 『바벨탑의 언어』(문학예술사, 324쪽), 그의 박사학위 논문인 『한국 초기 근대시론 연구』(1987, 동국대대학원, 1988년 민지사에서 출간), 이번에 펴낸 책 제2부 '문학과 사회론'편을 살펴보면 짐작할 수 있다. 다시 말해, 한용운에 대한 연구는 『바벨탑의 언어』에 수록된 「'님의 침묵'의 수사적 경향」의 연장이고, 1920년대 시인들에 대한 관심은 학위 논문과 이 책의 2부에 수록된 「한국 낭만주의 배경과 성격」 및 「1920년대 시론攷」의 연장이라고 할 수 있다. 그리고, 북에서 활동한 시인들에 대한 연구는 이 책 2부 「프로 문학론」의 연장선상에 있는 것으로 보인다. 따라서 그의 입장에서는 자기의 학문적 거점을 공고히 하고 심화하기 위한 것이라고 할 수 있다.

필자에게 특히 관심을 끌었던 것은 이 책의 제3부 '지역문학론'편이다. 그는 먼저 「지역문학의 존재 방식과 그 전망」이라는 글을 통해 지방 문학의 가능성과 방향을 제시한 다음, 우리 대학에서 정년 퇴임한 교수 양중해 시인을 비롯하여, 현재 영문과에 근무하고 있는 강통원 교수, 독문과의 문충성 교수의 작품 세계를 다루고 있다. 그리고 학교 밖으로는 한기팔, 김용해, 김용길, 나기철, 김승립, 허영선 시인들을 논하고 있다. 그의 이런 관심은 1986년도에 펴낸 『바벨탑의 언어』의 「현실과 역사를 보는 시각 : 문충성 · 현길언론」에서도 발견할 수 있으므로, 이 역시 저자의 일관된 관심의 표현으로 보인다.

필자가 이 3부에 특별한 관심을 보였던 것은 지방 자치제가 곧 실시되고, 그에 따라 지방문학의 육성이 필요한 시점에, 과연 지방 문학을 위하여 어떤 방안을 제시할 것인가라는 관심과 함께, 아직 학문적 분석 대상에 오른 적 없는 이들을 어떻게 다루었는가 하는 호기심 때문이었다. 아직 이 분야의 연구가 축적되지 않은 상태라서 애정 표시의 단계에 머무르고 있지만, 이런 논의가 축적될 때 지방문학이 발전하리라는 생각에서 가치 있는 글이라고 할 수 있다.

'시인론'은 '작품론'과 '문학사'의 중간 영역이라고 할 수 있다. 그러므로 이에 대한 연구기반이 미약하면 이들 역시 부진을 면하기 어렵다. 이번에 김병택 교수가 펴낸『한국 현대 시인론』은 우리나라 시인론이 특정 작가나 시인에게 집중되어 있으며, 형식주의 방법에 얽매여 공백이 생긴 부분을 보완하는 데 적지 않은 기여를 하고, 문학사나 작품론을 연구하는 사람들에게도 좋은 참고 자료가 되리라는 생각에서 다시 한 번 반가움을 표한다.

(『제민일보』1995. 3. 15)

'한국 근 · 현대시론사'의 기초를 다지는 연구
─김병택의 『한국 현대시론의 탐색과 비평』 서평

　한국 근대문학사의 서술은, 그동안 잡지사적 측면이거나 유파사적 측면, 또는 사조사적 측면으로 서술되었던 때가 있었다. 그 후 이를 극복하기 위한 방법으로 학문적 체계를 바탕으로 문학사가 서술되기도 했다. 그러나 이러한 문학사들 대부분이 작품론이거나 작품 경향의 흐름을 좇는 시평적 서술임을 부정할 수는 없다.

　아직까지 우리 문학사에 제대로 된 '한국 근 · 현대시사詩史' 한 권 가지고 있지 못하다고 하면 지나친 편견일까. 제대로 된 시사를 서술하기 위해서는 '한국 근 · 현대시론'의 전개 과정에 대한 폭넓은 이해 없이는 불가능하다.

　이번에 김병택이 내놓은 『한국 현대시론의 탐색과 비평』은 1920년대와 1930년대의 현대시론의 흐름을 제대로 파악할 수 있는 저술이다. 이점에서 시작된 수용사 내지는 영향사적 측면의 '상징주의 시론'과 '박용철 시론' 그리고 1920년대 시론과 서구 시론의 수용 등을 통해서 이룩한 1930년대 시론으로 김기림, 임화 등의 시론들을 볼 수 있다.

이러한 시론의 탐구, 특히 일제 강점기의 시론에 대한 탐구는 한국 근·현대시사 서술의 밑바탕이 될 수 있다. 한국 근·현대시사 서술의 전제로 삼아야 할 영향사적 측면은 한국 근대문학의 불연속적 측면만을 내세워 그동안 소홀히 다루었다는 점도 이 저서를 통해서 반성해야 할 것이다. 즉 이러한 영향사 또는 수용사적 측면의 논의를 거쳐 문학사를 연속적 안목으로 인식할 수 있는 관점 계발이 시급한 과제라 할 수 있다. 따라서 주체적 수용의 관점에서 본다면 결코 연속적 인식의 근간을 이루는 전통적 요소들을 문학적으로 극대화하기 위한 형식과 방법의 수용은 불가피한 것으로 인식할 수 있는 것임을 명심해야 한다.

이 저서에서 주목할 수 있는 것은, 첫째 '1920년대 시론'에서 시를 인식하는 여러 관점이 패러다임의 변화와 이동에 따라 각각 다르게 나타나고 있음을 밝혀 한국 근대시론의 형성 과정을 구명하고 있는 점, 둘째 한국 근대시에 지대한 영향을 주게 된 '상징주의 시론'에서 상징주의가 한국 근대시에 어떻게 수용 전개되었는지, 또 전개 과정의 한계와 오류는 어떤 것들이 있는지 등에 대하여 통사적 관점에서 살피고 있는 점, 셋째 '박용철 시론'에서 서구 시론을 어떻게 수용하고 있는가를 중심으로 박용철 시의 시적 변용과 형성 과정 등을 구명하고 있는 점, 넷째 1920년대 시론을 바탕으로 성장한 김기림과 임화의 1930년대 시론을 살피고 있는 점 등으로 일제 강점기 시론들을 체계화하고 있다. 이는 '한국 근대문학 비평사'나 '한국 근대시사' 서술의 기초를 다지는 작업이다.

이러한 논의들은 '한국 근대시론사'에서는 물론이거니와 '한국 근대시사'에서 간과해서는 안 될 필수불가결한 논의들이기 때문이다.

저자는 "지금까지 이루어진 대부분의 시론 연구는 단편적인 연구에서 벗어나지 못하고 있다는 혐의로부터 자유로울 수 없다"고 머리말에서 밝히고 있다. 즉 시인론이나 작품론에 치우쳐 있어서 '나무는 보되 숲은 보지 못한다.'는 이야기이다. 이는 "시론을 세부적, 종합적으로 파악하고 체계화"할 필요성을 강조하는 말이기도 하다.

한국 현대시론이 형성과정을 살펴보기 위해서는 한국의 1920년대 시론이 어떻게 형성되었는가에 대한 체계적인 탐색이 없이는 제대로 인식할 수 없다. 사실 한국 시단을 중심으로 한 논의는 작품론, 시론, 시사, 창작론 등이 각각 따로 흩어져 있다고 해도 과언이 아니다. 그리고 시론사이거나 시사를 서술함에 있어서 문학사 서술에 대한 일반적 인식이 제대로 성숙되고 있지 못했던 것도 사실이다.

이는 메마른 역사 연구의 결과라 아니 할 수 없다. 역사 연구가 단순히 과거에 대한 사건사에 머물고 마는 경우, 그것은 역사의 표층의 한 단면 가운데에서 극히 일부만을 바라보는 것이다. 그러나 역사의 심층을 살펴보면, 그 심층은 하나의 자장磁場을 이루고 여기에 힘이 모아지고 그것이 현재를 지탱하는 힘의 원천으로 작용하며, 이를 바탕으로 미래를 예상하게 하는 살아 있는 역사이다. 이러한 문학사의 심층을 염두에 둘 때, 김병택의 이 연구는 하나의 자장을 이루어 작품론과 시론, 시사, 창작론 등을 모여들게 만드는 역할을 충분히 감당할 수 있을 것으로 본다.

이러한 시론사에 대한 재조명은 새 천년이 시작되고 있는 시점에서 볼 때 매우 의미 있는 일이 아닐 수 없다. 김병택은 이미 1986년 『바벨탑의 언어』(문학예술사), 1988년 『한국근대시론연구』(민지사), 1995년 『한국 현대시인론』(국학자료원)을 내놓은 바 있다. 이에 이은 『한국 현대시론의 탐색과 비평』 등 일련의 저서들은 '한국 근·현대시론사'를 위한 근간을 다지는 작업인 듯하다.

(『영주어문』 제2집, 2000)

지역문학에의 관심과 전방위적 비평
─ 김병택의 『한국문학과 풍토』 서평

김 승 립

　중견평론가 김병택이 새로운 비평집을 펴냈다. 이름하여 '한국문학과 풍토'. 제목만을 보자면 하나의 테마를 내걸고 색다른 관심사를 다룰 것으로 여겨지지만, 내용을 일별하여 보면 그때그때의 관심사에 따라 지상에 발표한 논문들과 서평, 해설 등의 모음으로 되어 있어 제목은 자의적인 것으로 보인다. 김병택은 책머리에 "이 책에서 빈번하게 사용된 지역문학의 지역성속에는 향토성·전통성·민족성 등이 융합된 풍토성의 의미도 함께 들어있기 때문"에 제목을 그리 붙였다고 하지만 '풍토성'이라는 용어는 여기에서 보일 뿐 다른 자리에서 전혀 거론되지 않거니와, 그가 공들여 다루고 있는 지역문학 관계의 글들에도 풍토성의 구체는 보이지 않는 것 같다.

　그렇다고 해서 이 책이 일관성이 없는 것은 아니다. 오히려 '지역문학'에 대해 집요할 만큼 지속적이고 다양한 관심을 보이고 있으며, 지역문학의 개념 정립에서 지역문학사를 서술하는 일까지, 지역문학의 체계화를 위한 의지를 표나게 드러내고 있는 것으로 보아 의도된 일관성으로 꽉 채

워져 있다 할 것이다. 따라서 전체 4부로 짜여진 '한국문학과 풍토'의 핵심은 아무래도 지역문학에 대한 담론의 1부와 지역시인들에 대한 논의의 2부에 있다고 할 것이다.

『한국문학과 풍토』는 김병택 비평에 있어서 하나의 전기적 의미를 지니고 있다고 판단된다. 김병택 비평이 주로 문학사적 평가가 이루어진 시인들에 대한 논의와 시론에 중점을 두고 있었던 데 비해 이번 비평집에서는 온통 지역문학에 대한 관심으로 일관되어 있다는 점을 들 수 있겠고 또한 장르적 관심이 소설 희곡 수필을 망라하여 확산되고 있다는 점이 그렇다. 물론 이전부터 김병택은 나름대로 지역문학에 대한 비평적 역할을 수행해왔지만 본격적이질 못했다는 것을 상기한다면 이번 비평집의 가치가 더해질 것이다. 동시에 시비평의 울타리에서 맴돌던 김병택이 다양한 장르에 대한 비평적 관심을 드러내고 있다는 것은 그의 비평이 비로소 전방위적으로 확산되고 있음을 증거하고 있음이다.

그렇게 달라진 면이 있는 반면에 이번의 비평집에서도 김병택의 특장은 여전히 도드라진다. 김병택 비평의 출발이 이상의 이미저리 분석이었거니와, 특히 그는 분류에 능한 비평가인데 그 점은 이 책에서도 여전하다. 보통의 사람들이 그리 관심을 표할 사항이 아닌데도 김병택의 시각은 미세한 차이를 잡아내어 의미화한다. 김광렬의 시를 두고 '성찰의 시'와 '사유의 시'로 묶는다든지, 나기철의 시적방법을 '자연에서 일상으로' 의식이 움직이는 것과 '일상에서 자연으로' 움직이는 것으로 구분하는 것 등이 그러하다. 나아가서 '4·3 소설'의 유형을 분석한 글과, 강용준의 희곡 '폭풍의 바다'의 갈등구조를 분석한 글들을 보면 그의 분석비평적 성향을 뚜렷하게 알수 있다. 또한 김병택 비평의 다른 특장으로 규격성을 들 수 있다. 김병택 비평은 글의 짜임부터가 아주 심플하면서 전개가 일목요연한데다가 말미에서 다시 핵심을 요약해 주는 식이라서 독자가 그의 논지를 쉽고 분명하게 이해할 수 있도록 한다. 또 하나의 특장으로 이론적 전범에 충실함을 들 수 있다. 첫머리에 실려있는 논문 '근대성 담론과 제주문학의 근대성'에서 버먼과 앤더슨의 근대성이론을 들고 있는 것은 말할 것도 없고 여타의 글에서도 논의를 이끌어나가기 위해 이론적 전범을 차용하고 있는 경우가 드물지 않다. 이 점은 그의 비평적 논의의 안정성을 담보해준다고 할 것이다.

　그럼에도 불구하고 나로서는 얼마간의 불만도 없지 않다. 김병택 비평은 간혹 논지의 비약을 보이기도 하고 추상적 당위성에 머무르기도 하는데 가령 그가 공들여 역설하고 있음에도 제주문학의 근대성의 논거가 불충분하다는 점과 지역문학의 발전을 위한 제언으로 정체성과 특수성을 강조하는 것은 필요한 일이나 구체적 방법과 대안이 제시되지 않고 있다는 점 등이 그렇다. 한 가지 덧붙이자면 김병택 비평은 분석과 분류에는 능하나, 그것들을 연결하는 의미적 맥락에 조금은 소홀한 것이 아닌가 싶기도 하다. 하지만 이러한 지적은 지엽적인 것일 뿐, '한국문학과 풍토'의 의미를 조금도 퇴색시키지 못할 것이다. 왜냐하면 이 책은 지역문학에 대한 관심의 기치와 제주문학의 입지를 분명하게 드러내고자 한 본격적인 시도이기에 그것만으로도 중요한 가치를 지니고 있다고 할 수 있기 때문이다.

(『한라일보』 2002. 12. 10)

민족문학으로서의 지역문학이 갖는 독자성과 특수성

−김병택의 『한국문학과 풍토』 서평

양 영 길

I.

현대를 일컬어 세계화 시대라고 한다. 또 제주의 경우는 국제자유도시를 내걸고 국제화 시대에 걸맞은 변화를 추구하고 있기도 하다. 이제 미개척지로서의 해석이 요구되는 타형형 지역이나 소우주 군집으로 이루어진 고립 사회형 지역을 추구하는 사람들은 찾아보기 힘들게 되었다. 어쩌면 세계화의 환상에 넋이 나가 있다. 변화의 진폭을 능동적으로 받아들이지 못하고 수동적으로 따라가기에 바쁘다. 이를 두고 '얼빼기 효과'로 설명하는 사회학자도 있다.

이렇게 변화의 진폭이 넓고 깊은 시대를 살아가는 지혜는 따라가는 것보다 지켜내는 것이 더 능동적이라 할 것이다. 세계화 시대에 지역문학의 특수성과 정체성을 논하는 것도 수동적으로 따라가는 차원이 아니라 능동적으로 나의 것을 찾아내고 키워내고자 하는 노력의 하나라 할 것이다.

이러한 노력은 역사에 대한 인식인 사관史觀이 있어야 가능하다. 이는 하나의 철학적 물음이기 때문이다. 영국문학사를 서술했던 H. A. 텐이 종족, 환경, 시대를 문학사의 중요한 요소로 제창한 것도 바로 이러한 물음에 대답한 것이라 할 수 있다. 여기서 말하는 종족, 환경, 시대는 일반론적으로 인식할 수 있는 것이 아니라 독자성과 특수성을 바탕으로 인식될 수 있는 것이기 때문이다.

세계화 시대에 지방화 시대를 열어 나가는 원리도 바로 이러한 독자성과 특수성을 바탕으로 하는 지역의 정체성 확립을 위한 것이다. 지역의 정체성은 그 지역 문화와 역사의 토양 깊은 곳에서 숨쉬고 있기 때문이다. 그러므로 지역문학 연구의 필요성이 제기되는 것이다.

오늘날은 대중적 문화의 급격한 표준화로 말미암아 예술적 개성의 틀이 파괴되고, 문학 매체의 다변화로 말미암아 문화의 획일화가 촉진되어 지역문학의 독자성이나 특수성이 점차 희박해지고 있다. 따라서 이러한 문학사 담당층의 구조 체계 자체에서도 지역문학을 경쟁력 있게 키워나갈 주체적인 힘으로서의 연구가 절실하게 필요하게 되었다. 이러한 연구들은 민족문학의 지평을 넓히는 데 필수적이라 할 것이다.

김병택의 『한국문학과 풍토』도 이러한 지역문학의 독자성과 특수성을 찾아 지역문학의 정체성 확립을 하고 민족문학의 인식 지평을 확대하기 위한 노력의 결실이라 할 것이다.

II.

지역문학에 대한 관심이 일기 시작한 것은 1991년 지방자치시대가 열리면서부터였다. 그러나 지역문학의 개념과 성격, 올바른 인식 방법, 지역문학 연구의 의의 등 지역문학 전반에 걸쳐 학제적으로 체계화되었다고는 볼 수 없다. 그래서 저자는 "지역문학은 역사 · 지리 · 언어 · 민속 · 가치관 · 공동체 의식 등을 통한, 지역의 이러한 정체성과 특수성을 드러내는 문학일 때에 비로소 그 가치를 획득할 수 있고 존중받을 수 있다"라고 주장한다. 이렇듯 지역문학사의 문학사상을 드러내는 방법으로 자리매김하는 적극적인 이론 구축이 시급한 실정이다. 지역문학의 든든한 뿌리는 독자적 생명력을 가지고 있기 때문에 이것을 올바로 인식하는 이론 구축으로 민족문학의 지평을 새로이 인식해 나아가지 않으면 안 된다. 이 책의 저자가 '책머리'에 밝히고 있듯이 지역문학에 대하여 '지역문학의 개념을 새롭게 정립하는 일에서부터 지역문학사를 서술하는 일에 이르기까지' 지속적인 관심을 기울이고 있는 이유도 여기에 있다.

저자는 지속적으로 지역문학의 체계화를 위해 노력해 왔다. 「지역문학의 존재방식과 그 전망」·「변방의 자연과 삶─제주시인들의 시 세계」(『한국현대시인론』, 국학자료원, 1995)를 비롯해서 「제주 詩에 나타난 섬과 바다」(『바다와 섬의 문학과 인간』, 제주국제협의회 제9회 학술회의 1998. 7), 「제주 시인들의 시 세계(1)」·「제주 시인들의 시 세계(2)」(『한국 현대시론의 탐색과 비평』(제주대학교 출판부, 1999), 「제주문학의 특수성과 보편성」(『제주작가』 창간호, 실천문학사, 1999) 등이 그것이다.

그는 "이 책의 도처에서 강조된 지역문학의 중요성을 단순한 지역주의적 사고 방식의 결과로 받아들이지 않기"를 바라고 있다. 즉, 편협한 지역주의, 또는 지역주의적 이기성 등을 경계하고 있다. 이는 지역문학이 지역문학으로서의 문제가 아닌 민족문학의 지평으로 인식해 주기를 바라는 것이다. 이 책에서 "빈번하게 사용된 용어인 지역문학의 '지역'성 속에는 향토성 · 전통성 · 민족성 등이 융합된 풍토성의 의미도 함께 들어 있기 때문"이라고 한다. 이는 지역문학사를 표층사가 아닌 심층사적으로 접근하고 이를 토대로 지역문학사상史像을 드러내기 위한 것이다.

지역문학사는 통시성과 공시성을 바탕으로 그 정체성을 밝힐 수 있다. 이러한 사적 인식은 과거를 반성하고 현실을 직시하여 미래를 전망하게 된다. 문학사적 인식은 문학작품으로 창작된 작품만을 대상으로 인식하는 것이 아니라 문학담당자들이 살았던 역사, 살고 있는 현실, 살아갈 전망, 그리고 그 속에서 숨쉬고 있는 모든 정서와 역사를 바탕으로 인식하는 것이다. 그러므로 이러한 인식의 바탕이 되는 문제에 대하여 문학작품으로 창작되지 못하고 있는 부분을 지적하고 창작 모티프를 제공할 수도 있는 것이다. 지역문학사 속에는 강인하면서도 유연한 지역적 정신과 지역적 삶의 원리가 숨쉬고 있다. 민족문학사 서술의 가장 근본적인 지향점은 미래에 대한 전망이기 때문이다.

III.

이 책은 총 4부로 구성되어 있다. '제1부 지역문학의 현실과 미래, 제2부 역사와 현실의 변주, 제3부 시에 대한 몇 가지 물음, 제4부 주체적 문화를 위하여'가 그것이다.

'제1부 지역문학의 현실과 미래'에서는 "지역문학의 개념을 새롭게 설정해야 하는 당위성과 민족문학으로서의 지역문학을 위해 필요한 조건들을 설명한 다음, 마지막으로 지역문학의 발전을 위한 방안"을 제시하고 있다. 그리고 이를 토대로 제주 지역문학의 '근대성'과 '개념,' '정체성'에 대한 논의를 거쳐 구체적인 작품론에 이르고 있다. 그 중에서 '4·3소설,' '4·3희곡' 등을 통하여 제주 지역문학의 독자성 확보와 특수성을 밝혀내고 있다. 여기에서 저자는 "지역 구성원을 포함하는 민족의 외연이 결합될 때에 지역문학은 진정한 민족문학이 될 수 있다"라고 주장하고 있다.

특히 '제4부 주체적 문화를 위하여'에서는 '영어 공용어화의 망상,' '문화지표 조사가 필요하다,' '바람직한 제주문화' 등 제주 지역의 생동하는 문제를 골간으로 논의하고 있다. 이러한 지구적 쟁점과 관련되는 적절한 대응은 지역문학의 활로를 모색하는 살아있는 문학이기도 하다. 이는 지역문학사를 거시 전망 위에서 논의하는 것이라 할 수 있다. 지역의 정체성 구현을 위한 지역문학사 인식의 첫 걸음은 지금까지의 인식지평을 다시 한번 살펴서 참신한 시각과 도전적인 문제 의식을 찾아내는 일이다. 지역문학사는 지역 정서의 생태, 가치체계, 세계관, 세계 인식 방법, 질서 원리, 정념 등의 여러 갈래와 그 변화 추이를 추적하여 그 변동 원리와 그 지역의 구심성과 원심성을 밝혀낼 수 있어야 지역문학사 像像을 인식할 근거가 마련되는 셈이다.

또 지역문학사의 서술을 위한 연구 방법으로서의 대상은 작품 속에 용해되어 있는 환경, 역사적 배경, 사건 사고, 사회구조, 지역 정서, 사회 심리, 사상적 배경과 그 구조, 시대 정신, 경제 구조, 정치 구조, 세계관과 가치관, 상권과 그 변천, 의식이나 이념의 변천, 사유 방식, 상상의 구조, 각종 통계 등 이루 헤아릴 수 없다. 또 이를 바탕으로 이런 것들에 대한 발생론적 관점, 변천 과정, 정신사적 추적, 또 이런 것들에 대한 모순의 문제, 이러한 문제들에 대한 해법 등 그 문제를 쟁점화할 수 있는 지역 공동체의 모든 것이 제주 지역문학사의 서술 대상이 된다.

이 책『한국문학과 풍토』속에는 중앙의 문단을 중심으로 하는 문학사와 엘리트 중심의 문학사에 젖어 있는 인식의 틀에서 벗어나 지역문학의 활성화와 생동하는 지역문학사의 쟁점들을 만날 수 있다. 지역문학사야말로 민족문학사의 근원이자 심층이 아니겠는가. 지역문학은 독자와 더불어 끊임없이 환류하면서 재생산에까지 이르러야 그 가치 지평을 확보하고 역동하는 문학사를 개척해 나갈 수 있게 된다.

이 책에서는 지역문학만이 안고 있는 절실한 문제를 찾아내고 이를 민족문학의 지평으로 확대할 수 있는 안목을 길러 주는데 큰 보탬이 될 것이다.

(『영주어문』제5집, 2003)

시인의 미덕을 입증하기 위한 냉철한 지휘자의 해석

−김병택의『한국현대시인의 현실인식』서평

최 순 열 / 시인, 동국대학교 명예교수

I. 단단한 김병택의 단단한 어법

어느 치과 의사의 말에 의하자면, 요즘 아이들의 이빨 교정이 흔한 까닭은 그들의 하악골이 영구치를 고스란히 다 실을 수 없기 때문이란다. 좁은 턱의 잇몸이 어쩔 수 없이 덧니로 자리잡게 되니 이리저리 빼고 고르게 되는 교정 작업이 요구된다는 말이다. 이는 요즘 아이들의 식생활 습관이 문제라는 것이다. 워낙에 우리들의 고유한 식생활은 채식 위주였으니 대체로 우리들이 기억하기로는 한겨울의 군것질이라는 게 고작 날고구마이거나 생무를 깎아먹는 것이다. 그렇게 단단한 먹거리를 씹는 과정을 통해 자연히 턱이 튼실하게 발달하게 되는 법이었는데, 요즘의 아이들이 먹는 것이라곤 도무지 턱이나 이빨에 힘을 주는, 소위 깨물어 먹는 법이 없이 거의가 다 부드럽기 짝이 없는 연질의 제품이다. 언제 턱이 제대로 발달하여 이빨이 제대로 제자리에 자리잡을 여지가 없게 된 탓이라는 것이다. 참 딱한 일이다.

왜 한국 현대시인들의 시작품과 시론을 논한 김병택의 논저『한국현대시인의 현실인식』을 언급하고자 하는 마당에 치과 의사 얘기를 대뜸 늘어놓느냐고 성급하게 타박하는 심사도 그 조급증으로부터 일단 다스려주기 바란다. 오늘날 우리들은 문학을 논하는 공간에서조차도 복권딱지 긁듯이 공교로운 조어의 공세로 덤비는 데 익숙해져 있다. 다들 이런 추세에 편승하거나 그러한 기교에 장단을 따라 맞추는, 소위 연질의 문학담론만이 반짝반짝 빛을 발하고 있다. 그러한 텍스트의 독해에 익숙해진 사람들은 김병택의 문학론을 먹음직하지 않다고 투정할지도 모른다. 그의 문학담론은 부드러운 연유나 달콤한 크림이 잔뜩 든 빵류가 아니다. 야금야금 먹기보다는 어금니로 잘 갈아서 음미하면 그 특유의 깊은 맛이 우러나는 무거움과 단단함의 묘미를 느낄 수 있을 것이다. 그리하여 그의 저서를 독파하고자 할 때는 잘 발달된 턱과 어금니, 문학을 정공법으로 바라보고 또한 정통으로 이해하고 수용하고자 하는 문학적 전범에의 존중과 인내심이 있어야 할 것이라는 점을 일러두고 싶다.

그의 문학 연구자적 진술이나 비평적 언어는 달콤하고 부드러운 요즘의 시속과는 한참 거리가 있기 때문이다. 바로 이 점이 일단 그의 문학적 역량과 그것을 바탕으로 한 작업의 소산에 대한 남다른 신뢰와 더불어 탐색의 의욕을 충동하기 족하다는 것이다. 김병택의 문학 이야기를 소화하기 위해서는 먼저 튼튼한 턱과 이빨을 준비해야 할 것이다. 문학을 바라보는 안목이나 문학을 해석하는 논리의 힘으로 잘 엮어 짜여진 문체의 세련과 단호함과 논증의 정밀성이 때로는 접근을 쉽사리 허용하지 않는 완강함이 있다. 그 완강함에 대한 대응력이 만만치 않은 독자들은 김병택의 문학론을 접할 때 소라껍질만 뒤적거리는 도로를 거듭할 수밖에 없다. 그 깊은 속살의 맛을 살금살금 돌려 꺼내먹는 인내심과 집중력이 있어야 그의 논법과 글쓰기에 친해질 수 있을 것이다.

김병택이야말로 멋이 없다. 겉멋이 없다는 말이다. 문학이라는 치장을 밖으로 드러내는 어느 정도의 치기조차 없는 듯싶다. 그러나 어찌 알겠는 가. 안개비가 자욱이 내리는 저녁 어스름에 긴 방파제를 하염없이 거니는 오로지 혼자만의 수줍음이 있을 수 있다는 사실을 말이다. 그만큼 그는 내재적 열정의 절제된 고도한 집중력과 자기 발언에의 책임성에 한 발자 국도 넘어서지 못하는 자기 검열의 준엄함의 끈을 놓치고 글을 쓰는 적이 없다. 그런 의미에서 일찍이 그의 첫 논저가 '바벨탑의 언어'라는 제명을 단 것은 예사롭지 않다. 이미 그는 자신의 문학적 작업을 자기 숙명적 굴 레라는 한계와 그것의 극복이라는 이중고를 끌어안고자 했음을 시사하는 바라 하겠다.

Ⅱ. 시와 시론의 상호성

자, 이러한 문학 연구자의 역작을 탐색해 보는 여정을 나서보자. 그가 새롭게 다듬어 펴낸 『한국현대시인의 현실인식』은 오랫동안 관심을 기 울여온 한국 현대시인에 대한 논구와 시인들의 시론에 대한 분석을 함께 담았다. 이는 저자가 시인의 시세계를 해석함에 있어 그들 나름대로의 시 적 이론에 의지하는 바를 통해 가급적 생산적으로 옹호하고자 함이며, 아 울러 그들의 시작품의 결함에 대해서도 시인 자신의 시론에 의해 변명할 여지를 열어두는 장치라고 하겠다. 그만큼 그의 문학에 대한 시선은 준엄 하면서도 너그럽다. 그래서 그의 문맥은 대수롭지 않게 넘기면 수월하겠 지만, 곱씹어보면 많은 여운과 그 여운의 끝에 다가오는 촌철의 예각을 느끼게 한다. 그렇다고 결코 경계심의 갑옷이나 역공의 빌미를 노리면서 다가설 필요는 없다. 그는 친절한 어법의 이끌음을 결코 소홀히 하고 있 지 않기 때문에 그의 논리적 인도에 따라가면 한국 현대시사의 주요한 위 치에 자리한 시인들의 시세계를 터득하게 될 것이다.

이 저서는 제1부 '시인론'과 제2부 '시론'으로 구성되어 있다. 저자가 책머리에 밝히고 있듯이 가능한 한 시인에 대한 저자의 시인론과 그 대상이 되는 시인의 시론과 단호하게 견주어보고자 하는 의지가 보였지만, 현실적으로 한국 현대시인들 중에 제 나름의 시론을 확보하고 있던 시인들의 구체적인 자료를 찾아보기 힘들었음을 토로하고 있다. 이러한 저자의 겸손한 토로는 사실은 한국 현대시인들의 시적 기반이 이론적 입론의 지경에 이른 바가 드물다는 아쉬움의 신랄한 지적이기도 하다. 한국 현대시의 토양과 시인의 개별적 역량에 대한 비판적 태도를 시종 견지하는 이유가 이 점에 근거하고자 하는 저자의 관점이 드러나는 부분이다. 이를 저자는 '임화'와 '김수영'에 한할 수밖에 없다는 자기 겸양의 표현으로 역설적으로 밝히고 있다.

'시인론'에서는 최남선, 이광수를 필두로 하여 이상화, 한용운, 정지용, 임화, 서정주, 이용악, 백석, 이육사, 윤동주, 박인환, 김수영에 이르는 열세 명의 시인을 거론하고 있다. 이들은 한결같이 한국 현대시의 일정한 정점에 위치한 시인인 만큼 이들의 시를 고찰하는 일이 바로 한국 현대시의 총체적 맥락을 짚는 요체가 되기 마련이다.

그리고 저자는 이들 시인의 시세계를 분석함에 있어 시종 저서의 표제어에 내세운 바의, 시인의 현실 인식의 태도를 주된 지표로 삼고자 한다. 시라는 장르에 구애됨이 없이 무릇 문학은 그 생산자가 살고 있는 시대의식과 현실에의 대응 태세에서 시작되어야 한다는 관점으로 일관한다. 물론 그 인식의 태도에 어떠한 오류와 자기 왜곡이 있는지를 밝히되, 결코 그것으로 시인과 시작품을 매도하고자 하지 않는다. 다만 그 시인의 정신적 궤적과 그것에 바탕한 현실 인식의 결과를 가감 없이 그려낼 뿐, 그 이후는 독자의 몫으로 남기는 교묘한 절제력이 바로 김병택의 미덕이기도 하다. 그는 독자에게 주창하거나 현혹하고자 하는 속내를 결코 드러내지 않는다. 그는 엄정한 준거의 뒷받침과 객관적 정황의 대입과 제삼자적 해석으로 일관하는 진술의 태도를 통해 다만 그 시인과 시작품의 음영을 보여주는 데 그쳐 실재하는 문학 현상에 대한 적확한 규명을 하고자 할 뿐, 문학 연구자나 비평가가 행사하기 쉬운 폭력적 판단에서 비켜선다.

Ⅲ. 다양한 현실 인식의 스펙트럼

김병택이 한국 현대시인의 의식 세계를 어떻게 가늠하는지 일별해 보자.

최남선이 중인 계급 출신이라는 입장에서, 그의 개화 의식에 앞장서는 태도와 이후의 행보를 개인의 상태와 그 행동적 환경의 역동적 상호작용의 함수로 풀어내는 안목과, 이와 아울러 이광수와 함께 개인의 신념의 붕괴와 민족 의식의 결핍으로 인한 논리와 행동의 모순을 갈파하였다(「시대와 신념」에서).

이상화 또한 낭만적 현실 인식의 정서가 저항적인 대응을 넘어서는 자연 의식과 조국애로의 확산을 부단히 지향하고 있음을 입증해 보이고 있다(「이상화 시의 의식과 그 의미」에서).

그런가 하면, 한용운 시를 통해 시대와 신념과 철학이 어떤 시적 표현을 획득할 때 비로소 흔들리지 않는 만큼의 견고한 삶의 요소에 포용됨으로써 가치를 지니게 된다는 점을 예증해 보이기도 한다(「님의 침묵의 수사적 경향」에서).

정지용의 「백록담」을 배경과 세계, 기법의 세 측면에서 살피며 국토순례의 한 과정에서 만나게 되는 한라산의 신비로운 경관을 묘사함에 있어 철저하게 관념을 배제하는 수법으로 새로운 이미지즘의 기법을 제시하고 있음을 밝혀준다(「백록담의 세 측면」에서).

카프의 서기장을 지냈던 문학운동가였고 당대의 유력한 문학비평가였으며 탁월한 프로 시인이었던 임화를 두고 일관된 신념을 적용한 예를 거론하며, 임화의 시작품 분석을 통한 투쟁 의식과 노동운동, 계급 의식과 시의 미학, 저항 의식과 현실 극복 등 세 가지 방향에서 고찰하는 작업을 해내고 있다(「임화 시의 현실의식」에서).

서정주는 시는 개인의 시적 경험과 상상력이 융합된 세계를 보여준다고 밝히고 있다. 비극적 존재로서의 자기 운명의 인식을 통해 개인사를 포함한 역사의 흔적으로 자화상을 독해하고 있으며, 신라라는 역사적 공간을 현대정신의 구현의 한 방편으로 보고 거기서 영원주의의 원형을 발견하고 있으며, 이후 서정주는 질마재라는 사적 공간을 시적 경험과 상상력으로 새로운 형태의 정신적 거점을 삼고 거침없는 상상력과 시인의 잠재의식이 어우러지는 연극적 꾸밈의 형식으로 발휘되고 있음을 규명하고, 이어서 그동안 시도해 온 역사와의 융합은 개별화된 현실에서의 절망을 극복하는 장치로 전환되고 있음의 떠돌이 의식까지 살피며, 서정주의 유장한 시세계를 관류해 보이고 있다(「시적 경험과 상상력」에서).

월북작가들에 대해 터무니없이 과대 또는 과소 평가되는 결과를 경계하면서 이용악에 대해서는, 행동의 대상으로서의 고향과 감상, 개인사의 절망과 희망, 민족의 고난과 비애 등으로 비교적 간명하게 갈래지어 진술하고 있다. 유달리 서사와 서정이 교합하는 기법을 즐겨 써온 이용악에게 있어서 고향은 단순한 시적 배경이거나 대상이 되는 것이 아니라, 탈출과 회귀, 그리고 재탈출이라는 반복되는 행동의 대상이 된다는 점을 설득력 있게 밝혀주고 있으며, 그의 개인사에 스며 있는 궁핍, 죽음, 병 등의 절망과, 미래 지향의 희망으로 나누어 해석해 보고, 다음으로 고향과 이웃, 떠도는 유이민들까지 포괄하는 민족의 고난과 비애를 이야기 구조로 전개해내고 있음의 특징을 잘 살펴보고 있다(「이용악 시의 서사와 서정」에서).

이용악과 또 다른 축을 이루고 있는 백석의 시에 대해서는 지금까지의 단편적이고 목적론적인 관점에 치우친 점을 반성하는 차원에서, 민속적 풍물과 샤머니즘을 서사적으로 승화시키고 있음과, 향토적 방언의 성조와 리듬의 묘미를 살리려는 의도에 따른 토속적 언어와 소재의 사용, 타향이라는 배경 장치를 동원한 고향 상실감과 유랑 의식의 시적 형상화의 양상을 분석해 주고 있다(「백석 시의 특질」에서).

일제 치하의 대표적 저항 시인인 이육사의 시에 대해서는 궁핍한 시대 상황에 준열한 현실 의식으로 자기 신념을 굽히지 않은 행동적 변주로서 시를 창작하였으며, 시인의 신념과 현실의 불일치에서 빚어지는 현실에 대한 부정적 반응을 표현하는 언술의 형식을 읽어내었으며, 암담한 현실에의 자기 포기나 타협을 거부하는 강렬한 희망의 고양을 보여주고 있는 일면도 조명해 낸다(「이육사 시의 저항의식과 그 변용」에서).

역시 이육사와 마찬가지로 암담했던 시대를 온몸으로 부대끼며 시로써 저항했던 윤동주의 시세계를 네 가지 의식으로 분석하고 있다. 억압과 모순으로 가득 찬 현실에의 저항을 내면적 어둠의 풍경으로 구성하면서 부끄러움의 이미지를 솔직하게 표백하고 있음과, 복원되어야 할 현실상을 건강한 자연의 순수하고 아름다운 삶의 방식으로 노래하고 있음과, 식민지 시대의 지식인의 갈등과 고뇌의 근원을 고향으로 보는 한편, 이상적 자아를 실현할 수 있는 정신적 고향을 부단히 지향하는 이중적 고향 의식을 지니고 있음과, 궁극적으로 시대적 모순을 극복하려는 의식의 발원과 귀결을 종교 의식에서 찾아볼 수 있음을 밝히고 있다(「윤동주 시의 의식과 그 의미」에서).

이제 한국 현대시의 맥락을 식민지 시대와 해방공간, 6·25 전후 시대를 건너온 박인환과 김수영이라는 두 시인이 정신적 외상을 어떻게 시로 표현하고 치유하고자 하는지를 탐색하고 있다. 둘은 소위 후반기 동인으로 활동하면서 한국 시단의 후기 모더니즘의 시대를 풍미한 시인이다. 먼저, 박인환의 경우, 그의 모더니즘에 대한 인식이 후반기 동인들과는 약간의 궤를 달리하여 영미의 W. H. 오든과 스테픈 스펜더의 영향 아래 있음을 문헌적 근거로 규명하고, 불안정하고 혼란스런 시대로 인한 고통을 비애의 정서와 죽음에 경도하게 되며, 이국정서 취향의 도시문명에 대한 향수적인 서정과 때로는 고독과 절망의 정서에 의지한 센티멘털리즘의 과잉도 지적하고 있다(「모더니즘의 수용과 시대인식」에서).

한편, 김수영은 그 시대를 살면서 시대의 경험을 가장 효과적으로 나타낸 시인으로 보고자 한다. 그의 시어는 현실 인식으로 응집된 언어이며 시인의 경험이 문학적으로 재생되어 나타나는 진실의 언어이며, 그것을 새로움과 자유에 관한 갈증의 경험을 역설적 은유와 간접적 이미저리를 통하여 재구성하는 탁월한 시적 결과를 획득한 시인임을 입증해 내고자 한다(「시인의 현실과 자유」에서).

이처럼 김병택은 우리 시사의 의미 있는 길목에 위치한 시인들의 시세계를 꼼꼼히 진단하고 제대로의 자리를 매겨주는 작업을 일관된 논법과 접근 방식을 구사하여 실행해 보여주고 있다. 그 시인에 대한 최선의 미덕을 조명하기 위한 배려를 잊지 않는 자세는 그의 학문적 진지함과 문학 연구에 있어서 자칫 놓치기 쉬운 자기 성찰의 완숙미를 갖추고 있음을 말해준다.

(『제주작가』11, 2003)

제주문학 흐름 체계화한 한국 최초의 본격 지역문학사

─김병택의 『제주현대문학사』 서평

김 동 윤

한국문학사에서 동아시아문학사를 거쳐 세계문학사를 탐구했던 이 시대 최고의 석학 조동일은, 『지방문학사─연구의 방향과 과제』(서울대 출판부, 2003)를 내놓으면서, 이제 국가가 배타적 주권을 행사하던 단일주권시대에서 벗어나 세계·문명권·국가·지방(지역)이 저마다 독자적인 의의를 갖는 4중주권시대가 도래했다며, 문학연구나 문학사서술에서도 방향 전환이 시급함을 강조한 바 있다. 그는 특히 지역문학에 대한 탐구를 경시해 온 우리의 학문태도를 반성해야 한다고 지적했다. 이런 시점에서 나온 김병택의 『제주현대문학사』는 출간 자체만으로도 매우 주목되는 저서다.

그동안 우리나라에서 지역의 이름을 앞세워 간행된 문학사가 아예 없었던 것은 아니나, 『제주현대문학사』는 그것들과 차원이 다르다. 예컨대 한상렬의 『인천문학사』(서해, 1999)는, 선구적인 지역문학사이긴 하지만, 지역 문인들의 행적과 주요 작품 등을 시기에 따라 나열하는 방식을 취한 호사취미 수준의 비전문적인 저서였던 것이다. 이에 반해 『제주현대문학사』는 저자가 확고한 방법론을 토대로 수많은 자료를 일일이 탐독하고 비평적 안목으로 작품들을 분석해 정리한 본격 학술서다. 따라서 이 책은 우리나라에서 지역문학사를 학문적 체계 아래 서술한 최초의 저서로서 당당한 의의를 갖는다.

이 책은 '지역문학사의 서술 대상론'에서 지역문학에 대한 개념을 구체적으로 정의하면서 문학사 서술 대상을 한정한 다음, 제주현대문학사를 전사前史 2시기를 포함해 7시기로 나눠 주도면밀하게 고찰하고 있다. 저자는 1950년을 제주현대문학의 기점으로 잡고 최근까지의 문학을 10년 단위로 구분하였는데, 각 시기마다 사회적 배경과 문단적 흐름을 개관한 후에 해당 시기에 등단한 주요 문인들의 작품세계를 조명하는 방식을 취하고 있다. 이 책에서 언급되는 문인들은 수백 명에 이르는데, 이 중 구체적인 탐색 대상으로 삼은 문인은 시인 47명, 소설가 22명, 희곡작가 2명, 평론가 5명 등 총 76명이다.

그런데 여기서 특히 주목할 사실은 주요 문인들에 대한 논의가 매우 심도 있게 이루어졌다는 점이다. 말하자면 76명에 대한 작가론이라고 할 수 있을 정도인바, 제주의 문인들에 대한 연구와 관련 자료들이 퍽 부족한 현실에서 볼 때 이처럼 구체적인 논의에 이르기까지 기울였을 저자의 공력은 대단했으리라고 여겨진다. 또한 문학적 사실보다 문학작품을 중시한 문학사라는 점도 이 책의 특장이다. 권두에 관련 화보를 수록한 점은 물론이요, 각각의 문인들에 대한 대표적 논고를 소개하고 제주현대문학 작품집 연보를 정리함으로써 후속 연구자들에게 유용한 자료를 제공한 점 등도 돋보이는 부분이다.

아쉬운 점도 없지 않다. "지역의 정체성과 특수성을 드러내는 문학"(22쪽)으로 명쾌하게 지역문학을 규정하면서도 실제 문학사 서술에서 지켜지지 않은 경우도 있음은 문제로 지적될 만하다(일례로 김광협에 대해 『돌하르방 어디 감수광』 같은 지역성이 강한 시집을 배제한 채 논의한 점을 들 수 있다). 하지만 이는 지난한 작업의 결실인 이 책의 전체적인 성과에서 큰 결함으로 작용하는 것은 아니다.

이제 『제주현대문학사』는 지역문학·한국문학 분야만이 아니라 제주학에서도 필독서로 자리잡을 것 같다. 그것은 이 책이 제주는 물론 한국 최초의 본격 지역문학사로서 한국문학사의 영역을 확대시켰다는 의미와 함께 제주학 연구의 요긴한 자료로서도 활용될 가치가 충분하기 때문이다.

(『한라일보』 2005. 12. 14)

제주 문학은 물론 제주 문화의 새로운 방향 모색

—김병택의 『제주현대문학사』 서평

김 진 하 / 문학평론가, 서울대학교 교수

제주문화는 한국문화에서 독자적인 정체성을 가지고 있다. 물론 제주의 문화적 정체성이 한국문화와 전혀 다른 별개의 근원을 가졌다는 말은 아니다. 그러나 독특한 자연환경과 섬이라는 지리적 격절성, 역사적 수난 등이 제주의 문화를 독특하게 형성했다는 데는 누구나 동의한다.

그것은 비단 제주 고유의 민속이나 생활습관에 그치지 않는다. 제주 출신의 작가들이 한국문화에 기여한 성과는 기껏 인구 50만의 섬에서 만들어낸 것으로 보기에는 놀라운 것이었다. 한 예로 제주도제 실시 50주년을 기념하여 1998년에 완간한 『제주문학전집』은 제주인들의 정신적 너비와 깊이를 잘 보여준 사례였다.

하지만 그동안의 작업에서는 제주문학의 흐름을 역사적으로 조망하기가 어려웠다. 그러기에 제주현대문학의 역사를 시대별로 구분하고 작가의 성향에 대한 분석과 작품에 대한 평가를 담은 본격적인 『제주현대문학사』(김병택 지음, 제주대학교 출판부)가 간행된 것은 하나의 문학적 사건이라고 할 만하다.

김병택 교수가 내놓은『제주현대문학사』는 지난 한 세기 동안의 제주 문학의 흐름을 통시적으로 정리함으로써 제주문학의 탐구와 경향이 역사의 전개에 따라 뚜렷한 변화를 겪어왔음을 명확하게 보여주고 있다.

　『제주현대문학사』에서 본격적인 평가의 대상이 된 소설가, 시인, 극작가, 평론가는 자그마치 76명에 이르고 있는데, 이 많은 문학인들의 작품에 대한 역사적 평가와 내재적 분석을 혼자서 이루어내었다는 점은 놀라운 일이 아닐 수 없다.『제주현대문학사』간행의 의의는 지방문학의 독자적 성격을 전국에서 처음으로 뚜렷하게 드러내었다는 데 그치지 않는다. 개방과 국제화의 시대에 문학은 폭넓은 문화생산체계와 밀접하게 관련되어 있다.

　앞으로 진행될 제주특별자치도를 포함한 갖가지 개발 계획은 제주문화에 새로운 환경을 조성하게 될 것이다.

　문화의 다양성이 창조성의 원천이 되고, 문화상품이 공업생산품을 뛰어넘는 산업적 부가가치마저 가지고 있음을 발견하고 있는 오늘날, 지방문화의 가치 역시 새로운 눈으로 보지 않을 수 없다. 그러나 국제화와 개방화의 환경 속에서 제주도가 지켜온 문화적 정체성을 온전히 이어나갈 수 있을지 염려스러운 것도 사실이다.

　이런 문화적 전환기에 나온『제주현대문학사』는 제주문학의 역사적 흐름을 확인하고 제주인들의 정체성 탐구의 노력을 이해함으로써 제주문학에서 더 나아가 제주문화의 새로운 방향을 모색하는 데 중요한 준거가 될 것이다.

(『제민일보』2005. 12. 30)

현대시를 통한 예술의 깊은 통찰

–김병택의『현대시의 예술 수용』서평

김 종 태 / 시인, 제주대학교 명예교수

릴케의 두이노의 다섯 번째 비가悲歌는 이렇게 시작된다. "그들은 누구인가, 나에게 말해다오, 그 떠돌아다니는 사람들은, 우리들보다 조금 더 빨리 사라지는 그들은."「두이노 비가」의 비탄은 인간이 사라지고, 소멸하고 이별하는 존재라는 데에서 비롯한다. 그런데 우리들보다 더 빨리 사라지는 사람들이 있다. 유랑하는 광대들이다. 피카소가 그린, 허허벌판에 서있는「광대가족(Saltimbanque)」그림이 제5비가를 쓰는 릴케의 상상력에 결정적으로 영향을 주었다는 것은 잘 알려져 있다.

슈베르트는 친구의 집을 방문했다가 책상 위에 놓인 시집을 우연히 발견한다. 그 시집을 집으로 가지고 가서 읽는다. 그렇게 잘 알려지지 않았던 스톨베르그Stolberg의 "물위에서 노래함"이라는 시로부터 슈베르트는 참으로 아름다운 가곡을 창조해 낸다. 물결이 춤추는 듯한 시의 리듬을 그대로 선율과 피아노 반주로 살려낼 뿐만 아니라, 사라지는 시간과 물결 위에서 노래하는 영혼의 영원에로의 동경까지도 소리로 표현해 낸다.

장꼭또는 릴케의 시를 읽는다. 바람이 세차게 불어, 지상에서 인간이 만든 모든 연관聯關들이 사라지려 한다는 이미지를 보고, 그가 만든 영화 「미녀와 야수」에서, 야수가 사는 오래된 성관의 창문 커튼들이 바람에 날리는 훌륭한 영상을 만들어 낸다. "거울 뒤로 누가 걸어갈 수 있을까?"라는 릴케의 쏘네트의 시행은 「오르페우스」 영화에서 거울이 물결처럼 흔들리고 거울 속으로, 죽음의 세계로 걸어 들어가는 시인의 영상으로 나타난다.

예술작품이 만들어지는 신비하고도 깊은 상상력의 창조과정을 말로 다 설명할 수는 없지만, 정신과 정신이 만나서 예술작품이라는 아름다운 불꽃을 만들어 내는 모습은 찬탄할 만하다. 그 예술의 불꽃, 예술의 불빛 속에서 우리의 삶은 어둠과 공허로부터 보호받는지도 모른다. 시와 그림, 시와 음악, 시와 영화, 그리고 시와 무용은 서로에게 영향을 끼치면서 더 아름다운 새로운 세계를 창조해 간다. 이러한 현상과 문제들을 깊이 있게 조명하는 책이 나왔다.

우리의 현대시에서 시와 다른 영역의 예술들이 시에 어떻게 영향을 끼치고, 시가 그 예술들을 어떻게 수용하는지를 밝히고자 하는 것이 이번 김병택 교수가 펴낸 『현대시의 예술 수용』이다. 한국 현대시 비평으로 이미 많은 논저를 펴낸 저자가 이제는 그 시야를 넓혀 다른 예술에 대한 해박한 지식과 놀라운 통찰력을 광범위한 예술 영역을 넘나들면서 펼쳐 보여주고 있다. 시비평에서뿐만 아니라, 예술작품연구 분야에서 아직까지 이러한 광범위한 비교예술론이 집필된 것을 나는 본 적이 없다. 이 책은 시가 다른 예술을 어떻게 수용하는가의 문제를 넘어서서 예술이란 무엇인가, 라는 근본적인 물음에 답하려는 저자의 숨겨진 의도도 담고 있다.

특히 20세기에 들어 서양의 큐비즘, 미래파, 다다이즘, 초현실주의, 그리고 추상예술과 전위 예술들이 다른 예술영역으로 서로 침투해 들어가는 현상을 목격하면서 기존의 예술형식에 대해 의아해하지 않을 수 없었다. 문학은 시각적 포에지와 언어그림으로, 조형예술에서 언어는 그림형상으로 변화되기도 했다. 마침내 오늘날에는 복합매체예술행위라는 현상이 나타나는데 이르렀다. 앞으로 나타날 모든 예술현상들을 이해하고, 예술에 대한 우리의 성찰을 다시 일깨우고, 현재와 미래예술을 예측하고, 예술에 대한 이해의 지평을 넓히는 데에 김병택 교수의 『현대시의 예술수용』은 중요한 자극과 계기, 실마리를 우리들에게 줄 것이다.

(『제주대신문』 2009. 11. 19)

지역예술을 새로운 방식으로 탐색한 역저
―김병택의『제주예술의 사회사』서평

김 동 윤

　김병택 교수의『제주예술의 사회사』가 드디어 완간되었다. 작년 3월
의 상권에 이어 이번에 그 하권이 제주대학교 탐라문화연구소 학술총서
9·10권으로 출간된 것이다.『제주예술의 사회사』는『제주작가』가 계간
으로 전환하던 2008년 봄호(제20호)부터 3년 동안 연재했던 내용을 깁고
보탠 것인바(1990년대 이후를 다룬 제7장은 연재가 끝난 후에 새로 쓴 것
임), 그 당시 편집주간으로 있으면서 연재를 간곡하게 부탁드렸던 나로서
는 이 저서의 출간을 더불어 기뻐하지 않을 수 없다.
　『제주예술의 사회사』는 제주의 예술을 사회사의 시각으로 서술한 저
서다. 상·하권을 합하여 총 8장으로 구성된 이 책은 '몇 가지의 전제적
사항'을 짚은 후에 '일제강점기 제주예술의 성격'(일제강점기), '한국전쟁
과 제주예술계의 형성'(1950년대), '4·19혁명과 제주예술의 전개 방식'
(1960년대), '시대인식의 심화와 제주예술의 확대'(1970년대), '민주화운
동 시대의 제주예술'(1980년대), 'IMF사태와 제주예술의 다양성'(1990년
대 이후) 등 시기별로 제주 근·현대 예술 100년의 구체적인 양상을 기술

하였고, '전망과 남는 과제들'로 마무리하고 있다. 문학·미술·연극·사진·음악·건축 등이 망라되고 있음은 물론이다.

국내외를 막론하고 1인의 필자가 예술사를 집필한 경우는 매우 드물다. 그것은 한 개인이 여러 장르를 두루 섭렵하는 게 여간 어려운 일이 아니기 때문일 것이다. 그런데 김 교수는 그런 지난至難한 작업을 어떻게 감당할 수 있었을까.『제주현대문학사』(2005)를 펴낸 데 이어,『현대시의 예술 수용』(2009)이라는 저서에서「시의 그림 수용」·「시의 무용 수용」·「시의 영화기법 수용」·「시의 음악 수용」·「시의 건축공간 수용」등을 다루었으며, 제주문화예술재단 이사장(2005~2007)을 지냈다는 그의 이력은 이번의 저서가 그동안 용의주도하게 차근차근 준비하여 역량을 쌓아온 데 따른 결실임을 말해준다.

이 저술은 사회 현상과 결부되는 예술 흐름 중에서 특징적인 요소를 축출하고, 그것을 서술의 초점으로 삼은 점에서는 다른 예술사와 유사하다. 그러나 예술사의 내용을 기록·대담 또는 혼합의 방식으로 구성하였고, 시기마다 특기할 만한 예술가들의 활동을 집중적으로 조명하였다는 점에서 차별적인 면모를 보인다. 특히 김광추·송근우에 대한 증언, 김승택의 회고, 현기영·강문칠·김석윤·장일홍 등과의 대담과 같은 구술사적 작업들은 종래의 예술사가 고수했던 엄숙하고 권위적인 모습을 탈피하는 의도된 전략이다. 이에 대한 김 교수의 진술은 의미심장하다.

"회고 내용이 예술의 사회사에 수록되는 것을 적절치 못하다고 생각할 사람이 있을 듯하다. 오랫동안 공식적인 내용만을 서술하는 예술사(또는 개별 장르의 역사)에 익숙한 사람은 그렇게 생각할 수 있다. 그러나 점잖은 내용, 고상한 내용만을 다루는 예술사는 고작 경직되고 메마른 예술사의 껍질들만을 확인할 수 있을 뿐이라는 사실을 알아야 한다"(상권 173쪽).

조직·단체·행사 중심의 예술사로는 예술과 예술가의 진수를 전해줄 수 없다는 신념의 소산이라는 것이다. 이런 신념은 김 교수에게 "해안가에 설치된 조망대에 편히 앉아서 제주예술의 사회사라는 역사의 바다를 응시하는 자세를 포기하게"(같은 쪽) 했다. 실제 이 저술을 위해 김 교수가 얼마나 많은 발품을 팔며 열정을 쏟았는지 나도 조금은 알고 있다. 수십 명의 예술가와 증언자들을 만나 취재하고 녹취하고 집필하느라 갖은 수고로움을 마다하지 않았다(『제주작가』에서는 취재비는커녕 한 푼의 원고료도 지급하지 못했다).

김명식과 이광수의 논쟁을 발굴하여 정리한 점, 변시지의 후기 작품을 생태상징주의로 규정한 점 등은 『제주예술의 사회사』의 또 다른 학술적 성과다. 김광추 · 변시지 · 현중화 · 양창보 · 강요배 등에 대한 논의는 그것들 하나하나가 개별 작가론으로서도 충분한 가치를 지닌다. 관련 시각 자료들을 다양하게 제공하고 있는 것도 이 책의 특장이다.

물론 아쉬움이 전혀 없을 수는 없다. 각 장의 앞부분에 기술된 사회적 상황과 뒤이어 나오는 예술현상들이 유기적으로 엮이지 못한 점, 제주 영화의 경우 1990년대 이후로는 다뤄볼 만 함에도 제외한 점 등이 그것이다. 시기마다 특기할 만한 예술가를 집중 조명함에 있어 선정 대상에 이의를 제기할 사람이 있을지도 모른다. 하지만 이런 점들이 결코 이 저술의 커다란 성과를 훼손할 수는 없다. 혼자서 방대한 작업을 감당한 데 따른 부분적인 문제 같은 것들이다.

김병택 교수의 『제주예술의 사회사』 간행은 문화사적 · 학술적 사건으로 기록될 만하다. 그만큼 어느 누구도 당분간은 감히 따라하지 못할 작업을 그가 해냈다고 보는 것이다.

(『제주작가』 2011. 여름호)

제4부

인상印象 혹은 인연因緣

제주문학의 호민관, 김병택

현 기 영 / 소설가

내가 김병택 교수를 처음 만난 것은 아마도 1980년, 그 전후일 텐데, 벌써 30여 년 세월이 흘렀다. 어떤 문인 모임에서 우연히 만난 것인데, 그때 그는 이미 문예지 『현대문학』을 통해 문단에 올라와 있는 촉망받는 젊은 문학평론가였고, 숙명여대 근처에 있는 신광여고에 국어 교사로 근무하고 있었다. 중앙문단에서 고향 출신의 존재가 드문 때인지라, 게다가 고교 후배이기까지 해서 눈이 번쩍 띄게 반가웠던 기억이 난다. 고향땅 까마귀는 검어도 반갑다고 하지 않는가, 이역의 땅 서울 바닥에서 어쩌다 만난 고향의 두 까마귀가 술자리에 그와 마주 앉았으니 할 말이 오죽 많았을까. 그 무렵 나는 제주향토사를 공부하고 있었는데, 책에서 배워서 알게 된 고려 말기 충신이자 조선초 유배인인 김만희가 그의 조상이고, 전시대에 제주에서 몇 안 되는 명문거족이라면 조천의 김해 김씨가 그중 하나일 텐데, 그는 그 집안 출신이었다. 나는 현대사 속에서 그 집안이 겪은 영고성쇠의 역사를 배워서 알고 있었는데, 그래서 그 집안의 한 총명한 후예를 만난 일은 나에게 각별한 즐거움이었다.

그는 또래의 문인들 몇몇과 함께 문학 서클을 꾸리고 있다고 했는데, 그 이름이 『응시』였다는 걸 나는 아직도 기억하고 있다. 무엇보다도 의욕적이고 자신만만한 문학적 정열을 느낄 수 있어서 좋았다. 솔직히 말하면, 오만해 보일 정도로 당당한 표정과 말투여서 내가 좀 집적대기도 했던 것 같은데, 어쨌든 문학적으로 만만치 않은, '요망진' 고향 후배를 하나 얻었구나, 하는 흐뭇함이 있었다.

그리고서 몇 년 후 그는 빌붙어 산다는 느낌이 절실했던 서울생활을 청산하고, 제주라는 이름의 어머니 대지로 환고향 했다. 제주대에 일터를 두고 새롭게 문학 활동을 벌이게 되는데, 그 최초의 것들 중에 가장 괄목할만한 것이 『경작지대』의 동인 활동일 것이다. 김병택과 그의 동인들은 무엇을 경작하고 싶어 했던 걸까. 어머니 대지, 제주땅을 경작하고자 했을 것이다. 제주땅, 제주인의 삶을 문학적으로 경작하고 싶어 했을 것이다.

그리고 경작지대라는 말에서 근면하고 착실한 농부와 같은 그의 문학적 태도가 느껴진다. 30여 년의 문학교수로 봉직하는 동안 그는 그렇게 근면하고 착실한 농부처럼, 꾸준히 논문과 비평문을 써 왔다. 그동안 간행한 저서가 12권에 이른다니, 쉴 줄 모르는 문학적 열정의 결과물이다. 그 12권의 책 중에 압권은 아무래도 『제주현대문학사』일 것이다. 누구보다 먼저 4·3문학의 개념을 옳게 정립한 그는 이 저서를 통하여 민족문학으로서의 지역문학을 피력한다. 이 저서는 어쩌면 중앙문학(서울문학)의 파시즘을 향한 도전적 깃발처럼 보인다. 지역문학에 대한 논의는 더러 없었던 건 아니지만, 한 권의 책으로 논리체계를 갖추기는 김병택의 경우가 최초일 것이다.

모로 가도 서울만 가면 된다는 속담이 있다. 중앙집권주의 혹은 중앙집중주의가 낳은 속담이다. 한국 국토가 서울 지역만이 아니라 나머지 각 지역의 총합으로 이루어져 있다면, 한국사 역시 중앙뿐만 아니라 각 지역

향토사의 총합으로 이루어져야 하고, 한국문학 역시 중앙문학(서울문학) 뿐만 아니라, 각 지역의 다양한 문학을 포함해야 마땅할 것이다. 김병택은 그렇게 민족문학으로서의 지역문학을 주장하고 옹호하고 있다. 그의 주장대로 지역의 정체성과 특수성을 반영한 문학, 지역민의 구체적 삶과 현실 모순을 설파하는 문학은 한국문학이 놓쳐서는 안 될 중요한 부분임이 틀림없다. 그는 지역문학의 모범인 제주문학을 사랑하고 옹호한다. 아닌 게 아니라, 나에게도 여러 지역문학들 중에서 제주문학이 제일 훌륭하고 근사하게 보인다. 제주와 제주인을 재발견하여 그 정체성과 특수성을 형상화하는 제주문학이 융성하기를 바라는 간절한 마음이 그의 이 저서에 들어있다.

'지역'이라고 할 때, 우리는 어느 정도는 공동체적이고, 자연친화적인 삶이 남아있는 곳으로 상정한다. 그러나 자본주의의 질주는 지역 공동체를 유린해서 인간과 자연, 둘 다 피폐한 곳으로 만들어 버리고 있다. 우리 고장 제주는 4·3사태로 많이 손상되긴 했지만, 그래도 다른 지역들보다 비교적 공동체적이고 자연친화적인 요소가 많이 남아있는 편이다. 좀 거칠게 말하자면, 중앙문학의 많은 부분은 자본주의 소비문화에 영합하거나 소외된 인간군상을 반영한 문학이라고 말할 수 있을 것이다. 무엇보다 문제인 것은 일상의 너무도 사소한 것들을 소재로 삼는다는 것과 표현방식이 자폐적인 것이라는 것이다. 그래서 최근에 들어 한국문학은 수많은 독자를 잃어버린 채 위기를 맞고 있다. 이때를 당하여 위기의 탈출구 역할을 그동안 홀대 받던 지역문학이 해낼 수 있을 것이다. 지역문학의 모범 사례인 제주문학이 나갈 길이 무엇인지, 이 저서는 뚜렷이 보여주고 있다. 자본에 찌든 서울문학에 저항하여, 제주문학이 강인한 어머니 대지, 제주 땅과 그 땅을 닮은 강인한 인간들, 그들의 현재적 삶, 남다른 언어, 풍습, 그리고 항쟁의 역사 등을 옳고 아름답게 형상화하는 인간 구원의 문학이 되기를 이 평론가는 기원하고 있다.

어허, 만희공 후예 김병택이 그동안 한 일이 많구나! 아무렴, 제주문학은 김병택이라는 유능한 호민관을 얻어 행복하구나!

무던히 좋은 사람

오 경 훈 / 소설가

　나는 그에게 크고 작은 빚을 많이 졌다. "언제 소주를 한잔 사지요." 해
놓고 진작 대면할 때면 언제 그런 소리 했느냐는 듯이 쇠가죽을 쓴 낯으
로 어영부영 어질러 넘기고 천연한 낯을 보이며 살아왔다.

　그는 이쪽에 빚을 주고도 좀처럼 내색하지 않았다. 그는 무슨 부탁을
받아도 좀처럼 노우(NO)라고 고개를 돌린 적이 없다. 그리고 접수한 부
탁을 소홀히 흘리거나 까먹은 일도 없었다.

　그는 자상하고 세심하고 또한 대범하고 분명하여 그릇이 큰 사람이었
다. 나는 그의 이런 점을 좋게 보면서도 빚진 마음이 있어 무섭게 느끼기
도 한다. 나는 빚을 갚지 못했고 재촉도 받지 않았기 때문에 누가 "그 사
람 어때?" 하고 김 교수에 대해 묻는다면 "더없이 좋은 사람이지" 하고 부
러지게 대답할 준비를 해놓고 있기도 하다.

　그의 인상이나 성품은 둥글둥글하고 시원하다. 그는 어른스럽기도 하
고 천진난만한 젊은이 같기도 하다. 그는 이순을 넘긴 나이지만 지금도
노래방에서는 최진희의 '사랑의 미로'를 부르고 있을 것이다.

제주시 조천朝天은 그가 나고 자란 곳인데 바다 건너 임금이 살았던 중앙과 제주목 관아를 연결하는 관문이 되었던 곳이다. 산수가 빼어난 곳은 아니다. 남쪽으로 한라산이 굳건히 서 있다고 해도 그것은 멀리 보이는 산정일 뿐이고 북쪽으로 푸른 바다가 시원히 열려 있는 게 자랑이라면 자랑일 수 있을 것이다.

물과 하늘이 맞닿는 경계선 그 수평선 위에 돛단배가 나타나면 저것이 옹기장수배냐 귀양다리를 싣고 오는 배냐 한양 나리를 태우고 오는 배냐 하고 추측과 이약이 무성했던 곳이 바로 이곳이고 그래서 이곳 사람들의 세상눈은 옹색한 다른 시골과는 달리 넓게 열렸던 것이라고 말하는 사람이 있다. 그렇다면 장쾌한 바다가 있었기에 이곳 사람들은 새로운 문물과 빠르게 접할 수 있었고 그래서 외촌에 비해 선비 문인이 많이 난 게 아닐까. 그렇다면 김 교수도 이러한 혈통과 전통을 물려받지 않았을 리 없다.

그는 유복한 가정에서 태어나 유복하게 자랐다. 교육자였던 아버지는 책을 가까이하여 온종일 독서를 하기도 하였는데 이런 분위기로 하여 그도 어렸을 때부터 책읽기를 좋아한 것으로 알려져 있으며 그의 할아버지 또한 문장이 뛰어나서 시집을 낼 정도였다고 한다. 이런 분위기 속에서 자란 그가 소년시절부터 책을 벗하여 면학에 힘쓴 것은 당연한 일이며 결과로 일찌감치 문단에 데뷔하고 박사 학위도 받았다.

우리가 가깝게 만난 것은 1980년도 초에 문학동인『경작지대』를 만들면서 부터였다. 회원 중에는 이미 등단한 사람도 있었는데 김 교수도 그런 사람이었다.

그들에 비하면 나는 얼치기 낙오자였다.『현대문학』에서 초회 추천을 받았지만 천자薦者가 타계하는 바람에 완료 추천을 받지 못하고 비실비실 헤매고 있을 때였다. 당시 중앙문인들의 콧대는 대단했으며 등단하지 못한 사람을 발아래로 보아 저쪽에 접근하기조차 어려울 지경이었다.

제주에서 한국문인협회의 행사로 문학 강연회가 열렸던 때였을 것이다. 내로라하는 문인들이 다 내려와 있었는데 그때 우리 경작지대 회장이었던 김 교수가 저쪽의 문협 이사장 황명씨에게 이러저러한 내 사정을 말하고 해결해 줘야 할 게 아니냐고 당돌하게 부탁하는 소리를 했다. 나는 그 소리를 옆에서 들으며 감동을 받아 눈시울이 뜨거워졌다. 이리하여 나는 김 교수에게 큰 빚을 지게 된 것이다.

경작시대시절 우리는 사비私費로 동인지를 발간하였는데 어려움이 컸다. 이때 김 교수는 회장을 맡아 어려운 일을 잘 해결해내었다.

우리는 그를 '애늙은이'로 부르기도 하였다. 성격이 원만하고 드레가 있었기 때문이다. 나이가 들었다고 어른 자격증을 거저 주는 것은 아니다. 그는 웬만해서는 성내거나 언짢은 표정을 짓지 않는다. 그는 생각이 듬쑥하고 신중하다. 모임을 대표하고 모임의 일을 총괄하고 사람을 인화하는 데 최적격 회장감 어른이었다. 그는 용모부터가 둥글둥글하고 귀인성스럽다.

그는 대학에서 국문학을 가르치며 지역문학을 정리 분석하고 그 중요성을 밝힌 저서를 내게 많이 보내주었다. 그의 저력은 대단하다고 생각되었다.

그의 연구 성과는 최근의 저서에 잘 드러나 있는데 지역문학을 한국문학 속에 뚜렷이 자리매김해 놓으려는 시도는 돋보인다. 내같은 변방 작가로서는 크게 반길 일이다. 무조건 좋은 일이다.

나는 그의 저서들을 받고서 "다음에 술 한잔……" 하고 얼버무려 넘겼다. '술 한잔'은 아직도 사지 못했다. 빚만 가득 늘려놓고 이제는 별 수 없이 신용불량자로 몰릴 판국에 이르렀다.

깊게 흐르는 가슴으로 / 물을 털며 / 저리로 / 날아가는 새 /
모두가 함께하던 기억 / 그 마디로 붙들고 / 꽃송이처럼 / 자꾸 하늘
을 향하는……

갑자기 무슨 시구詩句를 꺼내는 거냐고 말할지도 모르겠다. 이 시는 '경

작지대' 시절 김 교수가 동인지에 발표한 '旋律'의 일부이다.

그는 시인이었다. 가슴이 따뜻한 시인이다. 시를 썼던 문장가 할아버지의 손자가 아니랄까봐서 그는 평론가가 되기 전에 시인부터 되었다.

그는 유년시절의 기억을 술회한 글에 '시골집 뒤뜰에서 들려오는 대숲의 바람소리가 작은 방에서 맞는 아침을 늘 고적하게 했다'고 적고 있다. 그로 하여금 문학의 길을 걷게 한 것은 그것만이 아니었다.

바다는 그에게 동경의 대상이었다. 바다를 바라보고 있을 때 그가 궁금해 한 것은 수평선 너머에 있는 미지의 세계였다. 그는 골목 밖으로 나갈 때마다 필연적으로 바다를 대면했고 그 바다는 사계절 빛이 변했다. 화창한 봄날의 바다는 은빛으로, 태양의 열기가 가득한 여름의 바다는 회색빛으로, 퇴락한 가을의 바다는 하늘빛으로, 눈 오는 겨울의 바다는 검정빛으로 출렁거리는 변화를 바라보며 그는 감수성을 키웠다. 이 모든 것들은 그의 아버지에게도 할아버지에게도 시상詩想에 잠겨보게 하였던 것들이었다.

사람이 속세간에 살면서 남에게 기대지 않고 남을 붙들지 않고 살기는 어려운 일일 것이다. 그러나 빚을 지고 신세를 졌으면 잘 갚아야지 어영부영 의뭉하게 살아서는 안 될 것이다. 나는 염치가 없어 꾀부리며 반죽 좋게 살아온 모양이었다.

나는 빚 갚는 날짜를 미루어 흐지부지 잊어버리곤 하였는데 이제 정신을 다듬고 우선 기도로 시작하겠다. 이것으로 면책을 꾀하거나 탕감 받으려는 수작은 아니다. 내 자신의 배은망덕을 통회하고 내게 빚을 준 사람에게 큰 은혜가 내리도록 하늘에 비는 일은 도리라고 생각된다. 기도는 영적인 선물이다. 내가 속한 종교에서는 기도로 주는 선물을 최상의 것으로 친다.

나는 김 교수를 위해서 기도하겠다. 그의 몸이 건강하고 학문이 깊어지고 창작이 빛나기를, 반드시 그렇게 되기를 빌겠다. 우리의 절대자는 타

인을 위한 기도에 우선 귀를 기울여주시기 때문에 반드시 그렇게 해줄 것
으로 믿는다.

김병택 교수와 함께

김 종 태 / 시인, 제주대학교 명예교수

1981년 2월에 나는 반마이크로 버스를 타고 한라산을 넘어 서귀포로 가고 있었다. 서귀포에 영어 선생으로 살려고 가는 것이다. 아는 사람이라고는 아무도 없었고, 김병택 선생이 일러준 김용길 선생뿐이었다. 김병택 선생은 서울에 남아있고 나는 김병택 선생의 고향인 제주에 오게 된 것이다.

이 일이 어찌된 일인가? 그것은 서울에 있는 학교의 끽연실에서부터 시작되었다. 우리가 같이 있었던 학교는 기독교계 학교라 교무실에서 흡연할 수 없어서 끽연실을 따로 두고 있었다. 김병택 선생은 지금은 담배를 피우지 않지만 그 당시에는 나와 함께 흡연파여서 학교 끽연실에서 수시로 동지가 되어 주었고, 학교로부터 훌륭한 교사에게 주는 상까지 받고 있어, 무척 부럽기도 하였다. 선생은 구수한 인품에, 그리고 무엇보다도 문학에 대한 관심이 나와 같지 않은가! 학교가 끝나면 둘이서 광화문을 걸으며 끝없이 얘기를 이어나갔고, 1980년 추운 겨울에 무교동의 낙지집에서 벌벌 떨면서 소주를 마셨다.

그러나 그 즈음 나는 서울을 떠날 생각을 하고 있었다. 먼 섬, 바다가 보이는 교실에서 학생들을 가르치고 싶다는 낭만적인 꿈을 키우고 있었다. 내가 생각한 섬은 안면도였다. 그때 길에서 우연히 아는 선생을 만나게 되었는데, 서귀포에 있는 학교에 사회 선생으로 가게 되었다는 것이다. 내려가면 영어선생이 필요한지를 알아보아 달라고 신신당부하였다. 얼마 안 있어 그 학교 교무부장 선생이 바로 연락을 주셨고, 나는 김병택 선생과 작별을 하고 서귀포로 오게 된 것이다. 얼마 있지 않았던 학교에 대한 미안한 마음보다도 이제 김병택 선생과 예술과 문학을 통한 아름다운 공감의 세계를 만들어 가는 중에 작별한다고 하니 서운하기 그지없었다. 그러나, 삶이 우리를 다시 만나게 할 줄이야!

내가 제주에 처음으로 왔을 때, 서귀포에는 동백꽃이 피고 있었고, 천지연은 천국 같은 남국의 정원이었다. 제주에서의 첫 해, 첫 봄날, 김용길 선생은 나를 보목리 바닷가로 데리고 갔다. 그때만 해도 보목리 포구는 바닷가에 초가집이 몇 채 있는, 한적하고 아름다운 포구였다. 김용길 선생이 어느 초가집에 들어가 된장과 양푼이를 들고 나왔고, 포구에서 자리를 구해 와서 물회를 만들었다. 처음으로 남쪽 봄 바닷가에서 소주를 마시는 정취란 이루 말할 수 없었다. 이것이 김병택 선생과의 만남의 연장이 아니고 무엇이겠는가! 그러나 이것으로 끝나지 않는다.

다음해, 대학이 막 팽창하던 시기에 나도 여러 대학에 지원서를 내 보았고, 고맙게도 두 개의 대학에서 나를 오라고 하였다. 나는 제주대학교로 결정하였고, 1982년 겨울, 눈이 유난히도 많이 왔던 겨울, 면접을 보러 제주대학까지 오는데 일주도로로 돌아오려니 무려 세 시간이나 걸렸다. 면접에 늦은 나를 학교에서도 이해해 주었다. 그런데 그 날 내가 이층 창문에서 바깥을 바라보는데 김병택 선생이 저 아래에 서 있지 않은가! 놀랍고도 반가운 마음, 국문과에 오게 되었다는 것이 아닌가! 서울에서 아쉽게 이별한 김병택 선생을 제주에서 다시 만나게 되다니, 이 얼마나 커다란 축복인가!

그렇게 해서 30여년이 흘렀고, 내가 먼저 퇴직하고, 김병택 선생이 금년에 퇴직한다 하니 남다른 감회가 든다. 문학과 예술이라는 같은 길을 걸어왔지만, 나는 언제나 김병택 선생을 부러워하였다. 논문과 평론에서의 단아한 문장들, 문학을 넘어 음악, 미술, 무용에로의 관심과 조예, 방대한 저술활동이, 같은 길 위에 서 있는 나를 찬탄하게 만들었다.

김병택 선생은 이제 다시 새로운 길로 걸어갈 것이다. 푸른 숲으로 나 있는 길을 걸어 풍요롭고도 아름다운 열매를 맺고 있는 큰 나무 아래에서 삶을 회상하기도 할 것이다. 그 나무가 김병택 선생의 삶이 아닌가! 걸어왔던 삶의 길들이 모두 나무들의 가지들이 되고, 그 나뭇가지들이 그렇게 풍요로운 과실들을 맺고 있지 않은가!

세월은 가고 추억만 남았지만, 서울의 남영동 길과 무교동 길, 인문대 구관의 연구실과 복도 길들, 있었던 길, 그러나 이제는 사라진 길, 존재도 부재도 아닌 삶의 길, 이제는 어느 길 위에서 다시 김병택 선생을 만나게 될까?

1980년대 초기 김병택 선생과 자주 갔던 중앙로, 칠성로의 주점들에서 다시 반드시 만나게 되리라.

오랜 인연

김 용 길 / 시인

김 교수와의 인연의 시작은 1967년에서 1970년 사이 구 제주대학교 용담 캠퍼스의 대학생 시절부터였다.

당시 대학 캠퍼스가 협소했고 또한 국문학과 전 학년생이 다 모여도 50여명 밖에 채 되지 않아 서로 인물 동정을 훤하게 알 수 있었다. 그와 나는 국문학과 1년 차이로 내가 대학 1년 선배인 셈이지만 선후배 관계도 나잇살로 친다면 뒤바뀌는 경우가 많았으니 어울림이 자연스럽고 흉허물이 없는 때였다. 그런 시기에 사실 너무 오래 되놔서 특별히 뇌리에 박힌 기억은 없지만 국문학회 행사와 문학 모임에서 그와 어울리는 기회가 많아 조금씩 친해지지 않았나 싶다.

대학을 졸업하고 나서는 서로 좀 뜸하다가 1980년대에 이르러 우리의 인연이 새로이 시작되었다. 김 교수가 본격적인 문학평론의 필설을 들기 시작할 무렵(김병택 교수는 1978년 현대문학 추천을 통하여 평론가로 등단한 것으로 알고 있다) 그는 고맙게도 나의 첫 시집 『비바리 연가』(1980년)의 몇 편의 작품의 해설 평을 해주었다. 그의 평론집 『제주 현대문학사』

에서 소개되고 있는 일부를 발췌해본다.

> 김용길의 시「귤」을 보면, 귤을 서귀포 순정으로 과감하게 대치시
> 킨 점이 주목할 만하다. 보통 '귤'이란 제목의 시는 귤의 형태에 대한
> 묘사로 시작된다. 그런데 김용길의 '귤'에서는 귤과 서귀포 순정이 등
> 식관계에 놓여있고 이 관계를 성립시키는 공통적 속성이 제시되고 있
> 다. '귤'에서 등장하는 "해녀의 가슴빛, 잠깨어 우는 꿈, 안으로 얼굴
> 붉힌 꿈, 아기들 꽃살, 손끝까지 저려오는 냄새" 등이 그것이다. 그것
> 은 물론 일상의 서정과 밀접하게 관련되고 있다. (후략)

1980년대 중반 제주의 젊은 문인들의 모임으로『경작지대』동인이 있
었다. 동인으로 오경훈, 송상일, 고시홍, 장일홍, 문무병, 나기철, 김광렬,
김승립 그리고 김 교수와 나를 포함하여 10명이었는데 매호마다 책 제목
을 달리하여 1년에 한번 동인 무크지를 발간하면서 유대적 모임을 자주
가졌다.

1990년대에는 그가 제주문협 지회장 직을 맡으면서 서귀포문협을 맡
고 있었던 나를 같은 회장단 임원으로 구조화하여 매년 몇 차례씩 오며가
며 만남의 횟수가 많아졌고 정의情意도 깊어졌다.

그렇게 40여년 그와의 친분이 이어져 왔다.

그는 여러 번 나의 개인시집 해설 평 또는 여러 문학지를 통해서 내 문
학(시)의 세계를 조명해주었다. 날카로운 메스와 같은 비평적 견지에서
나의 시세계를 집중적으로 풀어놓고 내시경 같은 문학에 대한 통찰력을
통해 언어의 내장을 헤집고 언어의 혈맥적 관계를 매듭지어내면서 나의
문학적 내면을 정리해주었다.

그 중 나의 연작시連作詩 「산사시첩山寺詩帖」 10편에 대한 그의 해설평 '욕망慾望과 무욕無慾 사이'는 나의 시적 세계를 관통하는 매우 인상 깊은 해석을 제시해주었기에 늘 그를 만날 때마다 고맙고 기쁘게 생각하고 있다.

그는 그 평론을 통해 10편의 시작품을 전면 해부하여 나의 시적 세계로서 정신적 목표인 무욕의 세계에 도달하고자 하는 자세가 시 곳곳에 내재되어 있음을 분석하여주면서 나의 일상적인 그리고 종교적인 철학관을 대변해주었다.

그는 이제 평생이라 할 수 있는 대학 강단에서 내려오게 되었다.

정년이 되어 40여년 이상 몸과 마음을 다 바쳐온 모교의 국문학과 교수직을 내려놓으며 아쉬울 것도 많을 것 같은데 요 며칠 전 그는 무거운 짐 이제사 벗어놓은 듯 활짝 핀 얼굴로 나와 함께 하룻밤 주태백酒太白이 되었다. 나는 산남 서귀포에 살고 그는 산북 제주시 노형 쪽에 살면서 그를 만날 때 마다 우리네 정情을 쌓아놓는 매개물은 40여 년 전이나 지금까지나 술이었던 것 같다. 그가 베푸는 정의情意로움과 내가 상시 마음에 담아두고 있는 그에 대한 고마움과 반가움에서 우리네 주고받는 삶과 문학에 대한 이야기는 무엇보다 맛깔 나는 안주였다.

이제 그는 또 새로이 시작할 것이다.

넉넉한 시간을 벌어놓고 이제 일상의 소소한 자유를 누리면서 그가 여태껏 일구었던 학문적인 그리고 문학적인 그만의 영토를 더욱 확장해나갈 것이다.

그간 많이 수고하셨소. 더욱 건재하시고 이 세상 함께 동행합시다.

노형동 낙엽송길 따라

고 정 국 / 시인

　글이 안내하는 길을 따르다 보면 의외의 인연을 만나게 된다. 물론 시 쓰는 사람이 평론가와 만남에는 결코 의외라 할 수 없지만, 자연과 사람 사이에 글이 자리하면서 또 글은 사람과 사람 사이의 인연의 징검다리 구실을 한다.

　25년 전, 원래 내성적인데다 조직사회 경험이 절대 부족한 시골문학초년생이 졸지에 신춘문예 당선되면서 이 고장 기라성 같은 문인들의 말석에 앉게 되었다. 당초 시골 농업학교출신인데다, 문학과는 거리가 먼 원예계통의 2년제 일본유학이 학력이 전부인 상태에서 문학의 길에 들어선 것이 늘 부담스러웠다. 그래서 뒤늦게 방송통신대학교 국어국문과에 입학하면서 교수님과의 또 하나의 가교를 맺게 된 것이다. 그런 면에서 새삼 글 또는 문학이 이어주는 인연의 고리는 그 어느 라인보다 뜨겁다는 것을 알게 되었다.

　식물영양생리학을 공부해온 나로서 인문계의 교수님과의 만남은 늘

거리감이 존재했다. 그러나 그 거리감의 존재는 어느새 극복의 숙제로 다가오면서 결국 자연과 문학의 만남에 절대적인 관계가 성립되고 있었다. 그것이 필자만 알고 있는 교수님과 나와 깊이인 것이다.

교수님의 언사는 언제나 논리정연하고 격을 갖추었다. 반면 헐벗은 들판에서 마른 풀만 뜯던 이 조랑말에게는 그러한 세계가 부러움의 대상이면서 배타의 대상이었는지 모른다. 그것은 비단 교수님과 나와의 사적인 거리가 아닌 매미와 매미채와의 간극, 일테면 논자와 시인의 간극인 것처럼.

참으로 부끄러운 이야기지만, 필자는 서른이 넘을 무렵까지 넥타이 매는 방법을 몰랐다. 삶의 격식에 많이 서툴었던 거다. 넥타이는 격의의 표상이며 노타이는 분방함의 표상인 것이 필자의 생각이었다. 인격과 자유분방이 교수님과 사이의 골이면서 극복해야 할 징검다리였다.

방송통신대 시절, 야간강의가 끝나면 으레 애프터 시간을 갖는다. 그 시간에 이르러서 교수님께 더 영양가 있는 강의를 듣는다. 이십년 전이라면 시골출신 우리 나이에 컴퓨터는 딴 세상 이야기였다. 평소 필기도구가 없어서라기보다 써야할 내용의 결핍을 내세우며 과작寡作의 핑계를 일삼던 처지였다. 그러나 교수님은 누구든 컴퓨터는 필수라는 점과 영어의 필요성을 강조하셨다. 마침내 '코페루니구스 틱' 한 일대 패러다임의 변화가 교수님과의 만남에서 비롯된 것이었다.

나의 문학인생에서 가장 큰 보람이라 할 수 있는 1950년대 고향사투리로 쓴 사투리 서사시조집 『지만 울단 장쿨래기』와 지난 해 '시조 일만 계단 내려 걷기'의 대장정의 결과물도 컴퓨터가 아니고선 상상도 못할 작업이었다.

그 한참 후 민족문학작가회의 제주도지회(현 제주작가회의)가 발족하면서 문충성 교수님을 초대회장으로 모셨고, 그 후임으로 김병택 교수님이 제2대 지회장을 맡으면서 급기야 필자가 부회장이 되었다. 교수님과의 거리가 한 뼘 간격에 이른 셈이 된 것이다.

제주작가회의의 창립 초창기에 회원들과의 만남이 잦았다. 만남 뒤에는 으레 뒤풀이가 따랐다. 거기엔 술과 노래가 이어지기 마련이어서 한잔 두잔 분위기가 무르익으면 차츰차츰 격의의 경계선이 무너지기 시작한다. 이때쯤 주고받는 농담 중에, 비로소 제주도에서 가장 귀여운 욕설 "팍 아상!"이라는 한 마디가 교수님이 알고 있는 유일한 폭력성 언어란 점을 알았다. 교수님이 유독 아끼는 후배들에게만 사용됐던 언사(?), "팍 아상……!"이라는 말을 꺼냈을 때 표정이 차라리 귀여우셨던 우리 교수님.

그리고 마이크를 잡으면 지극히 자연스럽게 그의 십팔번이 흐른다. 오른 손에 마이크 잡고 양쪽 어깨 살짝 들어 올리며 지그시 눈을 감고 불렀던 팝송, Bee Gees의 <Don't Forget To Remember>를

"Oh, my heart won't believe / that you have left me / I keep telling / myself that it's true I can get over / anything you want, my love / But I can't get myself over you……"

"당신이 내 곁을 떠났다는 걸 / 내 마음도 믿지 못하겠어요 / 이것이 현실이라고 / 나 자신에게 말하고 있죠 / 당신이 원했던 거라면 / 다 잊어 버릴 수 있지만 / 당신만은 지워 버릴 수가 없군요……"

건강상의 이유로 필자는 이십 대 이후부터 술을 끊고 살았다. 시를 쓰는 사람이 술도 못한다면 그건 말이 아니다. 음주와 금주의 대립이 교수님과 나와의 또 다른 갭이었다. 그러나 필자의 경우, 술은 못하면서도 술자리에서는 물러서지 않았고, 맨 나중까지 술좌석의 불침번을 서는 입장이었다. 술자리가 끝나고 나면 취하지 않은 자는 필자 혼자였다. 그리고 교수님을 시내 연동 제원아파트(당시 교수님이 사셨던)까지 모셔다 드리는 것도 한때 필자의 몫이었다. 그러면 그 이튿날 아침 일찍, 고맙다는 내

용과 어젯밤 별일이 없었냐고 묻는 전화를 잊은 일이 없으셨던 교수님!

이제 그분과 함께했던 기억도 가물거릴 만치 세월이 지났다. 천만다행, 교수님과 필자와는 이제 직선 300미터 거리 안에서 산다. 당초 운전 않고 사셨던 분이셔서, 노형에서 제주대까지 버스로 출퇴근 하는 것으로 안다. 그래서 가끔 시내버스 계단을 조심스럽게 내리시는 교수님의 모습을 본다. 인도를 천천히 걸으시는, 이 시대 깨어있는 지성의 뒷모습에서 아름답게 단풍이 드는 한 그루 나무를 본다. 어느새 한쪽 어깨가 살짝 낮아진 모습, 슬쩍슬쩍 올려다보시는 눈시울엔 어느새 고향의 노을하늘이 들어와 있으리라.

이제 정년퇴임이시라니, 직장의 퇴임은 비로소 새 인생의 시작이라는, "인생은 육십부터"가 아닌 "인생은 퇴임부터"라고 억지를 부려본다. 교수님의 빛나는 퇴임에 큰 갈채를 보내면서 여생에 건강과 문운을 비는 마음 간절하다. 그리고

"On my wall lies a photograph / of you, girl / Though I try to forget you somehow / You're the mirror of my soul / So take me out of my love / Let me try to go on livin' right now

내 방 벽엔 당신의 사진이 걸려 있어요 / 어떻게 해서든지 / 당신을 잊어 버리려 애써 보지만 / 당신은 내 영혼의 거울인 셈이죠 / 나를 당신의 사랑에서 벗어나게 해주세요 / 이제부터 (다시) 삶을 살아갈 수 있게요……"

머지않은 날, 교수님의 십팔번 노래 <Don't Forget to Remember>를 다시 들을 수 있는 기회를 만들어야겠다.

김병택 교수 퇴임기념 헌사

허 남 춘 / 제주대학교 교수

I. "그렇군요"

김병택 선생님과 술자리를 갖고 담소를 나누다 보면 남의 의견에 동조해주는 소탈함을 경험하게 된다. 당신의 견해와 다를지라도 "그렇군요"라고 수용하는 태도 속에 대인으로서의 면모를 느낄 수 있다. 그런 넉넉한 태도 때문에 늘 농담의 대상이 되곤 한다. 억측으로 김 선생님을 곤경에 처하게 하는데, 그 대표적 사례가 '저지리 땅' 사건이었다. 20년 전 돌아가신 어떤 선생님이 한경면 저지리 대토지 소유에 관한 헛소문을 유포시켰던 적이 있다. 당연히 허위로 판명이 난 사건이었다. 그런데도 같은과 김 선생님께서는 틈만 나면 농담으로 '저지리 운운'의 이야기를 꺼내곤했다. 그때마다 김 선생님은 "그렇군요"라 하면서 너털웃음으로 넘기곤했던 유쾌한 기억이 남아 있다.

고향마을과 관련된 농담에 대해서도 김 선생님은 "잘 알고 있다"라는 답변으로 대신하곤 했다. 말이 절주에 맞고 거칠지 않으며 화가 나도 함부로 욕설을 입에 담지 않는 진정 양반으로서의 풍모를 갖추고 계셨다. 아울러 민중의 삶을 잘 알고 동참했다.

II. 대학자大學者로서의 면모

김 선생님의 저작은 단독 저서로만 10권이 넘는다. 이 정도면 당연히 대 학자로 존경받아야 한다. 그런데도 제주 사회는 이런 대 학자를 잘 모른다. 목소리 크거나 경조사에 열심히 드나들거나 권력이 있는 자들만을 알아준다. 그런데 단순히 숫자로서 10권이 아니다. 제주 사회에 긴요한 저술을 남겼다.

첫 저술은『바벨탑의 언어』다. 그 제목에서 풍겨나듯 언어와 소통의 문제에 관심을 두셨다. 얼마의 시간을 지나서는『한국 근대시론 연구』와『한국 현대시인론』에서 알 수 있듯이 선생님의 주 전공인 '현대시'와 '현대시인'에 골몰하셨다. 세 번째는 제주 지역 정체성을 위해 공헌한 시기다.『제주 현대문학사』를 상재하여 제주의 문학사를 정리하고 이어『제주 예술의 사회사』상·하 두 권을 세상에 내놓으셨다. 문학에 국한되지 않고 예술 전반으로 시선을 넓혔다. 시, 소설에서 신화, 연극, 영화 등 서사형식으로, 음악, 미술, 연극, 사진, 건축, 서예, 무용 등 실로 다양한 분야에 대해 해박한 견해를 풀어 놓았다.

김 선생님의 일찍부터 문학과 사회의 연관성에 깊은 관심을 두었고, 그래서 사회적·현실적 삶을 궁구하였고, 그것은 국가적·민족적 삶에 대한 애정으로 이어졌다. 실천적 지식인의 삶이 들여다보인다. 그런 측면을 가늠할 수 있는 것이, 친정권적인 언론에 반기를 들고 출범한『제민일보』의 발기인으로 동참한 것을 들 수 있다. 또 예총 계열의 반사회적인 작가들의 세계관에 대항하는 '제주작가회의'를 결성하고 2대 회장 일을 하면서 민족작가 그룹과 긴밀한 관계를 유지하면서 이 땅의 민주화를 이룩해

냈던 점을 들 수 있다. 조용하면서도 실천적인 김 선생님의 삶은 그의 저술과 함께 상당 기간 동안 제주사회의 귀범이 될 것이다.

Ⅲ. 제주학의 선구자

제주는 서울의 눈으로 보면 변방이다. 그래서 일부 학자와 언론들은 변방 타령이나 하면서 중앙을 동경의 눈으로 보았다. 그런데 제주대 국문학과는 달랐다. 제주의 언어와 민속과 문화를 중심부에 놓고 꾸준히 연구의 대상으로 삼았다. 우리나라 근대화 과정이 서구적 근대의 이식이고 당대 학자들이 서구 학문을 수입하는 데 골몰하였던 것에 반해, 제주대 국문학과는 민족과 지방의 자기 정체성에 관심을 기울였다. 그 성과가 현평효, 현용준, 김영돈으로 이어지는 제주어와 제주 구비문학의 성과다. 여기서 제주학이 싹트게 되었다.

전통문화에 대한 관심이 앞 시대 국문학과 교수들의 노력이었다면, 다음 시대 국문학과의 선두는 근대 제주문학과 예술에 대한 관심을 펼친 김병택 선생님이다. 변방론에 주눅 들지 않고 제주를 중심부에 놓고 당당하게 제주문학사와 제주 예술사를 썼던 것은 제주학의 계승이다. 지방문학사와 지방예술사 측면에서 본다 하더라도 김병택 선생님은 선편이라 하겠다. 다음 시대 국문학과 후배들도 이런 자기 정체성 연구 성과를 잇는 지방 인재가 되길 간절히 바란다.

김병택 선생님은 신화 '초공본풀이'를 분석하면서 시공간 의식이 실재적이면서 동시에 관념적이라 평하였다. 다양하고 이질적인 시간이 감지되고, 존재를 에워싼 여러 공간이 관계를 맺고 있다고 했다. '지금·여기'와 '과거·거기'를 오가는 신화의 시공간성을 예리하게 밝혔다. 김병택 선생님에게 현대란 단순히 정지된 공간이 아니라 끊임없이 과거 전통과 대화하는 시간임을 드러냈고, 제주는 스스로 고립되지 않고 세계와 호흡하는 광대한 공간임을 드러냈다. 선생님의 세계관이 '지금 · 여기'에서 다시 '미래 · 거기'로 가는 중요한 수단이 되길 간절히 바란다. 다시 한 번 선생님의 화두가 소통이었음을 확인한다.

가르침을 기억하겠습니다

현 승 환 / 제주대학교 교수

저의 아버지가 대학에 근무하셨기에 매년 설날이 되면 제자들이 세배를 하러 집에 들렀습니다. 그 때문에 저는 집에서 그분들을 뵐 수 있었습니다. 집에 오신 손님들이었기에 저와 동생들은 다시 그분들께 세배를 드리면서 한 분 두 분 얼굴을 익혔습니다. 제주대학교에 입학하면서 그분들은 저의 선배가 되었습니다. 선배는 1년만 차이 나더라도 가까이 할 수 없는 관계였는데, 10여 년 정도 차이가 나면 후배가 선배에 대한 경외감은 그때나 지금이나 다름없이 대단했습니다. 감히 앞에서 눈을 마주칠 수 없을 정도로 무서워했습니다.

대학을 졸업하고 대학원에 진학하면서 만난 김병택 선배이자 교수님은 무서운 존재가 아니라 마음이 따뜻한 분이셨습니다. 후배들과 거침없이 술잔을 주고받을 수 있고, 마이크를 잡으면 사양하지 않고, 소리새의 '그대 그리고 나'를 열창하는 멋쟁이셨습니다.

저는 국어교육과를 졸업하고 중등교사로 근무하다가 1988년 박사과정이 개설되면서 비로소 김병택 교수님의 강의를 받게 되었습니다. 입학 인원이 적었기에 연구실에서 강의를 진행하였는데, 학문에는 무척 엄격하셨습니다. 원생들은 핑계만 있으면 수업을 빠지려 하는데, 교수님은 한 사람만 출석하더라도 꼬박꼬박 강의를 해 주셨습니다. 그 당시는 불만이 많았지만, 나중에 교수님의 마음을 읽고서 오히려 더욱 존경하게 되었습니다. 교수님은 종강하면서 "그동안 수고했네. 우리 대학원에 첫 박사 졸업 후보들이니 열심히 해야 되네." 하면서 소주잔을 채워 주셨습니다. 원생들은 모두가 반성하며, 제주대학교 국문인으로서의 마음가짐을 가다듬었습니다.

이때 교수님은 원생들과 술잔을 주고받으면서 대학원의 발전을 위해서는 혼자 하는 공부가 아니라 같이하는 공부를 권하셨습니다. 석사과정 원생에게는 가르쳐주고, 박사과정 원생끼리는 토론을 하는 방법이었습니다.

그 이후, 대학원 원생들은 교수님께 조언을 들으며, 월례발표회를 시작했습니다. 발표문안은 서로 공유하며, 학문의 폭을 넓혀갔습니다. 혼자만의 길이 아닌 더불어 가는 길은 저희들의 모자란 점을 채우는데 크게 도움이 되었습니다. 처음 월례발표회는 초라했지만 학위과정을 마칠 때쯤에는 원생들 숫자도 많아지고, 발표회도 그럴듯하게 진행되었지요. 돌이켜보니, 오늘의 국어국문학과 대학원은 김병택 교수님께서 원생들에게 조언하며 밀어주신 결과 성장한 것임을 부인할 수 없습니다. 그 덕분으로 제자들은 사회 곳곳에서 교수님의 가르침대로 제 역할을 다하고 있습니다.

교수님은 학문적인 엄격함이 몸에 배어 있습니다. 이 때문에 가끔 원치 않는 거짓말을 하신 적도 있지요.

교수님께서 영주어문학회 회장을 맡아 학회를 키우려고 애쓸 때였습니다. 『영주어문』 책이 발간되자, 출판기념회를 하자면서 탑동에 있는 초가장횟집에서 임원진들과 같이 모인 적이 있었지요. 소주가 몇 병 비워지면서 교수님께서는 퇴임이 다섯 손가락 안으로 들어왔다며, 세월이 빠름을 한탄하셨습니다. 그러면서 이제는 모든 것을 내려놓고 편히 지내겠다고 하셨지요. 그런데, 그 후 말씀과는 다르게 『제주예술의 사회사(상), (하)』, 『현대시의 예술수용』, 『시의 타자 수용과 비평』 등 책을 4권이나 내셨습니다. 정말 대단했습니다.

이제 제주대학교에서는 교수님의 걸음걸이를 볼 날도 얼마 남지 않았습니다. 정말 안타깝습니다. 보내고 싶지 않지만, 회자정리會者定離라 하였으니 겸허하게 수용하렵니다.

세월의 흐름은 인력으로 어쩌지 못하는 것이기에 교수님의 건강을 빌며 보내 드립니다. 이제는 모든 힘을 건강을 지키는 데 쓰시고, 가끔은 후배들과 술자리도 같이 하면서, 교수님의 가르침을 베풀어 주시기 바랍니다.

교수님께서 저희들에게 남겨주신 학문적 열정은 저희들이 힘닿는 한 후배들에게 가르치며, 되새기고, 교수님의 가르침을 기억하겠습니다. 안녕히 가십시오. 교수님의 앞길에 행운이 함께하길 빕니다. 그동안 감사했습니다.

한없는 내리사랑

김 경 훈 / 시인

　김병택 선생님은 나에게 국문학과 은사이자 고향 조천리의 선배이기
도 하다. 입학했을 때부터 선생님은 나를 아주 눈여겨보고 있었던 것 같
다. 분수 모르던 1학년 1학기 시절에는 나도 꽤 학과 공부에 열심이었다.
전 과목에 걸쳐 A학점을 받았고, 그중에서도 현대문학 분야의 선생님은
거의 A플러스를 주었다. 아마 이때부터 선생님은 나를 후배 학자로 키우
려고 작심을 했던 모양이다.

　그러나 2학기에 접어들면서 사회현실과 세상물정에 대해 조금씩 알기
시작하면서는 공부에 대한 뜻이 점점 희미해지기 시작했다. 학과보다는
당시 <대학문학동아리 신세대>에서 문학에 대한 살아있는 토론에 대해
더 애착이 갔고, 사회과학 서적을 탐독하면서 불의한 현실을 타개할 방법
을 궁리하기도 했다.

　이때부터 선생님은 나로 인해 어지간히 속을 썩이기 시작한 것으로 생
각된다. 하라는 공부는 하지 않고 학내 집회에나 나가고 수업은 거의 들
어가지 않았으니 말이다. 시험 때가 다가오면 한 이틀 정도 공부하는 체

해서는 대충 답안을 써내곤 하였다. 그래도 선생님은 학점을 B 이하로는 절대로 준 적이 없었다. 물론 다른 교수들이 준 학점은 거의가 '시들시들'이었지만 말이다.

이 시기에 폭음이 시작되었다. 험악한 시대상황 앞에 무기력한 존재의 비애에 대한 자책이었을까. '백일 동안 계속 술을 마시면 술 사준다'는 학우의 감언이설에 넘어가 진짜로 백일주百日酒를 채우고, 그 학우가 사는 술까지 더 마셨으니 백일 일 동안 쉬지 않고 마신 것이다. 이때의 나의 몰골은 폐인 그 자체였으리라.

훗날 이때부터의 과도한 음주로 인해 급성 췌장염이 발병해서 실제로 백일 동안 술을 강제로 끊어야 할 때도 있었지만. 낮술에 대취하여 온몸에 막걸리를 묻힌 채 교정의 나무 그늘에 드러누웠을 때, 지나다 얼핏 나를 쏘아보는 선생님의 눈빛은 나에 대한 실망과 허탈감을 잔뜩 담고 있었다.

그러다가 나는 학내 시위에 가담했다가 경찰서 유치장 신세를 진 적이 많았다. 그때 선생님은 나의 신병인수를 해주기도 했다. 1983년도 화순항 자유무역항 개발 반대 시위를 하고 경찰서에 잡혀 가고 학사 징계를 받을 적에는 선생님이 당시 현평효 학장에게 권하여 징계 수위를 낮추게 한 적도 있다는 것을 나중에 듣기도 했다.

선생님은 내가 학자의 길을 포기한 걸로 짐작했는지 그 시기 내게 시인의 길을 권했다. 시와 시론에 대한 많은 얘기를 해주었고, 또 틈만 나면 주위의 지인들에게 '정말로 시를 잘 쓰는 학생이 있다.'며 적극 추천하기도 했다. 그러나 나는 1987년에 결성된 <놀이패 한라산>의 마당극 배우로 덜컥 입단해버렸다. 말로는 '시를 온몸으로 써보고 싶어서'라고 둘러댔지만 어찌됐건 또 한 번 선생님에게 결례를 범한 꼴이 되어버렸다.

어찌 어찌 대학을 졸업할 때가 되었다. 선생님은 나에게 직장을 세 차례나 알아봐 주었다. 교수들이 눈여겨봐둔 제자들에게 직장을 알아봐주는 것이 관례인지, 또는 현재도 그러한지는 나는 잘 모른다. 첫 번째는 제일 생명 홍보실이었다. 나는 은행이 체질에 맞지 않다며 거부해버렸다. 숫자 계산도 못 하는 놈이 무슨 은행이냐며 얼어 죽을 똥고집을 피운 것이었다.

두 번째는 남주고등학교 국어 교사 자리였다. 나는 그렇게 학교 수업을 빼먹으면서도 교직 과목은 이수하여 2급 정교사 자격증을 가지고 있었다. 아마도 이때를 전후하여 많은 수의 국문학과 졸업생들이 사학에 교사로 들어갔다. 나도 이때 체면상 양복을 차려입고 고등학교에 갔다가 이유는 밝히진 않겠지만 다음날부터 가지 않아버렸다.

세 번째는 북제주군청 공보과 자리였다. 그러나 나는 그 호의를 아주 고스란히 무시해 버리는 몰염치를 범하고 말았다. 바로 1987년 6월의 일이었다. 첫 출근을 해서 인사를 하고 내일부터 일을 시작하기로 한 후 다시 거리로 나왔다. 그때는 제주에서도 6월항쟁의 열기가 한창일 때였다. 시민들이 중앙성당 2층을 점거농성하는 데까지 이어졌고, 나는 출근 하루 만에 점거농성에 동참하게 되었다. 다음 날부터는 무단결근으로 자동 실직 되었으니 그야말로 '하루살이 공무원'이었던 셈이 되었다.

이렇게 써놓고 보니, 나라는 인간은 참으로 몰염치하고 무책임한 놈이로구나! 떨거지 같은 나를 위해 무던히도 그치지 않는 애정을 주셨구나! 그런데도 그걸 모른 채 제 하고 싶은 대로 제 갈 길만 갔구나! 아, 나는 제자이자 후배에 대한 한없는 '내리사랑'에 대해 단 한 번도 제대로 보답해 드린 적이 없구나!

나는 선생님이 원했던 학자뿐만이 아니라 제대로 된 직장도 가지지 못하면서 지가 무슨 청개구리라고 늘 반대쪽으로만 가버린 인생이 되고 말았다. 하지만, 내가 지금껏 그나마 시를 쓰고 있는 건 아무래도 그때 당시의 선생님의 나에 대한 고무찬양이 큰 힘이 된 것으로 생각하고 있다.

20년 전 <제주작가회의>에 입회하면서부터는 선생님과 사적인 자리에서 마주할 기회가 잦아졌다. 물론 문학 얘기뿐만 아니라 저간의 과거 행적에 대해서도 기탄없이 대화를 하기도 한다. 앞에서 말한 대학 시절의 이야기나 취직 알선 이야기는 잊어버릴만 하면 다시 튀어나오곤 한다.

'내리사랑은 있어도 치사랑은 없다'지만, 선생님이 정년퇴직해서 좀 자유롭고 여유로운 신분이 되면 찾아뵈어서 낮술도 마시고 그래야겠다는 다짐을 한다. 야생화를 찾아서 들과 산으로도 나다니고 건강을 위해 오름도 같이 올라야겠다. 고향 조천리의 바닷가에 가서 물고기도 좀 낚아 회를 쳐서 먹기도 하고. 이렇게 염치없지만 말년에 망년우忘年友가 되어 드리는 것이 나의 평생 죄 닦음이 되지 않을까 하는 생각을 가져본다.

내 인생의 신호등, 내 글의 최초 독자이자 비평가

이 성 준 / 시인, 제주대학교 강사

우리 82학번 동기들은 김병택 교수님을 '입학 동기'라 부른다. 우리는 학생으로서, 김병택 교수님은 교수로서 1982년도에 같이 입학(?)했으니까. 그래서 애정 어린 지칭어가 '입학 동기'다. 그러나 나는 감히(?) 그런 지칭어를 거부한다.

철없던 대학 신입생 시절에 붙여진 '형님 교수님'은 아직도 내게 유효한 지칭어다. 지금은 감히 그렇게 호칭하지는 못하지만 마음속에는 아직도 그렇게 남아있다. 김병택 교수님은 아직도 내게는 형님이면서 교수님이고, 교수님이면서 형님이니까.

1학년 초, 우연찮게 조천 선배란 사실을 알고서부터 나는 교수님을 못살게 굴었다. 무슨 일이 있을 때마다 '나 죽어불쿠다!'로 엄포를 놓으며 교수님의 도움을 청했었다. 그것도 비정상적이고 일탈적인 상황에서 이 엄포를 날렸었다. 그러면 어김없이 달려와 나를 구출(?)해주시곤 하셨다. 거기에 한 몫 거든 사람이 내 가장 친한 친구 강성대였다. 그러나 성대도 나만큼은 교수님의 애정을 받지 못했던 것 같다. 성대나 나나 환경도 비슷하고 하는 짓이나 성격도 비슷했지만 교수님은 유달리 나에게 관심과 애정을 주셨던 것 같다. '나 죽어불쿠다!'란 말을 곧이 들으셨는지, 고향 선배로서는 하기 힘든 것까지 알뜰살뜰 챙겨주셨다. 정말 성질 값한다고, 죽어버릴 지도 모른다는 생각을 했었던 것 같다. 그렇지 않고서는 그렇게 할 수가 없었다.

해병대 생활을 할 때도 교수님은 내게 형님이셨다.

군 생활이 힘들어 쓸데없는 이야기를 주저리주저리 편지로 써 보내면 꼭 답장을 해주셨다. 또 가끔은 시편들을 적어 보내면 그에 대한 평을 적어 보내 주셨다. 그걸 어긴 적이 없으셨다. "이러는 것도 좋겠지만……"이란 단서를 달고 평을 보내주셨다. 내가 글 쓰는 일을 접을까봐, 해병대 생활을 글 읽기와 글쓰기로 건너나가길 바라는 마음으로 정성을 들이셨다.

제대를 하고 복학을 한 후에도 마찬가지셨다. 그만 질리기도 하고, 제 성깔대로 하는 제자이자 후배를 포기할 만도 한데 그 끈을 놓지 않았다. 그 애정과 관심이 나를 바꿔놓은 것은 물론이다.

나는 김병택 교수님께 받은 애정과 관심, 그리고 사랑에 보답하기 위해 나와 같은 행동을 하는 제자들을 살려내곤 했다. 고등학교 교직 생활 20년 동안 내가 살려낸 제자만도 네 명이 넘는다.

한 명은 고등학교 2학년 놈이 만취상태에서 내 집엘 찾아왔었다. 농약까지 사들고. 정말 죽기 위해서, 죽기 전에 마지막으로 내 얘기를 듣기 위해 찾아왔었다. 수업 중에 죽고 싶을 때 날 찾아오면 가장 쉽게 죽는 법을 가르쳐 주겠다는 말을 자주 했었는데 그 말을 기억하고 찾아온 것이었다.

나는 녀석과 밤을 새워 술을 마셨다. 그리고 왜 살아야 하는지, 왜 죽어선 안 되는지에 대해서 얘기해줬다. 녀석이 울면서 자신의 속을 털어놓았다. 나는 녀석의 편이 되어 상대를 욕하고, 찢고, 죽여버리겠다고 소리를 지름으로써 녀석을 포기하게 만들었다. 김병택 교수님이 내게 썼던 전법임은 말할 필요가 없다. 그 녀석 말고도 세 명이나 더 살려냈으니 김병택 교수님은 나를 통해 네 명의 목숨을 구한 셈이다. 잘 키운 '후배 제자' 하나, 열 교수 안 부럽다(?)가 아닌가.

사실 이제 고백하건대, 난 글재주가 전혀 없는 사람이다. 글재주는 고사하고 센스도 전혀 없다. 그런데도 아직도 글쟁이로 남아있는 것은 다 김병택 교수님 때문이다. 물론 중학교 3학년 때 담임선생님이셨던 백무범 선생님께서 제일 먼저 나를 속이셨다. 어머니 날 글짓기 대회에서 글도 아닌 글을 우수상으로 위로하셨는데, 나는 그것도 모르고 글쓰기를 시작했다. 그리고 그 어리석음을 완성시키신 이가 바로 김병택 교수님이시다.

지금 생각하면 대학이나 군대 시절의 글은 글도 아니었다. 그런데도 그 글을 괜찮다고, 좀 다듬으면 좋은 글이 되겠다고 추구리는(추기는) 통에 글쓰기를 멈추지 못했던 것 같다. 그건 지금도 마찬가지고.

얼마 전, 소설 공모에 내 볼 생각으로 몇 편을 써서 보여드렸더니 또 같은 말을 하셨다. 내가 봐도 문제가 많은, 아니 소설도 아닌 소설인데도 조금 다듬어서 내보라고 추구렸다. 이젠 그 정도는 다 알 나이인데도 교수님께는 아직도 내가 어리게만 보이는지 30년 전과 똑같은 말을 하셨다.

그래서 김병택 교수님은 내 인생의 갈림길에서 말없이 신호를 보내주시는 인생 신호등이요, 내 글의 최초 독자이자 최초 비평가이시다. 그리고 퇴임을 하시더라도 그 역할은 변함이 없을 것이다. 내가 살아있고 당신이 살아있는 동안은 '형님 교수님'에서 한 발자국도 벗어날 수 없을 테니까. 아니, 퇴임 후에 더 못 살게 굴지도 모르니까.

아름다운 인생 신호등을 가질 수 있었고, 최초의 독자이자 비평가를 가질 수 있었음은 내 인생의 최고의 복이요, 행운이었다. 그래서 나는 '입학 동기'란 애정 어린 지칭어를 감히 거부하는 것이다.

내가 다른 사람의 인생 신호등이 된다면, 다른 사람에게 글을 쓰라고 권한다면 그건 모두 김병택 교수님 영향이다. 따라서 나를 욕하거나 탓해서는 안 된다. 김병택 교수님께 그 모두를 돌려야 한다. 사실이 그러니까.

참 좋은 김병택 선생님께

강 충 민 / 한우리 독서토론논술 한라교실 원장

선생님!

강충민입니다. 체육대회 때 경기보다는 응원에 늘 열중하던, 진앙제전이 열리면 대운동장에서 언제나 싸바리, 싸바리를 외치던 86학번 충민입니다.

바로 그 대운동장 후배들의 진앙제전이 한창인 때였습니다. 동윤선배로부터 회고담을 써 보라는 말을 듣고 순간 의아했습니다. 우습게도 혼자서만 나이를 먹은 듯 저는 어느덧 마흔 여덟이 되었고, 선생님은 28년 전 제가 스무 살 때 뵌 것처럼 여전히 한결 같으셨기에 미처 시간을 헤아리지 못했습니다. 우습게도 '벌써 정년……?' 했습니다.

그리고는 꿈길처럼 한 밤 자고 나니 마흔 여덟이 되어 버린 것 같은, 잠들기 전 바로 어제 같은 저의 대학시절도 추억하게 되었습니다.

인문대 체육대회 중위권이 목표라는 재학생들의 소박한 희망을 전해 들으며 시내로 내려오는 길은 햇살이 참 좋았습니다. 새삼 그들의 젊음이 부러웠고, 결코 간단하지 않은, 견뎌내야 할 무게들을 알기에 안쓰럽기도 했습니다. 목이 터지는 함성 뒤에 젊은 고뇌의 울림도 전해져 왔습니다. 그런 그들의 모습에서 28년 전의 저를 발견했습니다.

감히 선생님을 표현한다면 '참 좋은……,' '인간적인……'이 반사적으로 떠오릅니다. 학과의 모든 행사의 처음과 끝을 학생들과 같이 하던 모습은 대학에 갓 입학한 저로서는 생소하기도 했습니다. 이제 뽀얀 먼지에 가렸던 기억들을 후우 하고 입김을 불어내니 오롯이 되살아납니다.

돈네코 청소년 수련원, 베델기도원의 엠티. 귀덕2리, 의귀리 학술조사……. 지금 바로 생각나는 학과 행사만 해도 늘 선생님은 저희들과 같이 하셨습니다. 특히 갓 입학한 1학년 3월 돈네코 청소년 수련원에서의 엠티 때 차례대로 돌아가며 이야기를 완성했던 것은 '아 내가 국문과에 입학했구나'를 절감하게 했습니다. 이야기를 완성하고 완성하다보면 누군가의 장난에 다시 엉뚱한 방향으로 흘러 한바탕 웃음을 웃던 새벽까지 이어지던 텐트 안. 플롯은 어디론가 실종되고 지금 같으면 막장과 막장의 연속이었습니다. 혹시 그것 기억하실는지요. 선생님 차례가 되면 어김없이 신파조로 애절한 남녀의 사랑을 반복하셨던 것 말입니다. 다들 선생님의 경험이 아니냐 했고 시원스럽게 시인하셨습니다.

그 놀이도 사실 선생님이 제안하신 것이었습니다. 간간이 이어지던 질문들 속에서 막연하게 느꼈던 대학생활과, 다가올 미래에 대한 불안감을 저 혼자 머릿속에서 지우곤 했습니다. 거리낌 없는 대답과 대화가 그것에 대한 해답을 주고 있었으니까요.

선생님은 그랬습니다. 권위, 근엄함이 아닌……. 강의 끝난 어느 날 오후 우연히 인문대를 나와 정문 앞까지 같이 걸어가며 시시콜콜한 이야기에도 공통의 화제로 나눌 수 있는 그런 분이셨습니다. 늦은 점심 해결하러 본관 구내식당에 들렀을 때 식사하시는 선생님의 앞자리에 무심코 식판을 들고 앉아 같이 밥 먹을 수 있었습니다. 일부러 꾸밀 수 없는 마음 속 깊은 곳에 자리 잡은 참 인간적인 모습을 지닌 분이 선생님이셨습니다. 또한 잘못에 대해서는 확실하게 꾸짖으셨고요.

3학년 1학기 현대문학연습 조별과제시간, 아무도 발표자가 나타나지 않자 불같이 역정을 내시며 바로 8116 강의실을 나가셨던 일은 지금 생각해도 얼굴이 화끈거립니다. 솔직히 고백하자면 그날 발표예정자는 저였습니다. 그래도 끝내 누구냐고는 묻지 않으셨습니다. 그것이 더욱 죄송스럽게 했습니다.

군대 제대하고 3학년 2학기 인문대에서 걸어가면서 이야기를 주고받다, 돌하르방이 보이는 정문이 다가올 즈음 "영어공부도 꼭 해사 된다, 이……" 말씀 하실 때 눈앞에는 노을이 붉게 번지고 있었습니다. 어쩌면 저는 영어 아닌 일본어를 공부해서 특급호텔에 들어가는 것으로 그 말씀에 따랐는지도 모르겠습니다.

어두웠던 시절 1980년대 후반, 단식농성을 하던 선배, 재학생들을 한적한 시간 살짝 둘러보다 나오면서 "너무 오래랑 허지 말라." 하셨다는 말씀은 두고두고 선생님의 마음을 드러내는 일화이기도 합니다. 다 잊어버린, 지나쳐 버린 머언 먼 1987, 1988년의 이야기이지만 지금도 선생님을 뵐 때마다 불현듯이 떠오릅니다.

저는 1학년 2학기 국어2로 선생님강의를 처음 만났습니다. 그리고 "1950년대 이후의 한국문학에 대해 서술하라"가 기말고사 마지막 문제였습니다. 이제 28년의 시간이 흘러 선생님을 회고하고 있습니다. 바로 잠들기 전 어제 같은데 말이지요.

사실 오늘 선생님을 저희 아파트 앞에서 우연히 뵐 때까지 이글을 미적미적 미루고 있었습니다. 어쩌면 회고라는 형식으로 선생님을 과거로 몰아낸다는 느낌을 지울 수가 없었습니다. 그래서 추억이라는 말도 이제는 더 이상 미래가 없다는 동의어로 이해되는 것 같아 혼자 못마땅하던 터였습니다. 그래서 어떻게 쓸까 머리가 아팠던 것이 사실입니다.

그런데 신기하게도 오늘 그 물음에 대한 해답을 선생님이 나타나서 바로 주셨습니다. 흡사 화두를 풀지 못한 행자승 앞에 관음보살이 나투신 것처럼 말이지요. 선글래스에 한껏 차려 입으시고 "바람 쐬러 수목원 감쩌." 하던 말씀이 바로 그것이었습니다. 언제나 한결 같으신 모습으로 참 좋은, 인간적인 모습을 뵐 수 있다는 것, 그것이 바로 이제 새로운 추억 쌓기의 시작이라고 바로 알려주고 수목원으로 발걸음 하셨습니다.

선생님!
선생님은 참 좋으셨습니다. 지금도 한결같이 좋으신 분입니다. 1986년 제주대학교 국어국문학과에 입학해서 선생님을 뵙고 강의를 만나고, 영광스럽게도 보잘 것 없는 글로나마 선생님을 기억할 수 있는 것은 무한한 행복입니다. 그리고 선생님 목욕탕 가실 때, 등 시원하게 밀어드릴 사람 필요하시면 달려가겠습니다.

2014. 7. 17.
제자 강충민 올림

학문하는 자세를 물었던 '3분 소감'

진 선 희 / 한라일보 사회문화부장

왜 학문을 하는가, 왜 공부를 하는가. 이런 질문을 내게 던져본 것은 대학원 공부를 시작한 지 한참 지난 뒤였다. 박사 과정에 입학해 어느 수업을 들으면서 새기게 된 질문이다. 지금도 별반 나아진 게 없지만 대학원에서 학문을 한다고 했으면서도 '이중 직업인'처럼 직장과 학교 두 곳에 발을 담그며 갈팡질팡 했던 처지였다.

'학문'이라는 긴 여정 앞에서 이제 막 걸음마를 떼어놓은 것이나 다름없는 내게 김병택 교수님은 조용한 목소리로 묵직한 가르침을 주셨다. 석·박사 과정을 밟기 이전부터 인사를 나누던 사이였지만 대학에서 만나지 않았더라면 교수님에 대한 '인상기'는 달라졌을지 모른다.

내가 제주대를 졸업하고 신문사에 입사한 해는 1993년 11월이었다. 올해 햇수로 20년을 넘겼다. 주로 문화 분야 기자로 근무해온 터라 문학, 미술, 음악 등 그간 지역에서 문화예술 활동을 하는 이들을 적지 않게 대했다.

하지만 기자와 취재원(기사 재료의 출처)의 만남에 늘 온화한 기운이 도는 것은 아닌지라 서로 얼굴 붉히는 일이 있다. 비판적 내용을 담은 기사를 지면에 내보낼 경우 취재원들이 종종 사실과 다르다고 주장하며 공격하는 사례가 있어서다. 뜻하지 않게 앙금이 생기기도 한다.

교수님이 제주문화예술재단 이사장으로 재직하던 때였다. 당시 나는 문화부 기자로 남들과 경쟁하듯 제주도 문화정책에 대한 쓴 소리를 쏟아내던 시절이었다. 제주도 출연기관인 제주문예재단도 예외가 아니었다. 민간 영역에서 활동하는 예술인들이 다수인 현실에서 공적 기관인 제주문예재단에 쏠리는 관심은 남달랐고 그만큼 관련 기사도 많았다.

어느 날, 지역 신문 두 어 곳에서 제주문예재단에 얽힌 비판적 기사가 나갔고 얼마 뒤 그곳에서 인터넷 홈페이지를 통해 해명자료를 띄웠다. 기자에게 전화를 걸어 직접 해명하거나 화를 내는 사례가 태반이어서 이례적으로 생각됐고 한편으론 정중한 항의의 표시로 느껴졌다. 이사장을 맡은 교수님의 심기가 불편했겠지만 해명자료 말고 이후에 다른 말은 없었다. 저녁을 함께 먹을 기회가 있었지만 그때도 마찬가지였다.

매일 이런저런 기사를 써내며 사느라 잊고 지냈던 그 일은 현대문학을 공부하기 위해 늦은 나이에 국어국문학과 대학원 진학을 준비하면서 자연스레 떠올리게 됐다. 기자가 아닌 학생으로서 가르침을 받자는 생각으로 연구실을 방문하려고 했지만 마음이 편치 않았던 것은 그 때문이다. 걱정과 달리 교수님은 반갑게 맞아주셨다. 현대문학에 대한 막연한 관심으로 학부와 인연이 없는 국어국문학과를 택했지만 교수님은 따뜻한 시선으로 격려의 말을 들려줬다.

석사 과정에 입학한 이래 지도교수로 가르침을 받은 해가 어느덧 6년이 넘는다. 나이 20대, 30대 학생들과 함께 대학원 공부를 시작하면서 그동안 내가 얼마나 얕은 지식을 쌓아왔는지, 앎이 부족했는지 느낀 적이 여러 번이다. 교수님 수업을 듣고 논문 지도를 받으면서 더욱 그랬다. 대학이라는 공간에 대해 회의적인 말을 하지만 지금도 어느 강의실에선 학문하는 사람 본연의 자세로 사유하고 성찰하는 이들이 있다.

「장한철 표해록의 다성성 연구」로 석사 논문을 준비하면서 교수님의 꼼꼼한 지도가 큰 도움이 됐다. 기자생활을 하면서 썼던 기획기사와 연관된 자료를 활용해 이를 학문적 연구 성과로 거둬들일 수 있도록 다리를 놓아주었다. 운이 좋게도 해당 논문이 학위 취득 과정을 통과하긴 했지만 교수님의 기대치에 못 미쳤던 게 사실이다. 이론서를 좀 더 정독해 교수님이 제시한 '열쇳말'을 긴밀하게 풀어내야 하는데 그러질 못했다.

이 같은 아쉬움을 안고 박사 과정을 시작한 해가 지난해 3월이다. 박사 과정 중에 교수님이 개설한 현대한국문학사상사 연구, 현대비평 연구, 현대한국시사 연구 등을 수강했다. 모두 박사 논문을 끌어가는데 필요한 강의여서 주간 수업이라고 포기할 수 없었다. 수업 중 학생들이 과제물을 발표할 때마다 교수님은 논지의 흐름을 다잡으며 주요 내용을 간명하게 정리해줬다. 『한국근대시론 연구』, 『한국현대시론의 탐색과 비평』, 『한국문학과 풍토』, 『현대시의 예술수용』 등의 저서를 통해 한국 근현대 시사, 문학사를 부단히 고찰해왔던 교수님은 막힘이 없었다. 다른 사람의 주장을 받아들이는 모습을 보이면서도 그간 다져온 이론을 학생들에게 좀 더 알리고 공유하기 위해 열정적으로 강의했다.

김 교수님의 수업에 빠지지 않는 일이 또 하나 있다. 바로 학생들에게 주어지는 '소감 발표' 시간이다. 교수님은 발표를 끝낸 학생들에게 대개 3분이나 5분 정도를 할애했다. 소감을 듣기 위해서다. 짧으면 짧은 시간이지만 3분, 5분은 스스로를 돌아보고 학문하는 자세를 들여다보게 만들었다. 왜 공부하는지에 대한 물음을 가져볼 새도 없이 고등학교에 진학하듯, 대학에 입학하듯 대학원 문턱을 밟았던 것은 아닌지 생각하게 했다. 내 경험으론 발표문을 작성하는 동안 되새김의 시간이 적었다면 할 말도 그만큼 줄어들었던 것 같다. 발표 순서가 돌아오면 부끄럽다, 앞으론 잘하겠다는 말을 입버릇처럼 했던 사람이 나였다. 그 순간을 떠올리니 다시 부끄러워진다.

30여 년간 학문의 길을 걸어온 교수님은 제주 문학과 예술의 역사를 정리하는 일에도 노력을 기울였다. 『제주현대문학사』, 『제주예술의 사회사』와 같은 저작이 대표적이다. 이중 제주작가회의가 내는 계간 『제주작가』 연재물을 묶어낸 두 권짜리 『제주예술의 사회사』를 얼마 전에 찬찬히 들여다볼 일이 있었다. 사회사의 시각으로 지역예술을 종합해 정리해놓은 책으로 그 수고로움과 가치에 비해 지역사회에서 제대로 조명되지 않았다는 생각이 들었다. 지방 대학에서 문학을 강의하며 외로운 길을 지나온 학자를 새롭게 발견하는 일에 무심했던 것은 아닌지 반성하게 된다.

　지난겨울, 교수님은 학생들과 스스럼없이 어울린 자리에서 퇴임 이후엔 프로이트를 다시 읽고 싶다고 했다. 대학이라는 울타리를 벗어나는 것일 뿐 학자의 모습으로 오래도록 우리 곁에 남아있을 것으로 기대한다. 게으른 제자가 교수님에게 진 빚을 갚을 방법은 박사과정을 마치고 폭넓은 사유로 완성도 높은 논문을 완성하는 일일 것이다. 지도교수의 이름에 누가 되지 않도록 정진하겠다는 말을 덧붙이고 싶다.

부드러움 혹은 날카로움

강 영 기 / 문학평론가

I.

김병택 선생님에 대한 인상기를 쓰라는 원고청탁을 받았을 때는 아무렇지 않게 쉽게 쓸 수 있겠다는 생각으로 허락을 했다. 그런데 원고 마감 시간이 다가올수록 선생님에 대한 글을 쓴다는 것이 부담되고 조심스럽다. 그 이유는 나에게 선생님은 부모님 다음으로 가장 많은 영향력을 끼치신 분이기 때문이다.

그럼 나의 삶에 선생님이 어떤 영향을 끼쳤는가를 먼저 이야기하면, 우선 나의 석사 과정과 박사 과정을 지도해 주셨고, 지금 내 옆에서 함께 호흡하는 안사람과 결혼할 때 주례선생님이기도 하다. 또한, 내가 문학이라는 큰 항로를 갈 수 있게 만들어주신 분이다. 이러한 연유 때문에 선생님에 대한 글을 쓰는 것이 부담도 되지만 영광이기도 하다.

아무튼 이 글은 선생님을 만나고 그 속에서 배우며 깨닫는 과정에서 느낀 소회를 정리한 것이다.

Ⅱ.

"부드러움과 인자함" 이 단어는 자크 데리다가 이야기하는 이항 대립적인 요소가 아니다. 이 단어는 선생님이 인품을 한 마디로 요약한 단어이다. 그럼, 나는 왜 선생님의 인품을 "부드러움과 인자함"이라고 정의할까? 이 물음에 대한 해답을 전하는 과정에서 그 이유를 찾아보기로 한다.

앞에서도 이야기했지만, 선생님과의 만남은 1997년부터 시작되었다. 물론, 학부 때 더 일찍 선생님을 만날 수 있었지만 4학년 2학기 임용고사를 준비하는 학부생들에게는 현대시인론이라는 어마어마한 과정을 수강하기에는 시간적으로 너무나 벅차고 힘들었다. 물론 나의 경우는 대학원 진학을 목표로 두었기 때문에 주변에 임용고사를 준비하는 이들과는 전혀 다른 생각을 했지만, 아무튼 함께 수강 신청한 이들이 선생님 처음 강의 계획서를 받아보고는 신청을 철회하는 것이 아닌가. 그때 나의 심정은 요즘 학생들 표현으로 "헐~" 그 자체였다. 하지만, 시대의 조류에 편승해야만 하는 교육과정에서 나 혼자 독야청청하게 선생님의 수업을 받겠다고 억지를 부릴 수도 없었다. '울며 겨자 먹기'식으로 선생님을 찾아가 수업을 받을 수 없게 되었음을 이야기하고 선생님의 명강의를 학부 때 한 번도 안 듣고 졸업해야 하는 비운을 맞게 된 것이다. 이때 선생님과의 인연이 연결되지 못한 것이 너무나 아쉬움이 되었던지 나는 석사 과정에 입학하고 나서 바로 현대시를 전공으로 삼게 되었다. 이것이 선생님과 나의 만남의 계기가 된 사건이다.

다시 원점으로 돌아와서 선생님이 왜? 부드럽고 인자한가하면 선생님은 원래 정이 많으신 분이다. 그것은 선생님과 세 마디만 이야기해보면 누구나 느낄 것이다. 또한, 선생님은 처음부터 "이거 해라, 저거 해라"라는 식으로 단정하듯 이야기하지 않는다. 적어도 말하는 사람의 이야기를 전부 다 들어 주는 인자함이 있다. 그리고 들은 이야기를 바탕으로 자신의 경험과 함께 이야기를 한다. 가령 "나는 공부할 때 ○○○의 선생님과 함께 이렇게 했는데 그것이 옳게 되었다. 강 선생도 이렇게 한 번 해보는 것이 좋지 않을까?" 식이다. 이렇게 대화를 하게 되면 당연히 대화 대상인 나는 선생님이 지닌 부드러운 성품과 인자함에 탄복하게 되는 것이다.

또한, 선생님은 제자들 앞에서 화를 안 내신다. 물론, 제자라는 관점이 아니라 제주 문인으로서 선생님을 옆에서 볼 때도 선생님은 화를 안 내신다. 이러한 모습은 선생님이 지니신 '부드러움'이라는 내공이 매우 깊고 그것이 인자함으로 표현되고 있음을 알게 한다. 몇 년 전 필자의 기억으로는 2007년 정도가 될 것 같다. 이름만 되면 누구나 아는 제주 작가들과 함께 완도로 여행을 갔다. 완도에서 이 이야기 저 이야기하면서 시간이 깊어 갈수록 선생님은 함께 한 사람들과의 대화에서 좌장의 자리에 올라서게 되었고 함께 한 한 분이 울분과 냉철함이 섞인 문학에 대한, 제주 지역 사회에 대한 질문과 하소연 등을 듣게 되었다. 그때 분위기는 소위 "싸하다"라고 표현할 수 있다. 옆에 있던 나는 얼음 같은 분위기에 완전히 압도되어 아무런 말도 못하고 빨리 자리가 끝나기를 마음속으로 기도했다. 하지만, 선생님께서는 그 분의 질문과 하소연을 전부 들어주시고 그 문제를 풀어나갈 혜안까지 제시하면서 결국 상대방에게 잘못했다는 사과를 받아내는 것이 아닌가. 그 속에서 나는 선생님이 지닌 인품을 다시 한 번 느끼었다.

나는 선생님에게 항상 갚아야 할 빚이 있다. 그것은 다름 아니라 급작스럽게 총각을 탈출하면서 선생님 사정과 무관하게 주례를 부탁한 일이다. 선생님께서는 내가 결혼할 즈음에 대만 여행 계획하고 있었다. 하지만, 선생님이 주례를 서주지 않으면 안 된다는 제자의 강요에 주례를 허락해주시었다. 결론을 이야기하면 선생님은 대만에 가지 못했다. 이 속에 제자에 대한 배려가 있다. 물론 나는 항상 선생님에게 마음 속 빚을 지고 있다. 언제 한 번 말로만 하지 말고 선생님 모시고 여행을 하면서 선생님께 진 빚을 갚아야겠다.

　이쯤 되면 선생님이 왜 부드럽고 인자한지에 대한 논의가 되었을 것이다. 지난 1997년부터 현재까지 선생님이 지니신 부드럽고 인자한 성품을 닮으려고 부단히 노력하고 있지만 그게 쉬운 것이 아님을 깨닫고 또 깨닫는다. 그래서 선생님을 개인적으로 만날 때면 그 시간, 그 하루가 나에게는 너무나 즐겁다.

Ⅲ.

　"날카로움과 열정" 이것은 선생님이 지닌 학문에 대한 자세 혹은 태도를 한 마디로 요약한 단어이다. 선생님은 문학에 대한 박식한 지식을 지니고 있어 그것을 이야기할 때는 언제나 명쾌하다. 이러한 명쾌함은 날카로움으로 나타난다. 그래서 선생님이 쓰신 논문을 읽다보면 머릿속에 속속 그 내용이 들어온다. 특히 탄탄한 외국어 실력을 바탕으로 한 문학 이론에 대한 접근과 그것을 자기의 관점에서의 해석은 더욱 그렇다.

　이러한 선생님 밑에서 배운 나는 어떨까? 문학이라는 영역 앞에서 선생님은 제자라고 봐주지 않는다. 내가 글을 쓸 때 어정쩡하게 인용을 하게 되면 그 인용의 출처를 물어보고 그것을 직접 확인하신다. 그리고 그게 잘못된 것이라면 어김없이 그 자리에서 고치라고 가르쳐 주신다. 내가 박사 학위 논문을 쓸 때이다. 당시 나는 서귀포에 거주하고 있었기 때문에 지도를 받기가 그리 쉽지 않았다. 그래서 선생님께서 내놓으신 방안이 이메일을 통한 논문 지도였다. 내가 일정 분량 논문을 쓰고 그것을 메일로 보내면 선생님은 그것을 받아서 지도하는 방식이다. 아침에 내가 논문을 보내면 어김없이 저녁이면 선생님은 나의 글 중 빨간 색으로 덧칠한 부분을 수정하라고 요구하곤 하였다. 이 과정이 거의 한 달 넘게 이어지면서 물론 나의 박사 논문은 환골탈태하였다. 그 속에서 나는 선생님이 지니신 학문에 대한 날카로움을 제대로 느낄 수 있었다.

선생님은 문학에 대한 열정이 대단하다. 올해 4월에 선생님과 만났을 때 나는 정년퇴임하시면 뭐 하실 거냐는 질문을 드렸다. 선생님은 현대시의 타자 수용에 관한 책을 내겠다고 했다. 그리고 그 내용에 대해 자세히 설명해 주시는 선생님의 모습에서 선생님이 지닌 학문에 대한 열정을 다시금 느꼈다. 선생님이 쓰신 책과 연구 전부가 선생님이 지닌 열정에서 나왔지만, 나는 제주 문학 영역에서 선생님이 열정을 다시 한 번 느낀다. 일전에 제주예술의 사회사에 대한 기초 자료 조사를 위해 음악, 미술, 제주 굿 등과 관련된 인터뷰를 하는 선생님의 모습에서 더욱 그러한 모습을 느낄 수 있었다.

선생님의 열정은 문학이라는 학문 영역뿐만 아니라 제주작가회의, 제주문인협회를 비롯하여 제주문화예술재단 등 다양한 문인 활동과 예술 활동에서도 찾을 수 있다.

Ⅳ.

선생님과의 만남은 언제나 유쾌하고 지적인 즐거움을 얻을 수 있어서 좋다. 그것이 대학원 과정에서 배운 학문의 기초에서 시작하여 이제는 일상의 자리에서, 우연한 기회에 만난 자리에서 느끼는 나의 한결 같은 마음이다. 그렇기 때문에 항상 선생님과의 만남이 기다려진다. 그리고 선생님과의 만남에서 더욱 열심히 공부해야겠다는 마음을 다잡게 된다.

선생님이 나에게 가르쳐주신 "부드러움과 날카로움"이 두 중심 단어를 평생 가슴에 간직하면서 그것을 실천하기 위해 노력해야겠다.

이제, 나의 인생에서 가장 멋있는 삶에 대해 고민하게 해주고 그 고민을 해결하는 혜안을 보여주신 선생님이 정년퇴임을 맞이한다. 그래서 이 글을 쓰는 것이 부담되고 조심스럽다. 하지만, 한편으로는 제자 된 도리로서 선생님의 정년퇴임을 축하하는 글을 쓸 수 있다는 점에서 매우 큰 영광이라고 생각한다.

엮은이 약력

양영길 :

제주대학교 국어국문학과와 동 대학원 졸업. 「한국근대문학사의 서술 양상 연구」로 문학박사(1999). 중앙일보 신춘문예 당선(1991). 「청소년 문학의 현황과 과제」로 문학평론가 등단(1999). 시집『바람의 땅에 서서』(1999) ·『가랑이 사이로 굽어보는 세상』(2005). 저서『한국문학사 인식 어떻게 할 것인가』(2001) ·『지역문학과 문학사 인식』(2006) ·『이론을 뛰어넘는 문학 이야기』(2007) ·『선생님과 함께 떠나는 문학 답사(공저)』(2014) 등.

김동윤:

제주대학교 국어국문학과와 동 대학원 졸업. 「1950년대 신문소설 연구」로 문학박사(1999). 계간『리토피아』로 문학평론가 등단(2001). 현재 제주대학교 국어국문학과 교수. 저서『신문소설의 재조명』(2001) ·『4 · 3의 진실과 문학』(2003) ·『우리 소설의 통속성과 진지성』(2004) ·『기억의 현장과 재현의 언어』(2006) ·『제주문학론』(2008) ·『소통을 꿈꾸는 말들』(2010) 등.

열정과 통찰
김병택의 학문과 문학 그리고 삶

초판 1쇄 인쇄일	2014년 8월 24일
초판 1쇄 발행일	2014년 8월 25일

엮은이	양영길 · 김동윤
펴낸이	정구형
편집장	김효은
편집/디자인	신수빈 윤지영 박재원 우정민 김진솔
마케팅	정찬용 정진이
영업관리	한선희 이선건 이상영
책임편집	우정민
표지디자인	박재원
인쇄처	월드문화사
펴낸곳	국학자료원

등록일 2006 11 02 제2007−12호
서울시 강동구 성내동 447−11 현영빌딩 2층
Tel 442−4623 Fax 442−4625
www.kookhak.co.kr
kookhak2001@hanmail.net

ISBN	978-89-279-0854-8 *93800
가격	20,000원